KB153617

**Her name is
M a r i a**

그녀의 이름은 마리아

HYON KIM 김 현

Her name is
M a r i a

위너스미디어

나의 두 아들과,
하늘에 계신 아버지와 어머니에게.
그리고 전쟁통에 헤어져 일생 단 한 번 만났던 그날,
내 옆에 꼭 붙어 한없이 울어댔던 동생의 영정 앞에.

집으로 가는 길

참으로 긴 여정이었다.

외할머니의 손을 잡고 우리 집 돌계단을 깡충깡충 내려와 남쪽 이모네로 갔던 날. 며칠 뒤 1950년 6월 25일 세상이 온통 피바다로 물들었다. 서울에 있던 나의 가족들은 아버지를 따라 북으로 향했고, 고작 네 살밖에 되지 않았던 나는, 그렇게 전쟁터에 홀로 남겨졌다.

그리고 혼자 남겨진 나에겐 꼬리표 하나가 따라다니기 시작했다. 그것은 죽음을 불러오는 '빨갱이 새끼'라는 꼬리표였다. 그때부터 나는 이념과 사상의 소용돌이 속에서 처절하게 살아내야만 했다. 그날로부터 70년의 세월이 흘렀다.

눈총과 멸시 속에서도 나를 더 고통스럽게 했던 건, 아버지를 향한 나의 원망과 증오심이었다. 그 마음이 빨갱이라는 꼬리표보다도 더 크게 자리 잡았다. 멀리 있는 나를 끝내 데려가지 못한 채, 온 가족을 데리고 북으로 올라간 아버지를 한평생 미워했고 미워했다. 1956년 북한의 이름 모를 거리, 그 차가운 콘크리트 바닥 아래에 수많은 시체와 뒤엉켜 있을 당신. 미워할수록 가슴이 아팠고 미워할수록 그리웠다.

어린 시절 희미한 기억 속에서도 그 따스함만은 너무도 선명하다. 하루에도 여러 번 공주님, 우리 공주님, 하며 사랑스러운 눈빛으로 나를 꼭 안아주던 아버지. 그때 그 네 살배기 어린 딸이 되어 이제는 나의 아버지를 꼭 안으려 한다. 초로의 나이가 된 오늘에야 나는 비소로 그 꼬리표를 떼어내고, 마음속 꾹꾹 쌓아갔던 미움들을 지우려 한다. 아버지의 품에서 내가 살아왔던, 살아남아야 했던 그 모든 이야기를 풀어놓으려 한다.

이제야 집으로 가는 길을 찾을 수 있을 것 같다.

긴 이야기를 정리하는 동안 나의 용기를 지지해주고 힘을 불어 넣어준, 큰아들 크리스와 작은아들 폴에게 끝없는 사랑을 전한다. 그리고 나의 사랑하는 주님, 내 등 뒤에서 항상 나를 지켜주신 나의 주 하나님께 모든 영광을 드린다. 하나님, 감사합니다.

그 밖에도 이 책이 세상에 나올 수 있도록 자리를 마련해주고 끊임없이 격려해주신 이상훈 감독님께 깊은 감사를 드리고, 또 이 책을 아름답게 편집하여 완성해준 원너스미디어 정현미 대표님께도 진정으로 고마운 마음을 보낸다.

끝으로, 이 책을 하늘에 계신 아버지와 어머니에게 바친다. 그리고 전쟁통에 헤어져 일생 단 한 번 만났던 그날, 내 옆에 꼭 붙어 한없이 울어댔던 동생의 영정 앞에도 이 책을 바친다.

Contents

작은 소녀는 오늘도 아빠의 등에 업혀서
집으로 돌아가는 꿈을 꾼다.
작은 소녀의 얼굴엔 아주 환한 미소가
가득하게 꽃처럼 피어있다.

1

이름 없는 아이, 마리아

● 내 어릴 적 기억은 전쟁을 알리는 음흉하고 무시무시한 포성으로부터 시작된다. 1950년의 어느 더운 여름밤이었다. 그때 나는 네 살이었다. 잠결에 멀리서 쿵쿵 울리는 소리가 들려왔다. 소리는 점점 또렷해지며 짙은 산 그림자처럼 성큼성큼 다가오고 있었다. 금방이라도 자리에서 일어나 아버지를 부르며 큰 소리로 울고 싶을 만큼 겁이 났다. 그렇지만 아버지는 없고 나는 가족들과 멀리 떨어져 이모엄마 집에 머물고 있었다. 이모엄마(당시 나는 이모를 그렇게 불렀다)에게 무섭게 혼나던 날, 이제 아버지를 찾으며 떼를 썼다가는 큰일이 난다는 걸 알았기에 나는 복받치는 울음을 꾹꾹 눌러 삼키며 불길한 소리에 귀를 기울였다.

"어머니, 포성이 점점 가까워지는 것 같아요! 제가 마리아를 업을 테니 어머니는 짐을 이고 따라오세요."

갑자기 곁에 있던 이모엄마와 외할머니가 부산스레 움직였다. 이모엄마는 나를 둘러업고 챙겨뒀던 보따리를 외할머니 머리 위에 올리느라 정신이 없고, 가여운 외할머니는 훌쩍훌쩍 우셨다.

"어머니, 너무 걱정하지 마세요. 엊그제 대양리 산골에다 피난할 데를 미리 마련해놨어요. 그 집에 신세 안 지게 돈도 쥐여 주고 쌀도 가마니로 들여놨으니 지금 우리 오기만 기다리고 있을 거예요."

우리는 집 뒤 쪽문을 빠져나와 어둠 속으로 다급히 걸음을 옮겼다.

"그이는 벌써 자기 첩하고 피난을 가서 지금 어디 있는지도 몰라요!"

"몹쓸 사람 같으니라고. 이런 상황에 제 처를 내팽개치고 도망을 가?"

이모엄마는 등에 업힌 나를 추켜올리며 가쁜 숨을 내쉬었다.

"마리아 애비가 빨갱이 짓 하고 다니는 걸 알고부터 우릴 짐승 보듯 한 사람이에요. 그이뿐만 아니라 온 마을이 우릴 주시하고 있어요, 특히 마리아를요! 전쟁 끝나고 세상이 바뀔 때까지 산속 깊은 데 꼼짝 않고 숨어 있어야 해요."

어느덧 길은 마을 어귀를 벗어나 숲이 우거진 산골로 접어들고 있었다.

그녀의 이름은 마리아

그렇게 그 여름 내내 우리는 종수네가 있는 산골에 숨어 지냈다. 우리를 받아준 종수네는 오래전부터 어머니와도 가깝게 지내던 사이였다. 그들은 위험천만한 상황에서도 우리 식구들을 살갑게 맞아준 순박하고 고마운 사람들이었다. 나는 서늘한 원두막에 앉아 종수와 수박도 먹고 산골 애들 쫓아다니며 달콤한 칡뿌리도 캐 먹었다. 피비린내 나는 전쟁의 소용돌이 속에서도 산 너머 하늘에는 구름이 무심히도 흘러갔다. 때때로 이모엄마는 외할머니와 나를 산골에 남겨두고 마을에 다녀오곤 했다. 그런 날이면 나는 동구 밖까지 나가 온종일 이모엄마가 오기만을 기다렸다. 그러다 멀리서 이모엄마를 보고 집으로 뛰어가면 외할머니는 아랫목에 묻어두었던 밥을 꺼내 부랴부랴 상을 차리셨다. 셋이 단출한 밥상 앞에 마주 앉으면 서울에 있는 가족들 생각이 났다. 부모님과 외할머니, 여섯 살이던 오빠와 두 살배기 남동생까지 온 가족이 모여 떠들썩하고 단란했던 저녁 시간이 너무나 그리웠다.

마을에 다녀온 이모엄마는 듣는 이가 없는데도 목소리를 낮춰 외할머니에게 이런저런 어두운 소식들을 전했다. 그때 서울에서는 적군의 남하를 지연시키려고 국군이 한강 다리를 폭파하는 바람에 많은 민간인이 북한군으로 점령된 도시에 발이 묶여 애꿎게 희생되고 있었다. 9월이 되어 맥아더 장군의 인천상륙작전으로 서울 수복이 이루어지자 외할머니는 우리 가족을 살피러 서울로 올라가셨다. 이모엄마저 마을에 다녀오러 내려가고 나면 산골에는 덩그러니 나 혼자뿐이었다. 아버지에서 외할머니, 이모엄마로 이어지는 기약 없는 기다림은 푸르렀던 산골 마을을 서글픈 가을빛으로 물들여갔다.

'아버지는 내가 여기 있다는 걸 모르는데 혹시 날 데리러 왔다가 못 찾으면 어쩌지?'

그런 걱정으로 몇 날 며칠을 가슴 조이며 이모엄마 오기만을 기다렸다. 멀리서 이모엄마가 보이면 정신없이 뛰어갈 정도로. 이모엄마는 돌아오자마자 외할머니가 그러셨듯이 서둘러 밥부터 지으셨다. 가슴속에 평생 채우지 못할 허기를 안고 살 것을 알았던 걸까. 나는 어릴 때부터 밥을 아주 잘 먹었다고 한다. 밥상머리에 반듯하게 앉아 입 안 가득 밥을 떠 넣는 내 모습을 바라보며 이모엄마는 눈물을 훔쳤다.

"불쌍한 것! 네 애비가 죽일 놈이다."

조선은 일제의 침략을 받은 35년이란 긴 세월 동안 사람도 강산도 상처 나고 할퀴어져 만신창이가 되었다. 그런데 이제 막 일제의 손에서 벗어나 그 상처가 채 아물기도 전에 민족의 최대 비극인 6·25전쟁이 일어났다. 그리고 이 전쟁이 70년이나 지속되리라고는 누구도 알지 못했다. 이 끔찍한 전쟁은 군인보다도 더 많은 민간인을 죽음으로 몰고 갔다. 그리고 여염집 여자들부터 농촌 여자들까지 조선반도를 점령한 외국군에게 닥치는 대로 강간을 당했다.

6·25전쟁을 겪은 나의 지인들 중에는 여전히 그때를 생생히 기억하는 분들이 있다. 당시에 가족들과 서울에서 살던 나의 지인은 전쟁이 터졌을 때 미처 피난을 가지 못해 9·28 서울 수복 때까지 공산치하에서 견뎌야 했고 그사이에 가족 몇을 잃었다. 전쟁 전 용산에서 청년대장을 했던 그녀의 큰외삼촌은 피난을 못 가고 숨어 있다가 반동분자로 몰려 끌려가서 얼굴에 인민군의 총을 맞고 처형당했다. 1·4 후퇴 때는 남한 경찰들이 집마다 대문에 빨간딱지를 붙이면서 어서 빨리 피난을 가라고 독촉을 했다. 그들은 중공군이 넘어오면 여자들을 강간하고 아이든 노인이든 닥치는 대로 창으로 찔러 죽일 거라고 겁을 주었다. 아니나 다를까 그때 그녀의 작은 외숙모는 남편이 대한민국 제2국민병으로 전장에 나가고 없는 사이에 아이 셋을 데리고 피난 가다가 미군에게 강간을 당했다. 그리고 얼마 후 임신인 걸 알았지만 남편이 전쟁터로 떠나기 전 며칠 밤을 함께했기에 남편 아기인 줄 알고 낳고 보니 자신을 강간했던 미군 흑인병사의 아기였다. 그 시절 한국에서 혼혈 아이를 낳는 건 집안의 큰 망신이었다. 그래도 전쟁에서 돌아온 그녀의 작은 외삼촌은 태어난 걸 어떻게 하느냐면서 다른 자식들과 같이 키우자고 했다. 그런데 다른 식구들 생각

은 달랐다. 결국 그녀의 작은 외숙모는 시부모와 모든 일가친척에게 일생을 멸시당하며 집안의 큰일이나 제사 때도 가지 못하고 죄지은 사람처럼 그 아이를 키웠다. 힘들기는 태어난 그 아이도 마찬가지였다. 한국 사회에서 혼혈 아이들은 살아가는 동안 수많은 차별을 당했고 군대에도 가지 못했다. 그때는 군대에 다녀오지 못하면 취직하기도 어려운 시절이었다.

훗날 미국에서 한미부인회 회장을 하던 시절에 나는 미식축구 선수 오스카 리드, 사진사 쥬디와 함께 미국인 최분도 신부님이 운영하시는 부평 고아원에 찾아갔다. 우리는 그곳에 2주 동안 묵으면서 최 신부님과 함께 판문점에서 부산까지 다니며 혼혈인들과 인터뷰한 비디오 열 개를 만들었다. 몇몇 유명 가수를 제외하면 그들 대부분은 수많은 차별과 생활고 때문에 비참하게 살고 있었다. 여자들 중에는 몸을 팔아 생계를 유지하는 사람도 있었다. 그때 그들의 실상을 보면서 너무 화가 났고 한국 사회가 원망스러웠다. 우리는 열 개의 비디오를 하나로 편집해서 레이건 대통령에게 보냈다. 그리고 레이건 대통령에게 한국에 있는 혼혈인들은 전쟁에서 싸운 장한 미국군의 자식들이니 미국에 데려와야 한다고 말했다. 그렇게 미국의 인권운동가들과 같이 힘을 모은 결과 레이건 대통령이 한국에 있는 혼혈인 모두를 미국에 데려올 수 있도록 법을 만들었다. 우리는 그들이 한국 사회의 차가운 시선에서 벗어나 미국에서 당당히 살기를 바랐다.

6·25전쟁 당시에 셀 수 없이 많은 여자들이 유엔군이나 중공군, 심지어 한국군에게도 강간을 당했다. 그래서 집집이 여자들을 마루 밑에 숨어 지내게 하고 밤이면 집안 남자들이 보초를 서곤 했다. 나의 지인이 피난살이 하던 집에는 머슴이 있었는데 그 머슴의 부인은 "나처럼 못생긴 여자를 누가 강간한대유?" 하면서 겁 없이 돌아다니다가 어느 날 자기 남편이 보는 앞에서 미군에게 강간을 당했다. 여덟 살이었던 나의 지인은 무서워서 소리도 못 지르고, 총을 가지고 있는 미군이 꼼짝 못 하고 있는 남편 앞에서 강압적으로 그 여자 옷을 벗기는 것부터 그 여자 남편 앞에서 아주 오랫동안 강간하는 것을 몰래 숨어서 보았다고 한다. 너무나 끔찍하고도 슬픈 장면이었다. 머슴의 부인은 강간당하면서 겁이 나서 울고 남편은 어쩌지 못해서 계속 훌쩍이고… 내 지인의 가족은 그 추운 겨울에 걸어서 수원을 지나 대전 쪽으로 향하다가 피난길이 너무 춥고 끔찍하고 무시무시해서 더 이상은 못 가겠으니 차라리 집에 가서 죽자는 어머니 말에 모두 발길을 돌렸다. 그리고 서울 쪽으로 돌아가는 다른 사람들과 같이 한강까지 되돌아가서 강을 넘어 집으로 돌아왔다.

피난길은 참으로 험악했다. 기차는 시도 때도 없이 아무 데나 멈춰 서서 남쪽으로 가는 피난민들을 태웠다. 거기다 머리에도 등에도 힘들게 짐을 지고 가는 수많은 사람과, 아픈 노인을 싣고 가는 달구지까지 긴 행렬이 끝없이 남쪽으로 이어졌다.

하루는 기차가 멈춰 서자 벌떼같이 모여든 사람들이 너도나도 기차에 오르려고 다른 사람을 밀치고 간신히 기차 꼭대기에 올라섰다. 그런데 콩나물시루처럼 빽빽하게 서서 기차가 떠나기만 기다리는 그들 위로 갑자기 폭격기가 쏜 폭탄이 떨어져 온통 난리가 났다. 그녀는 여덟 살 때 피난길에 보았던 그 수없이 비참한 시신들 때문에 한동안 악몽에서 헤어나질 못했다고 한다. 그녀는 이토록 오랜 세월을 여전히 두 동강이 난 채 살아가는 우리의 현실에 깊은 한숨을 내쉬면서 그 시절 동네 아이들과 부르던 노래를 들려주었다.

"아버지가 피난 갔다 돌아가시고
우리 집은 불에 태우고
가족들은 간 곳이 없네
형님이 손들어라 인민군으로
아우는 대한민국 국방군으로
총을 쏘아 죽이라고
지리산 빨치산…"

"오늘도 정답게 짝을 지어서
북으로 떠나는 전투기들아
침략을 꿈꾸는 오랑캐들을

한대의 조끼도 놓치지 말고
용감히 싸워라 전투기들아
우리는 이긴다 이겨야 한다
이기고 오너라 전투기들아"

그 당시 충청남도와 전라도의 지리산 등지에는 빨갱이와 빨치산이 많았다고 한다. 또 다른 내 지인의 고모부는 탄약을 만들어서 인민군들을 도와주고 재워준 혐의로 경찰에 붙잡혔다. 그러자 고모가 거의 40명에 가까운 빨치산을 데리고 서천군 경찰서에 들어가서 고모부를 구하려다가 모두 다 총에 맞아 목숨을 잃었다고 한다. 내 지인의 고종사촌 형은 그렇게 부모를 다 잃고 혼자 살아남았다. 그러나 빨갱이 부모 때문에 논밭을 모두 빼앗기고 호적에도 빨간 줄이 쳐져서 평생 아무것도 못 하고 무척 어렵게 살았다고 한다. 나 역시 이모엄마가 빨간 줄이 좍 그어진 우리 가족의 호적에서 내 이름을 지우고 나를 이모엄마의 딸로 넣어주지 않았다면 살면서 큰 어려움을 겪었을 것이다.

1950년 6월이 시작되던 어느 날, 며칠 있으면 전쟁이 터질 줄도 모르고 나는 외할머니를 따라 충남 부여 시골에 있는 이모엄마 집으로 향했다. 사실 이모엄마 집이라기보다는 이모부 집이라고 하는 편이 더 적당할 것 같다. 아들을 낳지 못한 이모엄마는 그 집에 사는 동안 주인이었던 적이 한 번도 없었기에. 설레는 마음으로 찾아간 이모엄마 집은 부여에서도 안쪽으로 더 들어간 시골 마을에 있었다. 그러나 긴 여정 끝에 도착했을 때 이모엄마는 나를 보자마자 눈살을 찌푸리며 말했다.

"어머니는 애 오빠나 데려오시지 이 계집애를 왜 데려오셨어요?"

외할머니는 나를 치마폭에 감싸며 이모엄마 눈치를 살피셨다.

"금방 갈 거다. 먹을 게 다 떨어져서 쌀이나 좀 얻어 가려고 온 거야. 어린 것이 밥 달라고 어찌나 졸라대는지 네 동생이 데려가서 밥이나 실컷 먹여 오라고 보냈다."

이모엄마는 그제야 얼굴이 조금 누그러지더니 서둘러 식모를 시켜 밥상을 내오게 했다.

"어머니 뵌 지도 오래됐는데 잘 오셨어요. 그러잖아도 이것저것 챙겨서 조만간에 서울로 올라가 볼 참이었어요. 먼 길 오시느라 시장하실 텐데 어서 밥부터 드세요."

"배 많이 고프지? 어서 먹자."

외할머니는 내 손에 먼저 수저를 쥐여 주셨다. 그리고 내가 밥 숟가락을 뜰 때마다 그 위에 반찬을 얹어 주셨다. 이모엄마는 그 모습을 가만히 바라보다 말했다.

"단정하게 앉아 먹는 걸 보니 역시 네 엄마가 아주 잘 가르쳐 놨구나."

외할머니는 쓸쓸하게 한숨을 지으셨다.

"그럼, 지금은 학교에서도 쫓겨났지만 얘 엄만 늘 일등 선생님이었지."

"그래, 요즘은 어떻게 지내세요?"

"애비는 순경 피해서 도망 다니느라 얼굴 보기도 힘들고, 네 동생은 천주교에서 수녀님들 돕는 일을 한다. 거기서는 빨갱이든 아니든 상관하지 않는 모양이야. 그래서 우리 모두 감리교에서 천주교로 개종하고 세례도 받았다. 나는 안나, 네 동생은 테레사, 애비는 베드로, 사내애 둘은 바오로와 요한, 얘는 마리아다."

내가 이모를 엄마라고 부르게 된 데는 사연이 있다. 나를 가졌을 때 어머니는 꿈에서 바닷가를 거닐다 새끼 거북 한 마리를 주웠다고 한다. 새끼 거북을 안고 집으로 가던 어머니는 갑자기 내 오빠가 거북을 가지고 놀다 다치게 할지 모른다는 생각에 걱정이 되었다. 그렇게 망설이고 있을 때 어머니 앞에 이모엄마가 나타났다고 한다. 그래서 새끼 거북을 이모 치마폭에 넣어주며 잘 키워달라고 부탁했다는 것이다. 내가 태어난 뒤에도 어머니는 그 태몽을 늘 마음에 걸려 하셨다. 혹시나 자기 곁에서는 내가 오래 살지 못할까 봐 불안해하며 나에게 이모를 엄마라고 부르게 하고 이모와 가까이 지내기를 바라셨다.

그 무렵 우리 집은 아버지가 공산당이라는 사실이 발각되어 부모님이 두 분 다 직장을 잃고 갑자기 제때 끼니도 못 먹을 만큼 형편이 어려워졌다. 성실한 가장이었던 아버지는 수배가 내려서 쫓기는 신세가 되었다. 어떤 날은 어머니까지도 아버지가 연설하는 것을 돕다가 순경한테 잡혀서 어린 남동생을 업은 채로 밤새 갇혀 있다 풀려나기도 했다. 아무것도 모르던 나는 그런 상황에서도 날마다 어머니를 붙들고 밥을 내놓으라며 떼를 썼다.

어느 날 아버지가 순경을 피하느라 집을 비운 사이에 견디다 못한 어머니가 외할머니에게 하소연했다.

"얘를 데리고 부여 언니네 집에 가서 쌀하고 먹을 것 좀 얻어다 주세요. 밥도 좀 실컷 먹이시고요. 애비가 알면 난리가 날 테니어서 떠나세요, 어머니."

그 말이 내 운명을 뒤바꿀 줄 누가 알았을까. 외할머니는 이모엄마와 이야기를 나누시며 한숨이 깊어 밥도 제대로 못 드셨다. 상을 물리고 나서도 어른들의 이야기는 밤늦도록 이어졌다. 그러다 어느 순간 이모엄마가 목소리를 높였다.

"아무리 그래도 어머니는 제 사정을 잘 아시잖아요. 아들은커녕 겨우 딸 하나 낳은 것이 돌도 안 돼서 죽고 제가 지금 사는 게 지옥이에요! 그이는 첩을 끼고 동네방네 돌아다니더니 이젠 그 여자를 이 집에 들여서 같이 살려고 해요. 여자 둘이 한 남자와 한집에서 산다고요!"

이모엄마는 훌쩍이면서 나를 쏘아보았다.

"사내애라면 아들 삼는다 하고 같이 살아볼 명분이라도 설 텐데 저 계집애는 그야말로 아무짝에도 쓸모가 없잖아요!"

이모엄마는 어린 나에게 눈과 귀가 있다는 사실을 잊기라도 했던 걸까. 집에서는 오빠와 동생을 지키는 골목대장에, 아버지에게는 세상 단 하나뿐인 소중한 딸이었던 내가 한순간에 누구도 원치 않는 천덕꾸러기가 되어버렸다. 그때 나는 고작 네 살이었다. 이모엄마가 내뱉은 그 말은 내 가슴에 평생 씻지 못할 상처를 남겼다. 그날 이후로도 이모엄마 집에서 지내는 동안 나는 어른들의 비수 같은 말들에 온통 할퀴고 찢겨 상처투성이가 되어갔다. 외할머니는 내 마음도 모르고 훌쩍이는 이모엄마를 달래며 화가 나서 말씀하셨다.

"몹쓸 사람 같으니라고! 이러지 말고 나하고 같이 서울로 올라가자. 가서 바람이라도 쐬고 오자꾸나."

그런 말들이 오가던 순간에도 외할머니와 이모엄마는 전쟁이 우리 곁에 바짝 다가와 있음을 까맣게 몰랐다. 그렇게 한 치 앞도 못 보는 게 인간이다. 역사 속에서 전쟁은 언제나 인간에게 엄청난 파괴와 비극을 가져다주었다. 그리고 전쟁은 늘 인간에 의해 일어난다.

1945년 8월 15일 아침, 제2차 세계대전이 끝나고 일본 천황이 항복할 때부터 스탈린은 동유럽을 공산화한 것처럼 한반도를 공산화하려는 음모를 꾸미고 있었다.

1993년 2월 26일자 동아일보 6면에 이와 같은 내용이 보도되었다. 1945년 9월 20일 스탈린이 제2차 세계대전 직후 점령 중이던 북한에 부르주아 민주주의 정권을 수립할 것을 명령한 최초의 기밀문서가 50년 만에 완전 공개되었다는 것이다. 그리고 이번에 밝혀진 기밀문서가 소련이 북한 점령 직후부터 단독정권을 구상했음을 분명히 한다고 강조했다. 스탈린은 김일성을 소련군 대위로 발탁해 함께 북한 공산화를 도모하는 소련군이자 자신의 직속 부하로 만들었다.

제2차 세계대전 당시 영국 수상 처칠과 미국 대통령 루스벨트는 독일의 히틀러라는 악당을 물리치기 위해 스탈린이라는 더 큰 악당을 끌어들였다. 스탈린은 동유럽에서 독일군들을 몰아내고, 점령한 나라마다 악질적인 방법으로 공산국가를 만들어 오스트리아를 제외한 동유럽 전체를 공산화했다. 처음에 미국은 4년 동안 끈질기게 이어지던 일본과의 전쟁을 끝내기 위해 스탈린의 개입을 요청했다. 스탈린은 그 결정을 차일피일 미루다가 일본과의 전쟁 막바지에 뛰어들어 단 4일간 참전했고 1939년 9월 17일부터 나치 독일과도 전쟁을 치렀다. 그렇게 1939년 9월 1일에 시작된 제2차 세계대전이 막을 내린 1945년 9월 2일, 소련은 제2차 세계대전 승전국 중 하나가 되었다.

전쟁이 끝나자 영국과 테헤란, 카이로 등지에서 승전국들의 전승품 이권 다툼이 시작되었지만 스탈린은 원하는 전리품을 얻을 수 없었다. 그러자 화가 난 스탈린의 눈에 만주와 한반도가 들어왔다. 스탈린은 순식간에 전리품을 낚아채기 위해 일본군을 몰아낸다는 명목하에 소련군을 이끌고 곧바로 만주로 쳐들어가 물밀듯이 한반도로 들어왔다. 당시 오키나와까지 와 있던 미국은 적잖이 당황했다. 보아하니 소련군은 아예 한반도의 부산까지 내려올 태세였다.

미 국무부에서는 하루 만에 재빨리 38선을 만들고 소련 측에 38선 이남은 건드리지 말 것을 경고했다. 다행히 그 말을 받아들인 스탈린이 38선 이남에 있던 소련군대를 이북으로 철수했다. 그렇게 한반도 전체가 스탈린의 손에 공산화되기 직전에 북위 38도 군사분계선을 만들어 남한만이라도 구한 것이다.

스탈린은 그 즉시 38선 이북을 차단시켰다. 그리고 38선 주위에 소련 점령군을 배치해서 철도를 비롯한 모든 교통수단을 끊고 북한 운행을 중단시켰다. 또 주민들이 38선 너머에 있는 고향에 걸어서 가는 것까지 불허했다. 그렇게 소련 점령군은 38선 주변에서 극도의 아수라장을 연출했다. 심지어 소련군은 1948년 유엔 감시하에 개최된 총선거를 방해하기 위해 유엔한국임시위원단의 38선 이북 방문조차 차단해버렸다. 그렇게 지난 73년 동안 우리 한반도의 허리를 끊어놓은 38선이 스탈린에 의해 맨 처음 생겨났다.

스탈린은 동유럽에서 나치 독일군과 싸우면서 폴란드, 체코슬로바키아, 루마니아, 불가리아, 크로아티아, 보스니아, 세르비아 등을 공산국가로 만든 것처럼 한반도 전체를 재빨리 공산화하려는 야욕을 품고 있었다. 그리고 자신의 계획을 일사천리로 진행시켜 북한부터 공산화시키는 데 박차를 가했다. 스탈린은 한반도 전체의 적화통일을 위해 김일성과 함께 중국의 마오쩌둥까지 끌어들였다. 세계 역사에 길이 남을 살인마이자 공산 독재자 두 사람이 손을 잡았으니 그들이 당시 대한민국의 이웃이었다는 사실이 안타까울 따름이다. 스탈린은 집권하는 동안 절대권력을 유지하기 위해 수많은 정적을 무자비하게 숙청한 것으로 악명을 떨쳤고 사후에도 세기의 독재 살인마라는 비판을 피해갈 수 없었다.

미국의 작가이자 저널리스트인 나오미 울프(Naomi Wolf)에 따르면 스탈린이 평소에 히틀러를 연구했다는 사실을 알 수 있다. 특히 1937년 여름부터 1939년 가을까지 2년이 채 안 되는 기간에 저지른 숙청재판은 말 그대로 역사에서 유례를 찾을 수 없는 극단적인 공포정치이며 법의 이름으로 자행된 대학살극이었다.

비밀경찰이 무자비한 고문으로 자백을 받아내 70만 명 이상이 총살되었고 200만 명 이상이 수용소에 끌려가 강제노동을 했다. 그러나 실제로는 2년 동안 최소한 95만 명에서 120만 명 이상이 처형당하거나 감옥에서 사망한 것으로 추산되고 있다. 게다가 고문이나 시베리아 유형 등으로 고통받은 인원은 이를 훌쩍 뛰어넘는다. 또한 숙청재판 기간에 희생된 조선인 독립운동가들의 수도 적지 않다. 무장 항일 투쟁의 거목이라 할 수 있는 김경천 장군과 초창기 한국사회주의 계열 독립운동의 선구자라고 할 수 있는 박진순 등이 처형되었고, 조선공산당원의 박헌영과 막역한 사이였던 김단야와 그의 아내 주세죽도 일본의 첩자로 몰려 스탈린에게 숙청당했다.

스탈린은 1953년 3월 5일 사망할 때까지 2,200만 명의 정적과 무고한 사람들을 죽음으로 내몰았다. 이는 그나마 6·25전쟁의 사망자들을 제외한 숫자이다.

그렇다면 마오쩌둥은 어떠한가?

1960년대 말, 그가 주도한 문화대혁명이란 이름 아래 얼마나 많은 사람이 고통받고 피살되고 억압받았는가?

약 2,000만에서 3,000만 명의 인명 피해를 초래한 문화대혁명은 그 정책의 과단성, 무모함과 함께 중국의 문화, 사회, 경제, 외교 관계에 막대한 물적·인적 피해를 줬다는 비판을 받는다. 또 그는 수많은 사람을 학살하고 죽음으로 내몬 독재자이자, 중국의 전

통문화와 사회구조의 유대 및 협력 고리를 완전히 끊어 놓은 폭력정치인으로 평가받는다. 특히 1950년대 말부터 1960년대 초까지 있었던 대약진운동과 인민공사로 이름 모를 백성들이 수없이 죽어나갔다. 당시 기근 때문에 굶어 죽은 농민의 숫자는 대략적으로 최소 2,000만에서 최대 3,000만 명이었다. 이들을 포함해 마오쩌둥으로 인해 사망한 희생자의 수는 대략 7,500만 명이다.

김일성 정치의 특성인 주체사상은 독재를 위한 수사학 언어일 뿐이고, 지난 73년 동안 3대째 숙청으로 이어온 절대권력 통치의 다른 이름일 뿐이다. 주체사상의 기본이 되는 공산주의는 사유재산제도를 부정하고 공유재산제도를 실현해 빈부의 격차를 없애는 사상을 말한다. 그러나 실제로는 빈부의 격차를 없애기는커녕 일당 독재의 공산주의 체제 아래서 수많은 사람들이 소리 없이 죽어갔다. 현대 공산주의, 즉 마르크스-레닌주의는 무너져야 한다. 이제는 공산주의의 종주국인 소련이 무너지고 동유럽 공산국가들마저 몰락하면서 현재 남아 있는 공산국가들의 현실과 미래도 암울할 뿐이다.

1950년 6월 25일, 내 조국 한반도에서는 스탈린과 김일성의 계획 아래 마오쩌둥까지 합세한 전쟁이 일어났다. 그리고 그 전쟁은 3년 1개월 2일 동안 계속되며 수많은 비극을 낳았다. 동족끼리 서로 죽이지 않으면 죽어야 하는 전쟁을 한다는 건 참으로 끔찍한 일이다. 그런데 6·25전쟁이 바로 그런 전쟁이었다. 이 모든 참상을 빚어낸 스탈린이 1953년 3월 5일 사망하자 우여곡절 끝에 1953년 7월 판문점에서 정전협정(휴전협정)이 이루어졌다. 하지만 대한민국은 아직도 세계에서 단 하나뿐인 분단국가로서 70년 동안 끝나지 않은 전쟁을 하고 있다.

　1945년 8월 15일 아침, 일본이 항복 문서를 낭독할 때 조선인들은 모두 태극기를 들고 거리로 쏟아져 나와 목이 쉬도록 조선 독립 만세를 외쳤다. 시골에 살던 이모엄마도 감동에 사무쳐 온종일 태극기를 흔들면서 거리를 달렸다고 한다. 교사였던 어머니는 더 이상 신사참배도 할 필요 없고, 우리 말과 글로 학생들을 가르칠 수 있다는 사실에 얼마나 기쁘셨을까 짐작해본다. 그렇게 삼천리 방방곡곡에서 태극기가 휘날릴 때 아버지도 새 나라를 세우는 꿈에 젖어 벅찬 가슴을 쓸어내렸을 것이다. 그러나 그런 아버지 때문에 나와 우리 가족, 그리고 당시 여자로서 높은 교육을 받았던 내 어머니의 삶까지도 이미 되돌릴 수 없는 결말이 예비되어 있었다고 생각하니 가슴이 미어지는 듯하다.

　우리 집안의 비극은 아버지의 공산주의 사상에서 시작되었다. 아버지는 일제강점기에 태어나 배재학당을 졸업하고 경성제대에 들어간 수재였다. 일생을 하나님과 함께 사신 친할머니는 기생이

나 술집 작부 뒤꽁무니나 따라다니는 무책임한 할아버지 때문에 선교사 집에서 일하면서 어렵게 아버지를 키우셨다고 한다. 교수와 학생의 대부분이 일본인이었던 경성제대에서 몇 안 되는 조선 학생들의 학교생활은 평탄할 리 없었다. 어느 날 아버지는 늘 조센징이라 얕보며 괴롭히던 한 일본 학생과 싸움이 붙었다가 그만 그를 크게 다치게 했다. 아버지는 그 일로 순사에게 끌려가 죽도록 맞고 풀려난 뒤에 돌연 중국으로 떠났다고 한다.

도대체 그 당시 아버지의 삶에는 무슨 일이 일어났던 것일까? 아버지가 중국에서 어떤 어려움을 겪었고 어쩌다 독립운동을 하게 되었으며 어떻게 공산주의 사상을 접하게 되었는지는 지금도 알 길이 없다. 하지만 분명한 건 아버지의 공산주의 사상이 결국 어머니와 우리 가족을 모두 파국으로 내몰았다는 사실이다.

중국에서 돌아온 아버지는 감리교 권사였던 친할머니의 소개로 같은 교회에 다니던 한 여인을 만나게 된다. 그분이 바로 내 어머니다. 어머니는 신사참배가 싫어 동경 유학을 마다하고 평양에 있는 기독교 여자사범학교를 졸업한 신여성이었다. 그렇게 두 분은 교회에서 사랑을 키우다 결혼해서 가정을 꾸리셨다. 아버지는 삼성물산에서 일하셨고 어머니는 보통학교 교사셨기에 우리 집은 서울에서도 꽤 풍족한 편이었다.

1946년 내가 태어났을 때 우리나라는 35년 동안의 일제강점기에서 벗어나 아직 걸음마도 떼지 못한 어린아이와도 같았다. 나는 아들만 귀했던 시절에 오빠와 남동생 사이에서 고명딸로 자라며 아버지의 사랑을 듬뿍 받았다. 아버지는 나를 무척이나 귀여워하시며 집에서는 등에 태워 놀아주셨고 밖에서는 업고 다니길 좋아하셨다. 나는 그런 아버지 덕분에 집안에서 줄곧 꼬마 대장 노릇을 하면서 행복한 어린 시절을 보냈다.

아버지는 딸만 셋에 아들이 없던 외할머니를 우리 집에서 극진히 모신 마음이 따뜻한 사람이었다. 그리고 서울에 사는 큰이모와 둘째 이모네 조카들까지도 살뜰하게 챙긴 집안의 든든한 버팀목이었다.

해방의 기쁨은 스치듯 지나가고 우리나라는 또다시 미국, 소련, 중국이라는 세계열강의 틈바구니에서 갈 길을 잃고 헤매고 있었다. 당시에 한반도에서는 미군정과 중도파의 좌우합작운동이 실패로 돌아가고, 유엔을 통해 대한민국 정부를 수립하려는 이승만 박사와 반탁운동을 펼치는 김구 선생, 반미군정 투쟁을 벌이던 조선공산당이 한데 뒤엉켜 극심한 대립을 이뤘다. 이렇게 한반도의 지도자들이 서로 의견을 달리하고 싸우는 동안 스탈린은 동유럽을 공산화했던 것처럼 조선 전체를 공산화하려는 계획에 박차를 가하고 있었다.

역사의 비극은 단란했던 우리 가족에게까지 검은 그림자를 드리웠다. 집에 돌아오면 갓 백일이 지난 나를 품에 안고 "우리 공주님!" 하고 어르며 한 가정을 행복하게 꾸려갔던 아버지는 한편으로는 스탈린을 추종하면서 폭력과 테러를 일삼는 남로당의 일원이었다. 사랑하는 아버지는 그때 어디에서 무엇을 하고 계셨을까? 상부의 지시로 미군정에 타격을 가하는 모든 악행에 참여했을까?

삼성물산에서 홍콩으로 생선 수출하는 일을 담당하셨던 아버지는 각 포구와 섬을 시찰하러 다니면서 철마다 부여에 사는 이모엄마에게 갓 잡은 싱싱한 생선을 보내주셨다. 이모엄마의 기억 속에서 아버지는 순경에게 쫓겨 도망 다닐 때도 초라한 행색으로 책들만 한 꾸러미씩 챙겨 갔다고 한다. 그리고 가끔 순경의 눈을 피해 어느 시장 구석 식당에서 이모엄마를 만날 때면 허기진 얼굴로 환하게 웃으면서 국밥 한 그릇을 맛있게 비우는 순수하고 욕심 없는 사람이었다고 한다. 크리스천이었던 아버지가 악마 같은 스탈린의 추종자였다는 사실을 나는 아직도 믿을 수가 없다. 나는 아버지가 행한 어리석은 일들과 내 조국을 전쟁이라는 무시무시한 길로 가게 한 그 잘못된 발자취를 더듬으며 일생을 깊은 슬픔과 원망 속에서 살아왔다. 그리고 사랑하는 가족보다 공산당을 택한 빨갱이 아버지가 너무나 미워서 도저히 용서할 수 없었다. 지게꾼일지언정 한평생 좋은 남편과 아버지로 이 험난한 세상에서 가족을 지키며 사는 것이 훨씬 값진 삶이리라 믿었다.

9·28 서울 수복 후에 잠시 산골 피난 생활을 접고 다시 마을로 돌아왔을 때였다. 어느 날 서울에서 고향으로 피난 내려온 사람 중에 내 부모님을 알고 지내던 한 남자가 마을 사람들 앞에서 큰 소리로 떠들어댔다.

　"나는 한강 다리가 끊겨서 피난도 못 가고 숨어 지내느라 죽을 고비를 수없이 넘겼죠. 그런데 쟤 애비는 대단한 빨갱이로 활개를 치다가 서울 수복되기 전에 식구들 다 데리고 이북으로 넘어갔어요. 그것들은 아주 시뻘건 빨갱이들이에요!"

　그러자 화가 난 이모엄마가 얼굴을 붉히며 소리쳤다.

　"아니, 당신들 저 아편쟁이 말을 믿어요? 저이도 서울에서 무슨 짓을 하다 왔는지 누가 알아요!"

　그 광경을 본 외할머니는 집에 돌아오자마자 짐을 꾸리기 시작하셨다.

　"얘야, 아무래도 내가 여기 가만히 있을 때가 아니다. 빨리 서울로 올라가 봐야겠어."

　"어머니, 이 전쟁통에 어딜 가신다고 그러세요?"

　이모엄마의 설득에도 외할머니는 계속 고집을 피우셨다.

　"네 동생이 우릴 두고 북으로 넘어갔을 리 없지만 그래도 내 두 눈으로 직접 확인해야겠다. 지금은 서울이 수복됐으니 한결

가기가 수월할 거야. 마리아는 여기 두고 가마."

결국 외할머니는 나를 남겨둔 채 서울로 떠나셨다. 외할머니의 여정은 수많은 위험이 도사리고 있는 죽음의 길이었다. 모든 피난민이 남쪽으로 내려가려 아우성칠 때 외할머니는 우리 가족의 생사를 확인하기 위해 전쟁의 한가운데를 뚫고 반대 방향으로 거슬러 올라가야 했다.

전쟁은 온 나라를 망가뜨리고 사람 목숨을 벌레보다 못한 것으로 만들었다. 길가에는 처참하게 죽은 시신들이 널브러져 있고 사방에서 언제 폭탄이 날아와 떨어질지 모르는 극심한 공포가 끝없이 이어졌다. 외할머니는 수많은 죽음을 목격할 때마다 몸을 부르르 떨며 우셨다고 한다. 끔찍하게 굳어가는 시신 곁에서 그 가족들이 태연히 밥을 먹고, 어린아이가 시신들 사이를 비집고 기어 다니며 죽은 엄마의 젖을 찾아 울어댔다. 기차역에서는 힘 있는 장정들이 기어오르는 피난민들을 밀쳐내며 기차 꼭대기에 올라섰다가 갑자기 날아온 폭탄에 온몸이 갈기갈기 찢겨 피바다를 이뤘다. 이리저리로 떠밀리고 폭격을 피해 도망치면서도 외할머니를 가장 두렵게 한 것은 마주치는 사람 중 누구도 믿을 수 없다는 사실이었다. 그렇게 전쟁은 평범한 사람들마저 살아남기 위해 죽고 죽이는 괴물로 만들어갔다. 수없이 사선을 넘나들며 마침내 서울에 도착했을 때 열린 대문 안으로 들어선 외할머니는 그대로 주저앉고 말았다.

그녀의 이름은 마리아

아버지는 서울이 수복되기 전에 우리 가족을 모두 데리고 선발대로 월북하셨다. 부여 시골에 외할머니와 같이 있던 나를 남겨두고서. 그 사실을 알고 나는 오랫동안 아버지를 끝도 없이 원망했다. 그리고 아버지가 남겨준 빨갱이라는 이름을 달고 숨죽인 채 이 끔찍한 전쟁을 견뎌야 했다. 나중에 들은 이야기로 아버지는 마지막에 식구들을 데리러 집에 왔다가 내가 없는 것을 알고 망연자실하여 가슴을 치셨다고 한다. 그리고 나를 부여로 보낸 어머니를 끝까지 용서하지 않으셨다고 한다.

떠나기 전에 아버지는 우리 가족의 사진들을 커다란 꾸러미로 만들어 서울에 있던 둘째 이모에게 맡기셨다. 그 사진 꾸러미는 아버지의 부탁대로 이모엄마에게 전해졌지만 이모엄마는 아버지가 식구들을 데리고 월북한 사실을 알고 나서부터 나에게 우리 가족에 대한 모든 이야기를 금지했다. 그래서 나는 자라서까지 아버지 어머니의 이름조차 몰랐다. 그러나 나는 서럽고 외로웠던 날들에 내 가족의 행복한 추억이 담긴 사진 꾸러미가 이모엄마의 장롱 깊숙한 곳에 있다는 사실을 늘 기억했다. 그것은 금기물인 동시에 내게는 목숨처럼 소중한 보물이었다.

어느 날엔가 나는 장롱 안에 있는 가족사진 꾸러미에서 아무도 몰래 사진 몇 장을 훔쳐냈다. 어머니의 여학교 시절 사진과 보통학교 교사였을 때 사진, 부모님의 결혼사진, 내가 세 살 때 찍은 사진들이었다. 그때 빼내지 못한 수많은 사진들이 떠오른다. 그중에는 양단 두루마기를 곱게 차려입은 외할머니와 온 가족이 함께 찍은 사진, 그리고 아버지의 대학 시절 사진도 있었다. 그러나 나는 이모엄마에게 혼날 것이 두려워 아버지 사진은 꺼낼 엄두조차 내지 못했다. 꽤 두툼했던 우리 가족 사진 꾸러미는 세월이 흐른 뒤에 다시 둘째 이모네 집으로 돌아갔다. 내가 그 사실을 알았을 때는 이미 오래전에 내 보물들이 그 집 쓰레기통에 버려진 뒤였다.

그 사진 꾸러미 속에는 아버지가 이모엄마에게 쓴 편지도 있었다. 아버지는 나를 두고 가는 것을 몹시 애달파하면서 석 달 뒤에 내 딸을 꼭 찾으러 오겠다는 약속의 말을 남겼다. 그때 아버지는 허망하게도 공산당의 계획대로 두 달 안에 전쟁이 끝날 것이라 굳게 믿었을 것이다. 하지만 전쟁이 휴전 상태로 접어들면서 아버지는 끝내 나를 데리러 오지 못했다. 그리고 아버지의 편지는 훗날 이모엄마의 손에 찢겨서 화로 속에 던져졌다. 우리 가족에 관련된 모든 위험한 것들은 철저히 없애버리고 지워야 했기에. 그래도 아버지의 편지가 세상에서 흔적도 없이 사라지기 전에 내가 글을 배웠다는 사실은 참으로 다행스러운 일이다. 나는 그 편지를 몰래 읽고 난 이후로 내내 아버지의 약속을 기억했다.

그리고 아주 오랫동안 아버지를 기다렸다. 1956년 아버지가 북에서 처참하게 돌아가시던 그 순간에도, 꿈에서나 눈을 감고 상상할 때나 아버지를 간절히 기다렸다.

그러던 어느 추운 겨울이었다. 병색이 짙은 외할머니가 누더기 차림의 둘째 이모와 그 두 딸을 데리고 이모엄마 집으로 들이닥쳤다. 둘째 이모는 방에 들어서자마자 데굴데굴 구르고 울부짖으면서 나를 가리키며 소리쳤다.

　"내 귀한 아들이 저년 아버지 따라간다고 집을 나갔어, 동생! 월북한 저년네 식구 따라간다고 나가서 죽었는지 살았는지 소식이 없어!"

　둘째 이모는 금방이라도 실신할 듯이 서럽게 울음을 토해냈다. 아버지와 우리 가족이 월북한 뒤 서울이 수복되자 남아 있던 큰이모는 경찰에 잡혀서 삭발당하고 발에 족쇄를 차고서 끌려다녔다고 했다. 북한 정치보위부 앞잡이가 되어 활동했던 큰이모는 결국 즉결 처분으로 사형을 언도받았다. 고려대 학생이었던 큰이모 아들도 빨치산에 합세해서 잠시 집에 들렀다가 대문 앞에서 순경이 쏜 총에 맞아 죽었다고 했다.

　"다 저년 애비 때문에 빨갱이가 돼서 망해버렸네. 아이고, 염병할 내 팔자야. 이 썩을 년의 팔자야!"

　둘째 이모는 내게 손가락질을 하며 몸부림쳤다. 어른들은 내 아버지의 사상 때문에 집안의 귀한 아들들이 빨갱이가 되어 죽고 실종되었다며 그 원망의 화살을 나에게 돌렸다. 그들의 매서운

눈초리와 비수 같은 말들에 어린 내 가슴은 온통 찢기고 패여 피투성이가 되었다. 그러나 나를 보호해줄 아버지와 가족은 어디에도 없었다. 나는 이제 버려진 빨갱이 자식에다 전쟁고아나 다름없는 처량한 신세였다.

그로부터 얼마 후 외할머니마저 쓰러지셨다.

"불쌍한 내 손녀딸 마리아야!"

외할머니는 정신이 드실 때마다 계속 내 이름을 부르면서 우셨다. 나는 천덕꾸러기가 되어 외할머니 곁을 잠시도 떠나지 않았다. 그때 내가 숨이 다해가는 외할머니 옆에 얼마나 꼭 붙어 있고 싶어 했는지! 사랑하는 외할머니는 내가 의지할 수 있는 마지막 단 한 사람이었다. 그러나 얼마 지나지 않아 결국 외할머니마저 나를 두고 저세상으로 떠나셨다.

전쟁통이라 장사랄 것도 없이 마을 남자 몇이 할머니 시신을 묶어서 달구지에 실어 뒷산으로 옮길 채비를 했다.

"지금이 어느 땐데, 거적때기도 아니고 홑이불에 말아 조그만 관이라도 짜서 묻어주는 것도 크게 해주는 거야."

이모부의 첫째 첩이 옆에서 종알종알 떠들었다. 항상 조용히 있어야만 했던 나는 저 멀리 산모퉁이로 할머니의 시신을 담은 달구지가 멀어져가는 것을 바라보면서 멍하니 서서 눈물만 흘렸다.

나의 외할머니는 아주 미인이셨다. 무관의 집에서 무남독녀 외동딸로 태어나 풍족한 어린 시절을 보냈지만, 일찍 부모를 여의고 불행한 삶이 시작되었다. 그 당시 풍습대로 모든 재산은 양자였던 큰집 오빠에게 돌아갔다. 그렇게 외할머니의 재산으로 동경 유학을 떠난 큰집 오빠는 방학이 시작되던 어느 날, 함께 유학하던 친구 박 씨를 데리고 집으로 돌아왔다. 그는 외할머니에게 한눈에 반해 청혼했고 외할머니도 그의 뜻에 따랐다. 하지만 결국 외할머니는 조실부모했다는 이유로 양반인 박 씨 집안에서 쫓겨나고 말았다. 슬프게도 박 씨는 곧 새 아내를 맞이했고 그것도 모자라 동경에서 데려온 일본 여자까지 둘째 부인으로 삼았다. 아들이라도 하나 낳으면 좋으련만 외할머니는 딸만 내리 셋을 낳았다. 그러다 경술국치 이후에 소박맞은 외할머니만 세 딸과 함께 고향에 남겨두고 박 씨 일가는 모두 만주로 떠나버렸다. 그렇게 혼자가 된 외할머니는 박 씨 일가 재산을 관리하던 강 씨에게서 원치 않게도 내 어머니를 얻었다. 외할머니는 배 속의 아기가 아들이기를 바라면서 갖은 수모 겪어가며 낳았는데 안타깝게도 또 딸이었다. 그러나 외할머니는 힘들게 얻은 내 어머니를 아들처럼 의지하면서 남은 인생을 우리 가족과 함께 사셨다. 그런데 내 아버지가 외할머니의 그토록 귀한 딸을 데리고 북으로 넘어갔던 것이다. 가여운 외할머니는 어린 나이에 부모도 잃고 재산도 빼앗기고, 마지막엔 내 아버지의 공산주의 사상 때문에 결국 딸마저 잃고서 크나큰 슬픔과 충격으로 그렇게 눈을 감으셨다.

어느 날 총대를 멘 반공청년단들이 이모엄마 집 문을 두드렸다. 전쟁 중에 계엄령 아래 반공청년단과 자위대 같은 애국 단체가 하는 일은 공산 분자를 색출하고 잡아서 처단하는 것이었다. 그들은 빨갱이뿐만 아니라 북한군에 점령당했던 시기에 그 밑에서 부역한 사람들도 잡아갔는데 그 수가 너무 많아 즉결 처분까지 성행할 정도였다. 자기가 왜 잡혀가야 하는지 왜 사형을 당해야 하는지도 모른 채 많은 이들이 소리소문없이 사라졌다. 반공청년단들은 의심스러운 이들을 데려다 모두 한데 모아놓고 총살한 뒤에 한 구덩이에 파묻었다.

그렇게 전쟁은 인간을 악랄하게 만들었다. 북한군이 쫓겨간 뒤에 다시 국군이 들어오자 애꿎은 사람들이 수없이 죽임을 당했고, 북한군에게 끌려가 희생된 이들의 수가 속속 드러나면서 그 잔혹함은 말로 표현할 수가 없었다. 나 역시 빨갱이 아버지를 둔 죄로 똑같은 빨갱이가 되어 하루하루 불안에 떨며 살아가야 했다. 이렇게 같은 민족끼리 서로 죽고 죽이는 무시무시했던 시절에 이모엄마는 항상 나에게 말했다.

"네가 살 길은 그저 없는 아이처럼 조용히 숨만 쉬는 거야. 괜히 나대지 마라."

반공청년단들은 방으로 성큼성큼 들어와 아파서 누워 있는 이모엄마 곁에 숨어 있던 나를 가리키며 데려가겠다고 했다. 그들은 내가 끔찍한 짐승이나 벌레라도 되는 듯 경멸 가득한 눈빛으로 쳐다보았다. 그들에게 빨갱이는 그저 처단해야 할 대상일 뿐 네 살 아이라 해도 예외는 없었다. 나는 극심한 공포감에 숨이 멎을 것만 같았다. 이모엄마는 아픈 몸을 벌떡 일으키면서 그들에게 악다구니를 썼다.

"당신들 참 너무하네요! 그래요, 애 애비는 빨갱이예요. 하지만 이 어린 것은 죄가 없어요! 이제 네 살인 애가 뭘 안다고 그래요? 그렇게 쳐다보지 마세요! 얘는 빨갱이가 뭔지도 몰라요! 그리고 우리는 깊은 산속으로 피난을 가서 부역도 한번 안 나갔어요. 애를 데려가려면 나를 죽이고 가요!"

그렇게 몸부림치며 울부짖는 이모엄마 곁에서 나는 하얗게 질려 아프도록 이불자락을 꼭 붙들었다. 마침내 그들이 돌아가고 나자 이모엄마는 사시나무처럼 떨며 나를 품에 꼭 껴안았다. 그로부터 70여 년이 흘렀지만 나는 지금도 가끔 그때 느꼈던 그 극도의 공포감에 쫓긴다. 죽음 가까이에서 삶은 나에게 어떻게든 반드시 살아남아야 한다는 강한 의지를 심어주었다. 이제는 고슴도치처럼 나 자신을 스스로 지켜내야 한다는 것도 알게 되었다.

그날부터 이모엄마 집에서는 나뿐만 아니라 내 주위 모든 사람까지도 우리 가족에 대해 말하는 것이 금지되었다. 그렇게 우리 가족 사진들과 아버지의 편지는 이모엄마의 깊은 장롱 안에

감춰져 금기물이 되었다. 나는 살아남기 위해 우리 가족의 행복
했던 시절들을 기억 저편으로 밀어냈다. 나의 생존 본능이 모든
것을 희미하게 지워갈수록 그 자리에는 오롯이 아버지를 향한 미
움만이 남겨졌다.

Dear My Father
아버지에게 보내는 편지

아버지, 공산당인 내 아버지.

저는 지금까지 일생 살아오면서 애써 모른 척 피해왔던 일을 시작했습니다. 그것은 이 순간 내가 쓰고 있는 이 글입니다. 1956년 북한에서 숙청당한 당신의 길을 더듬어 올라가면서 당신과 긴긴 이야기를 나누고 싶습니다. 일평생 사무치도록 그리웠던, 그리고 그토록 많이 미워했던 당신과 말입니다. 내가 태어나기도 전인 대한민국 광복절부터 지금 내 나이 일흔네 살까지, 한 많은 삶을 살아올 수밖에 없었던 나의 이야기를 들어주세요. 대한민국이 어떻게 건국되었고, 당신이 선택한 그 사상이 어떤 전쟁을 일으켰고, 또 얼마나 고통스러운 비극을 불러왔는지 나는 알려드려야겠습니다. 아버지는 북한에서 숙청을 당했으니 죗값을 치르셨다고 생각하나요? 하지만 아버지, 부여에 두고 함께 데려가지 못한 그 어린 딸이 살아내야만 했던 그 이야기를 들어보세요. 나는 당신이 낭만적인 민족주의 감성에 젖어 공산주의 사상에 물든 건지, 아니면 일제의 탄압을 피해 중국으로 망명하여 그곳에서 독립운동을 하다가 공산주의 사상에 얽힌 건지 잘 모릅니다. 하지만 내가 살아온 삶이 당신 운명의 부산물인 것은 분명합니다. 고작 네 살, 그 어린 시절부터 한참이나 나는 내 삶의 방향을 스스로 선택할 수 없었으니까요. 그래서 나는 내 의지와는 상관없이 내 가족과 헤어진 채로 70년을 살아오면서 당신을 그토록 미워했습니다.

우리 가족의 비극은 당신의 공산주의 사상 때문에 시작되었습니다. 나는 긴긴 세월 만날 수 없었던, 북한에 있는 내 형제들을 딱 한 번 만나본 적이 있습니다. 그런데 그들의 사상은 자유민주주의를 사랑하는 나의 삶과는 이념적으로 너무나 달랐습니다. 그런 현실이 너무나 슬펐습니다. 또한 내 일생 동안 아버지를 미워하면서도 한편으로는 아버지를 이해해보고도 싶었습니다. 그래서 저는 서른다섯 늦은 나이에 미국 미네소타주립대학에 입학하여 중국어, 중국근대사, 마오쩌둥의 공산당 역사를 배웠습니다. 하지만 역사와 이념에 대해 점점 자세히 알게 될수록 저는 더욱 공산당이란 사상 자체가 싫어졌습니다. 공산당의 일당 독재체제로 7,500만 명이 죽어나간 피비린내 나는 중국의 역사를 쓴 마오쩌둥이 끔찍하기만 했습니다. 스탈린식의 공산당은 이 지구상에서 완전히 사라길 간절히 바랄 뿐입니다. 아버지, 당신에게 묻고 싶습니다. 당신과 그 당시 조선의 지식인들은 스탈린과 마오쩌둥이 얼마나 광적이고 무자비했는지를 모르셨습니까? 그 살인마들이 공산당이란 사상 아래 얼마나 많은 사람을 죽였는지 정말 모르셨습니까? 스탈린은 이렇게 무지막지한, 끔찍하기 짝이 없는 말도 서슴지 않았습니다.

그녀의 이름은 마리아

"우리는 그런 적들을 모조리 없애버릴 겁니다. 설사 그들이 옛 볼세비키라도!

우리는 그들의 일족, 그들의 가족까지 없애버릴 것입니다.

우리는 생각과 행동으로(그렇습니다. 생각만으로도)

우리 사회주의 국가의 통일을 해치는 자는 모두 가차 없이 처단할 것입니다.

그들은 물론 그들의 일족까지 모든 적을 섬멸하기 위해서!"

-1937년 11월 8일 스탈린의 연설

당신은 서울에서 남로당 당원으로 공산당 활동을 하다가 6·25전쟁이 발발하자 급하게 어머니와 형제들을 데리고 월북했습니다. 그때 나는 홀로 남한에 덩그러니 남겨져 있었습니다. 빨갱이 자식이란 소리에, 손가락질에 편할 날 하루 없이 온갖 눈치 보며 마음속으로 피멍이 들어가던 시절이었습니다. 당신이 우리 가족과 친척들을 비극으로 몰고 가면서까지 지킨 그 공산당 사상 때문에, 그때 그 어린 딸은 무수한 상처와 뼈저린 외로움 속에서 하루하루를 고통스럽게 살아내야 했습니다. 내 조국과 내 가족을 갈라놓았던 스탈린의 손에 놀아난 당신, 적화통일의 꿈을 꾼 당신이 한없이 미웠고 미웠습니다. 아버지의 그 꿈은 아주 파괴적이고 참혹한 꿈이었습니다.

하지만 저는 아주 오랫동안 당신을 기다렸습니다. 아버지가 북한에서 숙청당한 1956년, 돌아가신 줄도 모르고 그해가 훨씬 지나서까지 저는 당신을 무작정 기다렸습니다. 따뜻한 웃음으로 어린 나를 꼭 안아주던 아버지를 떠올리며, 꿈에서도 아버지를 간절히 기다렸던 것 같습니다.

아버지, 몸서리치게 원망하면서도 사무치게 그리운 내 아버지.

일생 수많은 날을 눈물 흘리며 당신을 증오했던 이 마음을 이제는 내려놓고 싶습니다. 서른여섯, 북한에서 숙청당한 당신의 나이보다 거의 갑절의 세월을 살아온 이 초로의 나이에서 나는 이 책을 끝마칠 때쯤 당신을 용서하고자 합니다. 예수님은 원수도 사랑하라 말씀하셨는데 나는 너무나 오랫동안 당신을 미워해 왔습니다. 그래서 주기도문을 암송할 때마다 항상 가슴이 아팠습니다. "우리가 우리에게 잘못한 사람을 용서하여 준 것 같이 우리 죄를 용서하여 주시고"라고 입으로는 말하면서 나는 아버지를 용서하지 못했습니다. 주님, 저를 용서해주세요. 저는 지금 회개의 눈물을 흘립니다. 이제는 미움을 내려놓고 당신을, 나의 아버지를 사랑하기로 했습니다.

하늘에 계신 우리 아버지,
아버지의 이름을 거룩하게 하시며
아버지의 나라가 오게 하시며,
아버지의 뜻이 하늘에서와 같이

땅에서도 이루어지게 하소서.

오늘 우리에게 일용할 양식을 주시고,

우리가 우리에게 잘못한 사람을 용서하여 준 것 같이

우리 죄를 용서하여 주시고,

우리를 시험에 빠지지 않게 하시고

악에서 구하소서.

나라와 권능과 영광이

영원히 아버지의 것입니다. 아멘.

- 〈주기도문〉

작년 늦은 밤이었습니다. 한국에서 전화가 왔는데, 2002년에 당신의 사랑하는 아내이자 내 어머니가 굶주린 짐승처럼 처참하게 돌아가셨다는 소식이었습니다. 그리고 당신의 아들이자 나의 둘째 동생도, 또 다른 식구들의 죽음에 대해서도 알려주었습니다. 그리고 아버지가 일제강점기인 1920년에, 어머니는 1921년에 태어나신 것도 알았습니다. 모두가 평안히 잠든, 고요한 그 한밤중에 나는 우리 가족 중에 누가 죽고 누가 살아있는지, 누군 결혼하고 누군 아이를 낳았는지, 그토록 그리워했던 내 가족들의 생사와 안부를 듣고 있었습니다. 평생 딱 한 번 만났던 우리 가족들의 소식을 그렇게 알아야 했습니다. 고마운 마음을 전하고 전화를 끊었는데, 걷잡을 수 없이 눈물이 쏟아졌습니다. 그날 밤 나는 네 살이던 그때로 돌아가 한평생 살아냈던 나의 삶을 홀로 부둥켜안고, 그렇게 밤새도록 꺼이꺼이 울어댔습니다.

이 글을 쓰는 지금도 눈물이 멈추지를 않습니다. 아버지, 당신도 지금 저처럼 눈물을 흘리고 계시나요? 어린 딸 보듬어주듯 혹시라도 그렇게 저를 안아주고 있나요? 그때 당신이 이념을 버리고 나를 데리러 와주었다면 우린 어떻게 살아가고 있을까요?

작년부터 저희 가족은 아버지와 어머니 그리고 이모엄마의 사진을 모셔놓고 추도 예배를 드리고 있습니다. 주님의 사랑 속에서 아버지를 사랑하고자 하는 나의 마음이 하루하루 충만해지는 것을 느낍니다.

아버지, 그리운 나의 아버지.

주님의 품 안에서 안녕하시길 바라고 바랍니다.

-Maria

나의 네 살 때

이모엄마가 처녀일 때

학창시절 어머니의 금강산여행

부모님의 결혼

부모님의 약혼

어머니의 학창시절
기숙사에서

맨 아래 왼쪽 두 번째, 어머니

기숙사 식당

中學 入學記念 4292.4.6

대전여자중학교 입학기념

어머니 일제 강점기 보통학교 교사일 때
교장, 학생들과

왜관 미군부대 시절,
고아원에서 '존'이 찍어줌

왜관 부대 후문에서
언어 장애인인 PX 여직원과

3개월 된 큰아들 크리스와

이모엄마 환갑잔치 때 존, 아들 크리스, 폴과

큰아들 크리스와

큰아들 크리스, 작은아들 폴

미네소타 주립대학 졸업식에서
이모엄마와

크리스가 고등학교 때
수양회에서 보내온 글

회사를 방문한 손자, 손녀들

이모엄마 칠순잔치 때
두 아들, 며느리와

두 아들과 집에서

두 아들과 이모엄마

둘째 손자의
바이올린 연주회에서

판문점에
처음 방문하던 날

나의 사랑하는 강아지, 순이

사랑하는 손녀딸 미아와

큰 손자 딜런과

한국전쟁의 연대기
Chronicles of the Korean War

중국
—

중국은 수천 년의 역사 속에서 천 번이 넘게 우리 땅을 침략했다. 그리고 중국 대국이라는 이름 아래 조선을 항상 속국 취급하며 조공을 바치게 하고 끊임없이 괴롭혔다. 결국 마오쩌둥이 스탈린, 김일성에 합세해 6·25전쟁을 일으킴으로써 대한민국은 끝내 통일하지 못했다.

미국
—

미국과의 관계는 19세기 중반 조선과의 통상을 요구하던 제너럴셔먼호 사건으로 시작되었다. 그 후 1882년 양국 간의 조미수호통상조약이 체결되면서 공식적으로 외교 관계가 수립되었다. 그러나 1905년 일본에 의해 대한제국의 외교권이 박탈되면서 한미 양국은 단교했으며 1910년 경술국치 이후에는 양국 관계가 완전히 단절되다시피 했다. 그러나 사실상 미국은 1905년부터 한국에 등을 돌렸고, 미국 대통령 시오도어 루즈벨트(Theodore Roosevelt, 1858-1919)가 한일합병에 찬성하면서 제2차 세계대전까지 계속 친일 정책을 펼쳤다.

일본
—

일본제국은 1910년 경술국치 이후 강제로 조선의 지배자가 되었다. 일제 강점기였던 1910년 8월 29일부터 1945년 8월 15일까지 일본총독이 조선총독부를 통해 일본 천황의 명령을 받아 통치했다. 그리고 정치적 · 외교적으로 조선의 모든 권한을 빼앗았다. 일제가 포츠담선언에서 무조건 항복 후 1945년 9월 9일 조선총독부를 미군정에 이임할 때까지 일제강점기는 실질적으로 약 35년간 지속되었다.

광복절
—

1945년 8월 15일 아침, 일본 천황이 항복 문서를 낭독하자 조선인들은 모두 거리로 뛰쳐나와 감동에 겨워 태극기를 흔들며 울부짖었다. 마침내 일제강점기라는 암흑에서 벗어나 빛을 되찾았기에 광복절인 것이다. 강제 징용되었거나 일본인들에게 농사지을 땅을 빼앗기고 가난에 쫓겨 만주 등지에서 흩어져 살던 우리 동포들도 일제의 압박에서 해방된 조국으로 꿈에 부풀어 돌아오기 시작했다. 그런데 해방된 조선에는 또다시 암흑의 그림자가 덮쳤다. 나라가 북위 38선을 경계로 두 쪽으로 나뉘어 북한에는 소련군이, 남한에는 미군이 진주한 것이다. 미국이 전쟁의 승리자가 되면서 일본제국이 해체된 것일 뿐 우리 힘으로 해방을 맞이한 것이 아니기 때문에 아직 한반도는 완전한 독립을 이루지 못한 상태였다.

한편 북한을 점령한 소련의 스탈린은 공산화를 재빠르게 서둘렀다. 먼저 그는 김일성을 통해 북한에서 토지개혁을 실시해 지주와 자산가를 숙청했고 북한의 모든 주요산업도 신속하게 국유화했다. 또한 북한공산당의 주도 아래 북조선인민위원회를 거쳐 정부수립도 추진했다. 남한에서는 통일을 염두에 두고 유엔 결의에 따른 총선을 해서 대한민국정부 수립을 완성시켰다. 하지만 남로당과 소련 스탈린, 김일성의 방해공작으로 우리 민족의 염원인 통일을 위한 총선거를 남쪽에서만 95.9%의 참여로 치르게 되었다. 그렇게 1948년 8월과 9월에 한반도에는 두 개의 체제가 들어섰다. 남쪽은 개인의 자유를 존중하는 자유민주주의 대한민국, 북쪽은 공산주의 조선민주주의 인민공화국이었다.

스탈린은 북한 김일성과 함께 중국의 마오쩌둥을 끌어들여 무력을 써서라도 남한을 공산화하려는 야심을 품고 있었다. 북한은 일제로부터 거대한 중공업지대를 물려받은 데다 일찌감치 스탈린의 지시 아래 공산당 일당 독재체제를 신속하게 구축했다. 그때 스탈린은 북한의 남한 공산화를 직접 계획하면서 박헌영의 남로당과 김일성을 강력하게 지지하고 지원했다.

해방 후 조선은 제2차 세계대전을 승리로 이끈 강대국들 사이에서 위태롭기 짝이 없는 모습이었다. 제2차 세계대전 당시에는 서로 좋은 관계를 유지했던 미국과 소련은 전쟁이 끝난 뒤 스탈린이 한반도 공산화를 시도하는 순간부터 대립하기 시작했다. 또한 새 나라를 건국하기 위해 다시 조국으로 모여든 조선의 정치가, 지도자들 사이에서도 이념적인 분열과 큰 대립이 시작되었다.

한반도의 지도자들이 서로 의견을 달리하고 싸우는 동안 스탈린은 북한을 도우면서 조선반도를 적화통일하고 북한을 철저히 공산화하기 위한 계획을 세우는 데 몰두했다. 그리고 그의 계획대로 조선의 공산주의자들은 미군이 한반도에 도착하기 전인 1945년 9월 6일에 서둘러 조선인민공화국을 선포했다. 이는 곧 도착할 미군정에 자기들의 정치적 세력을 내세우기 위해서였다. 1945년 9월 8일 드디어 미군정이 인천에 도착했고 9월 9일 전쟁 승리자로서 서울에서 일본군과 일본총독부에게 항복을 받아냈다. 미군정은 일본총독부로부터 그들의 행정기구와 인력을 물려받은 후 1945년부터 1948년 대한민국이 건국될 때까지 3년간 남한 지역에서 군정을 실시했다. 1945년 9월 9일에 서울에 도착한 존 리드 하지(John Reed Hodge) 미군정 사령관은 미군정을 남한의 유일한 정부로 선포했다. 뒤이어 1945년 9월 16일에는 공산주의자들이 조선인민공화국을 선포했다. 그리고 4일 뒤인 1945년 9월 20일, 스탈린은 극동군 사령관에게 자신의 한반도 분단 계획이 담긴 비밀 지령을 내렸다. 이것이 바로 50년 후에 밝혀진 세상을 경악케 한 문서이다.

1945년 10월 16일, 해외에서 활동했던 자유민주주의 혁명가인 이승만 박사가 독립운동가 중에서 제일 먼저 미국에서 귀국했다. 뒤이어 다른 독립운동가들도 속속 고국으로 돌아오기 시작했다. 1945년 11월 23일에는 중국에서 활동했던 조선임시정부 요인들도 김구 선생과 같이 귀국했다. 그러나 미 국무부는 조선왕조 때부터 개인의 자유를 존중하는 자유민주주의 혁명가로서 크리스천이고 미국에서 독립운동을 하던 이승만 박사의 귀국을 반가워하지 않았다. 철저한 반소·반공주의인 이승만 박사가 미·소 관계에 악영향을 끼칠 것을 우려했기 때문이다. 그렇게 이승만 박사는 미국과도 맞서서 싸웠다.

140년 전에 태어난 이승만 박사는 조선에서 배재학당을 다녔고 《독립정신》과 같은 많은 저서를 펴내며 1904년 한국의 독립을 청원하기 위에 미국에 왔다. 그는 미국 조지 워싱턴 대학교를 졸업한 뒤에 하버드 대학교에서 석사학위를 받았고 또 프린스턴 대학교에서 국제정치학 박사학위를 받았다. 그러다 1905년 4월 미국에서 세례를 받고 남은 일생을 신실하고 독실한 크리스천으로 살았다. 이승만 박사는 미국에서 박사학위를 받은 뒤 워싱턴 정가에서 조국을 위해 여러 활동을 하다가 1910년에 귀국했다. 그러나 1912년 다시 일제의 압박을 피해 나의 친할머니가 권사로 신앙생활을 하셨던 감리교 선교부의 도움으로 미국 미네소타주에서 열린 국제 감리교대회 참석을 빌미로 다시 미국으로 건너갔다. 그때부터 이승만 박사는 1945년 10월에 귀국할 때까지 거의 미국 각지와 하와이에서 망명생활을 하면서 독립운동을 이어갔다. 그는 미국에서 국내 사정을 외국에 알리고 이해를 구하는 외교 독립론을 주장했다. 박학다식한 세계관을 가지고 있던 이승만 박사는 테러보다는 외교를 통한 독립운동을 권장하고 몸소 실천했다.

신탁통치
—

1945년 12월 16일부터 26일, 승전국인 미국과 영국, 소련의 외무장관이 모스크바에 모여 전후 처리 문제를 논의했다. 그중에는 한국 문제에 대해 미·소공동위원회를 설치하고 신탁통치를 하겠다고 주장했다. 그 내용에 따르면 조선은 독립국가로 재건하기 위해 임시정부를 수립해야 하고, 그러기 위해 미·소공동위원회를 소집해서 최고 5년 동안 미국·소련·영국·중국 4개국의 신탁통치를 받아야 하며, 그 방안은 미·소공동위원회가 조선임시정부와 협의할 것임을 밝히고 있었다. 남북의 현안을 논의하기 위해 2주 내에 미·소양국 대표회의가 예정되었지만 이미 승전국들은 미국·소련·영국·중국 4개국이 결정한 신탁통치와 흡사한 제안을 주장하고 있었다. 그러자 모두 또 한 번 고통스러운 식민 지배로 되돌아간다고 강하게 반발했다. 게다가 스탈린의 계획대로 모스크바에서 신탁통치가 결정되었으니 이승만 박사도 극구 반대했다. 1945년 12월 29일 김구 선생 역시 온 국민을 총동원해서 강력한 반탁운동을 펼쳤다.

> "당연히 독립되는 것으로 알았죠. 그런데 독립을 해주는데 신탁통치는
> 받으라 하니 그때 신탁통치라는 것은 또 한 번 식민지가 된다는 것으로
> 받아들였죠. 그래서 반대를 했고, 전 민족적인 반발을 했습니다."
> — 한국학중앙연구원 박성수 명예교수

그런데 신탁통치를 반대한다고 목소리를 높이던 남로당 수장인 박헌영이 1945년 12월 28일 스탈린의 지침을 구하기 위해 서울에서 38선을 넘어 평양에 갔다 온 뒤 의견을 뒤집었다. 1946년 1월 2일 스탈린의 명령을 받은 박헌영과 조선공산당이 모스크바 삼상회의 결정에 절대 지지한다며 신탁통치에 찬성하자 그 이튿날부터 조선공산주의자들이 돌변해서 반대가 찬성으로 바뀐 것이다.

"동유럽에서 밟은 공산화 전략은 소련은 소위 연립정권을 구성해서 참
여하는데 대통령이나 국무총리가 아니고 내무장관, 국방장관들로 구성
해서 그곳의 무력을 장악하는 것이죠. 그러고 나서 몇 개월 이내에 연
립정권의 지도자 인물들이 암살당하거나 테러를 당하면서 결국 원래
구 공산당, 지금 현재로선 노동당이라고 하는 이름의 세력들이 정권을
장악합니다."

- 명지대학교 북한학 이지수 교수

스탈린의 계획은 동유럽에서처럼 조선에서도 공산당이 연립정권에 참여한
후 다른 정파를 모두 축출하고 권력 장악을 시도하는 것이었다. 그래서 북한
김일성과 남로당 박헌영은 동유럽 같은 공산화 작전을 펴라는 스탈린의 명
령에 따르면서 통일 임시정부에서 유리한 자리를 차지하려 했다. 소련의 임
시정부구성안을 살펴보면 동유럽을 공산화하기 위해 사용된 술수가 한반도
공산화를 위해 쓰였다는 걸 알 수 있다. 그래서 김일성이 경찰과 군대를 부
릴 수 있는 국방장관과 내무장관처럼 권력이 있는 자리에는 모두 좌파를 앉
히고, 총리에 여운형 등을 구성해서 내각을 뒤집어엎고 사람들을 숙청해서
라도 공산화하기에 유리한 기반을 닦았던 것이다. 하지만 남한에서는 좌익
에 대한 대중의 지지가 크지 않았기 때문에 스탈린의 명령이 별로 효력을 발
휘하지 못했다. 오히려 남한에서는 좌익이 수세에 몰린 반면 반탁운동을 하
던 우익의 정치적 입장이 강화되었다.

급속도로 진행된 북한의 공산화
—

1945년 8월 15일 광복 이후부터 북한에서는 스탈린의 의지대로 소련이 계
획한 공산화가 급속도로 진행되었다. 1946년 2월 8일에 북조선 임시인민위
원회를 설립하고 위원장으로 김일성을 선임했다. 그리고 중앙행정 주권기관

으로 무장한 북한의 단독정부가 시작되었다. 스탈린의 지시대로 1946년 3월
에는 북한의 모든 지주들의 토지를 빼앗아 농민에게 무상분배하고 많은 지
주들을 거주지로부터 추방하는 토지개혁을 실시했다. 그렇게 급박하게 강제
로 치른 토지개혁으로 20일 만에 8만 명의 지주와 지식인들을 완전히 추방
했다고 한다. 또한 토지개혁의 실무를 맡았던 농촌위원회 9만여 명이 북조
선공산당에 가입하면서 북한 공산당 사회주의 체제의 확고한 기반이 되었
다. 결국 그들은 북한노동당의 선두주자가 되었고 김일성을 향한 충성심으
로 1955년과 1956년 남쪽에서 올라간 남로당에 대해 숙청을 거행했을 것이
다. 그렇게 남로당 수장이었던 박헌영은 미제의 간첩이라는 죄목으로 숙
청당하고 만다.

북한에서는 스탈린의 계획대로 적화통일에 대한 야욕과 어우러진 강력한
사회개혁이 단행되었다. 그렇게 해서 공산주의에 반대하는 기독교의 지도자
들과 각 분야의 인사들을 친일파반동분자, 반민주분자라는 죄목으로 숙청하
기 시작했다. 불행하게도 북한에서는 조선인민공화국이 존재하는 한 끝나지
않을 숙청 작업이 여전히 계속 시행되고 있다. 어느덧 북한에서 정치범수용
소를 만들어 수많은 국민들을 숙청한 역사가 70년을 넘어섰다. 또한 북한은
중요 산업시설의 90%를 국유화했다. 그리고 1946년 8월에는 북조선공산당
이 중국 연안파의 독립동맹정당, 조선신민당을 흡수 통합해서 북조선노동당
을 창설했다. 북한은 사회주의 정권수립을 위해 계속 전진해나갔다. 그리고
스탈린은 미군정에게 미·소공동위원회를 통해 통일임시정부를 설립할 것
을 제안했다.

미·소공동위원회
—

1946년 3월, 미국을 방문했던 윈스턴 처칠은 그 유명한 '철의 장막'을 연설
했고, 해리 트루먼의 트루먼독트린(Truman Doctrine)은 냉전시대의 개막을

열었다. 그만큼 스탈린과 공산주의의 행보는 동유럽으로부터 시작해서 엄청나게 빠른 속도로 세계를 집어삼킬 기세였다. 그때는 미국에도 공산당이 있었고 스탈린의 간첩들이 활동하던 시절이었다. 대표적으로 루즈벨트 대통령이 총애한 앨저 히스는 유엔 창립의 실무책임자였고 얄타회담에도 참석했지만 소련에 포섭된 고정 간첩이었다. 스탈린은 그들의 도움으로 미국과 미·소공동위원회도 좌지우지할 수 있었다.

스탈린은 자신만만하게 미국에게 임시정부수립을 제안하며 1946년 3월 20일 덕수궁 석조전에서 제1차 미·소공동위원회를 개최했다. 그러나 예상했듯 스탈린의 반대로 위원회에 참여할 정당과 사회단체를 선정하는 데 안초에 부딪혔다. 스탈린은 "모스크바 협정에 찬성하는 정당과 단체만 미·소공동위원회에 참가해야 한다"고 주장했다. 그의 속셈을 잘 아는 미국은 미·소공동위원회가 소련공산당의 지령을 받는 좌파 정당 일색이 될 것을 우려해서 이에 반대했다. 미국이 "언론의 자유가 있는 만큼 주요 정당, 단체는 모스크바 협정에 대한 찬반 여부에 상관없이 위원회에 참가할 수 있다"고 주장하자 양국이 서로 절충할 여지가 없었다. 결국 1946년 5월 8일 제1차 미·소공동위원회는 결렬되어 무기휴회로 들어갔다. 그렇게 1946년 여름부터 냉전시대에 돌입한 것이다. 미·소공동위원회가 결렬되고 한 달 후 존 힐드링 미국무차관보가 미군정 사령관 하지 중장에게 다음과 같은 지침을 보냈다.

"미국은 언론 자유의 원칙이 존중되어야 한다고 고수한 반면 소련은 확고한 반소 입장을 가진 조선지도자들을 조선임시정부에서 배제하려고 결심했기 때문에 미·소공위가 결렬되었다고 할 수 있다. 이 지도자들은 일본의 항복 이후 조선으로 귀국한 나이 많은 망명객 집단으로 구성하고 있다."

- 1946년, FRUS(미국외교 기밀문서)

이 문서에서 알 수 있듯이 미 국무부는 원로 독립운동가들이 미국의 목표를 돕기는커녕 반대하거나 방해만 된다고 판단해 임시정부 지도자들인 김구 선생과 이승만 박사를 배제했다. 특히 소련과 협조하려는 미국과 달리 반공과 반소가 철저했던 이승만 박사는 제2차 세계대전이 끝나기 이전 미국에서부터 소련을 경계하라고 여러 차례 미 국무부에게 경고해왔다. 그리고 그는 해방 이후 한국에 돌아와서도 미국이 소련과 협조하는 정책을 펼 때마다 크게 반대했다. 당시에 미국이 이승만 박사의 말에 조금이라도 귀를 기울였다면, 그리고 미국 정가에 스탈린의 스파이가 없었다면 끔찍한 6·25전쟁이 일어나는 것을 막았을지도 모른다.

"나는 김규식 박사와 여운형 씨가 남조선에 있는 중요한 정당 사이에서 협동과 통일을 위해 전력하는 것과 그 노력에 진전이 있다는 보고를 매우 흥미 있게 보고 있다. 나는 미군 사령관으로서 김·여 양 씨의 노력을 가능한 한 전적으로 인정하고 지지한다."
- 1946년 6월 30일, 미군정청 사령관 하지장군의 성명발표 내용

미군정청 사령관 하지 중장은 온건한 중도우파인 김규식 박사와 중도좌파인 여운형을 지지하고 좌우합작위원회를 구성해서 7가지 원칙을 발표했다. 그러나 1946년 여름부터 미군정청의 지지 아래 실시한 합작 운동은 결국 실패로 돌아가고 한반도 독립을 위한 시간만 낭비하고 말았다.

이승만 박사의 성명
—

이승만 박사는 1946년 6월 3일 정읍에서 새로운 제안을 한다.

"이제 우리는 무기 휴회된 미·소공동위원회가 재개될 기색도 보이지 않으며 통일 정부를 고대하나 여의하지 않으니 우리 남방만이라도 임시정

부 혹은 위원회 같은 것을 조직하여 38선 이북에서 소련이 철퇴하도록 세계 공론에 호소하여야 될 것이니 여러분도 결심해야 될 것입니다."

- 이승만 박사

"첫째로 미·소공동위원회가 이미 희망 없는 허상으로 돌아갔다는 사실을 그는 똑똑하게 목격했습니다. 뿐만 아니라 그가 체질적으로 가지고 있었던 반공주의적 시각에서 볼 때 이미 북한은 미국보다 훨씬 더 탁월한 소련의 동화 정책에 의해서 전국에 인민위원회 조직이 끝난 상황이었습니다. 따라서 그 스스로 남한만이라도 자유민주주의적 체제를 구축하는 것이 축복이라고 판단했을 수 있습니다. 미군정이 자신을 좌우합작운동에서 제외하자 미국정부를 상대로 남한만이라도 민주국가의 틀을 다지려고 운동을 했습니다."

- 이승만 박사의 성명에 대한 신복룡 전 건국대 석좌교수의 설명

이승만 박사는 1946년 12월부터 이듬해 1947년 4월까지 미국에 머물면서 미국 정부에게 미·소공동위원회를 거치지 않는 정책을 호소했다. 그리고 아래와 같이 조선 독립의 3개 안을 미 국무성에 제안했다.

- 총선거에 의하여 남북통일 정부가 수립될 때까지 남조선의 과도 정부를 수립할 것.
- 이 과도정부는 미·소 양국 간의 교섭을 방해하는 바 없이 점령군과 기타 중요문제에 관하여 미·소 양국과 교섭할 것.
- 조선의 경제 재건을 위하여 일본에 대한 조선의 요구를 속히 고려할 것.

- 1947년 2월 12일 〈동아일보〉

하지만 미 국무성 관리들은 계속 미·소공동위원회를 통해 일을 하고 싶어서 이승만 박사의 제안을 거부했다.

김구 선생의 반탁운동과 공산당의 계획
—

김구 선생은 변함없이 끊임없는 반탁운동을 했다. 그리고 미군정과는 다른 독자적인 과도 정부를 수립하려고 노력했다. 조선 해방이 자력이 아닌 일제의 패망으로 이루어졌고 이북에서는 번개같이 빠른 속도로 공산화가 진행되고 있을 뿐 아니라 스탈린과 김일성이 한반도 적화통일을 노리는 중대한 시기에 조선의 우파 지도자인 김구 선생이 이승만 박사와 뜻을 같이하지 못했던 것은 참으로 안타까운 일이다.

한편 조선공산당은 조선반도의 적화통일을 위한 전략대로 1946년 7월부터 악랄하게 전술을 바꿔 미군정을 공격하며 압박과 타격을 주는 시위를 시작했다. 1946년 5월 조선공산당은 조선정판사사건을 일으켰다. 이는 조선공산당이 일제가 조선은행권을 발행하던 건물을 접수해 조선정판사로 이름을 바꾸고 당비 마련과 경제를 교란시킬 목적으로 위조지폐를 만든 사건이었다. 이 일로 조선공산당 주요간부들이 수배되어 큰 타격을 입었고, 조선공산당 기관지인 《해방일보》가 폐간되었으며, 미군정 당국의 강력한 조처로 공산당이 지하로 잠입하는 계기가 되었다.

1946년 7월에 조선공산당이 발표한 신 전술은 미군정에 타격을 주는 전면적인 대중투쟁이었다. 그들은 9월부터 주요 도시에서 총파업을 시도했고, 10월에는 대구를 중심으로 대규모 시위와 봉기를 일으켰다. 안타깝게도 그들의 이러한 전략으로 인해 남한은 정치적·사회적·경제적으로 혼란이 가중되면서 더욱 불안한 상태로 빠져들었다. 이처럼 북한이 조직적인 테러를 감행할 수 있었던 것은 해방된 이듬해인 1946년 적화통일을 계획한 스탈린의 도움으로 북조선공산당의 사회주의화에 박차를 가하면서 남북한 공산주의 좌파들의 힘이 점차 커져갔기 때문이었다.

남로당의 전략은 유엔을 통해 대한민국정부를 수립하려는 이승만 박사의 노력에 많은 어려움을 주었고 남한을 무법천지로 만들었다. 또한 미군정과 중도파의 좌우합작운동이 실패로 돌아가고, 김구 선생의 반탁운동과 특히 스탈린의 사수를 받은 좌익세력인 남로당 박헌영의 반 미군정투쟁이 한데 뒤엉켜 극심한 혼란을 이루었다.

제2차 미 · 소공동위원회
—

스탈린의 숨은 목적 아래 1947년 5월 21일 다시 미국과 소련의 제2차 미 · 소공동위원회를 재기했다. 물론 회의는 평양에서 열렸다.

스탈린은 처음에 "모스크바협정 지지서약서를 내는 정당과 사회단체만 회의에 참가시킨다."라고 했지만 또다시 "반탁운동을 하는 단체는 협정지지서 약서를 내더라도 회의에 참가할 수 없다."라고 주장해 미국과 대립했다. 결국 제2차 미 · 소공동위원회 역시 결렬되고 말았다. 한편 한반도 문제를 빨리 매듭짓고 미군을 철수시키길 원했던 미국은 스탈린의 방해로 이미 유효성이 다한 모스크바협정 미 · 소공동위원회를 끝내야겠다고 판단했다. 그래서 제2차 미 · 소공동위원회가 진행 중이던 8월에 미국은 소련에게 "미 · 소 · 영 · 중 4자 회담에서 한국 문제를 협의하자"고 제안했다. 물론 소련은 이를 거부했다. 결국 미국은 유엔에서 한국 문제 해결안을 논의하기로 결정했다.

미국이 한국 문제를 유엔에 이관
—

미국은 1947년 9월에 "한국 문제를 유엔에 이관할 수밖에 없다"고 소련에 통보한 후 유엔총회에서 한국 문제 의제 채택을 요구했다.

"한국 문제 때문에 미국의 군부와 국무부가 크게 대립하게 됩니다. 미국 군부는 한국의 군사전략적 가치가 떨어지기 때문에 어떻게 해서든 빨리 지상군을 철수하자고 하는데 미 국무부는 아직도 미국의 체면이 한반도에 많이 걸려 있기 때문에 섣불리 철수해서는 안 된다고 주장하죠. 그러다 1947년 9월경에 미 군부와 미 국무부가 서로 합의를 하게 되고 한반도에서 주한미군을 철수하고 한국 문제를 유엔으로 넘깁니다. 즉 단독정부를 수립하는 쪽으로 서로 의견을 수렴하게 됩니다."

- 부산대학교 정치외교학과 이철순 교수

대한민국의 코앞에 소련의 스탈린, 중국의 마오쩌둥, 그리고 적화통일을 위해 집요하게 소련과 중국을 끌어들인 북한의 김일성이 있는데 1948년 주한미군을 철수하기로 결정한 것은 미국의 큰 실수이자 오산이었다. 만일 그때 미국이 주한 미군을 철수하지 않았고 그래서 6·25전쟁이 일어나지 않았다면 거의 500만에 달하는 수많은 생명을 구할 수 있었을 것이다.

유엔총회에서 한국 문제를 의제로 채택

—

유엔은 1947년 9월 23일 유엔총회에서 한국 문제를 의제로 채택했다. 유엔 한국임시위원단(UNTCOK)은 유엔 결의에 따라 1948년 1월 9일 서울에 입국해서 12일에 첫 회의를 열고 총선거를 위한 준비를 시작했다. 임시위원단은 먼저 미·소 양국에 협력을 요청했지만 소련의 거부로 입북이 거절되어 활동이 실현될 수 없었다. 결국 유엔은 1948년 2월 26일에 유엔 소총회를 열고 "유엔의 감시가 가능한 지역, 즉 남한에서의 선거"를 결정했다. 그리고 1948년 3월에 제정한 선거법을 근거로 인구비례에 따라 국회의원 정수를 북한 100명, 남한 200명으로 정했다. 그렇게 대한민국에서 개최될 5·10 제헌선거는 통일을 지향하고 있었다. 하지만 소련의 스탈린과 북한 공산당은 사사건건 방해공작을 벌였다. 그들은 미국이 한국 문제를 유엔에 이관하기로 결정한 순간부터 끊임없이 이를 막으려고 시도했다.

• 소련과 남북한 좌익의 주장
  - 유엔 감시하의 남북한 총선 반대
  - 미·소 양군의 조기 철수
  - 조선인에 의한 조선 문제 처리

겉으로는 그럴듯해 보이지만 한반도 전체 공산화를 노린 스탈린의 검은 속 내가 담겨 있는 제안이었다.

> "북한은 완전히 공산화 토대가 굳혀 있고 남한에서도 좌익세력이 엄청
> 난 힘을 발휘하고 있었습니다. 남한의 우익은 분열되어 있고 또 중도파
> 는 중도파대로 독자노선을 가고 있는 이런 조건에서 남북한 정치세력
> 이 모여 회의를 한다면 북한의 공산당과 남한의 좌익이 주도하는 결과
> 를 낳을 수 있습니다. 바로 그런 목적을 달성하려고 소련은 한반도에
> 주둔하는 미군과 소련군의 조기철수론을 제안했던 것입니다."
>   - 연세대학교 정치외교학과 양동안 명예교수

남로당은 악랄한 수단으로 폭력투쟁도 불사했다. 1948년 2월 7일에는 남로당계 농민과 학생들이 단독선거·단독정부를 반대로 총파업과 시위를 벌여 전국 방방곡곡에서 경찰과 유혈충돌을 일으켰다. 1948년 5월 10일로 선거일이 결정되자 선거를 막으려는 남로당 좌파세력이 1948년 4월 3일 무장공비를 일으켰는데 그로 인해 결국 선거를 제대로 치르지도 못했을 뿐만 아니라 군대와 경찰이 남로당의 폭동을 진압하는 과정에서 수많은 양민들이 희생되는 비극이 벌어졌다. 당시에 한반도에서는 유엔 감시 하의 선거를 둘러싸고 남북한 좌익들이 선거를 무산시키기 위해 격렬하게 대립하는 가운데 남한의 우익과 중도파들마저 선거에 반대하고 나섰다. 또한 김규식 박사와 우파의 김구 선생도 선거 반대와 미·소군 조기철수, 남북협상을 주장하는 한편, 북한에서 김일성, 김두봉과 남북지도자회담을 하자고 제안했다. 그들

의 제안을 받은 북한은 자기들 마음대로 1948년 4월 14일 평양에서 회의를 하자고 통보했다. 그리고 유엔 참관 아래 38선 이남에서 하는 총선거에 반대하기 위해 전 조선정당사회단체 대표자연속회의를 열자고 제안하며 아무런 상의도 없이 일방적으로 개최일자와 의제를 발표했다. 1948년 4월 19일에 김구 선생과 김규식 박사를 비롯한 남한 지도자들이 평양에 갔지만 회의 협상은 없었다. 당연한 결과였다.

"북한은 왜 남쪽 지도자들을 불러 모았을까요? 그들은 북한이 먼저 분단
정권을 수립했다는 역사적 비난을 피하고 싶었습니다. 그래서 남한의
정치 지도자들을 불렀습니다."

                                              - 신복룡 전 건국대 석좌교수

북한은 평양방송을 통해 일방적으로 제안하고 남한 지도자들에게 초청장을 보내 결국 김구 선생과 김규식 박사를 이용할 계획이었던 것이다. 나라에 대한 충성심으로 가득 찬 그들은 조국의 분단을 막을 마지막 기회라는 생각에 1948년 4월 19일에 북으로 넘어갔다. 그리고 그들이 참석한 평양에서의 연속회의는 처음부터 끝까지 오직 남한의 총선거를 비난하는 결의로 이어졌다.

"연속회의도 남북협상회의도 북한정권이 써놓은 시나리오 그대로였습
니다. 결국 남한의 대표들은 거기에 지지하는 발언을 하고 막판에 가서
그 문건들에 대해 참여한 대표들이 동의했다는 서명만 남기는 그런 상
황이 된 겁니다."

                              - 연세대학교 정치외교학과 양동안 명예교수

회의가 개최되기 일주일 전, 소련 공산당정치국이 평양의 점령군사령부로 보낸 문건은 이 모든 사건의 배후에 소련이 있었음을 뒷받침하고 있다. 만약 그때 중도파와 우파만이라도 나라를 지키려는 한마음으로 뭉쳐서 스탈린,

김일성이 이끄는 공산당에 목숨 걸고 대적했다면 민족의 비극인 6·25전쟁을 막을 수 있었을지도 모른다. 이승만 대통령과 미국이 대한민국을 반토막으로 만들었다고 원망하는 사람들도 있지만 1945년부터 적화통일을 염두에 둔 소련의 스탈린과 북한의 김일성을 누가 이길 수 있었을까? 그렇다면 나라를 반토막으로 만들어 지금까지 분단된 채 살아가는 우리 민족의 비극을 만들어낸 것은 누구겠는가? 바로 대한민국을 동유럽 국가들처럼 공산화해서 적화통일을 하기 위해 갖은 모략과 술수를 쓴 스탈린이다.

소련의 선거 방해

소련이 보낸 전연방공산당 중앙위원회 정치국 결정 의사록에는 조선의 통일과 독립을 지연시킬 목적에서 실시되는 남조선 단독 선거를 보이콧하게 한다. 남조선에서 외국군대를 철수시키자는 소련의 제안을 지지하고, 남조선뿐만 아니라 북조선에서도 신속하게 외국군대를 철수시킬 것을 요구한다 (1948년 4월 12일, 스탈린).
그로부터 2주 후인 1948년 4월 26일 북한의 '조선정치정세에 관한 결정서'의 내용은 소련 스탈린의 지시를 그대로 따르고 있다.

> 우리 남북 제정당 사회단체들은 남조선 단독선거를 파탄시켜야 할 것이며 조국에서 외국군대를 즉시 철거하고 조선인민이 자기 손으로 통일적 민주주의 자주독립국가를 수립할 권리를 부여하자는 소련의 제안을 반드시 실현시키기 위하여 강력히 투쟁할 것

비록 50년이 지나서야 밝혀졌지만 1945년 9월 20일 극동군사령관에게 한반도 분단 계획을 전하는 비밀지령을 내렸듯이 스탈린은 철저하게 북한을 잡고 한반도의 적화통일을 꿈꾸며 분단을 계획하고 있었다. 1948년 5월 5일,

김구 선생 일행이 예상대로 빈손으로 평양에서 돌아왔다. 안타깝게도 그들은 소련과 북한의 계략 때문에 분단을 막을 만한 그 어떤 성과도 얻지 못했다.

유엔 감시단 아래 치른 선거
—

1948년 5월 10일은 조선 역사상 가장 중요한 날이었다. 집마다 태극기가 계양되었고 흰옷을 입은 많은 사람들이 투표장 앞에 줄을 이었다. 대한민국의 첫 국회의원 선거일인 1948년 5월 10일, 전체 904명의 입후보자 가운데 198명이 선출되었고 그렇게 30명의 유엔 감시단 아래 남한만의 선거가 개최되었다. 놀라운 것은 당시 투표율이 95.5%나 되었다는 사실이다. 아름다운 백의민족이 자기 주권을 행사하러 투표장으로 향한 찬란한 나들이였다.

뜻깊은 선거의 날
—

조선에서 처음으로 이뤄지는 민주주의 선거에 투표할 권리가 있는 사람이라면 남녀노소를 불문하고 누구나 참여했다. 그들은 여러 위험을 무릅쓰고 대담하게 투표장으로 가서 저마다 자유의사에 의해 입후보자들 가운데 한 사람을 선택하는 귀중한 한 표를 던졌다. 온 국민이 우리만의 새로운 독립국가를 만드는 일에 기쁨과 애정을 가지고 참여했다. 1948년 5월 31일 제헌국회 개원헌법을 재정한 대한민국 최초의 국회가 탄생했다. 그사이 국회의장에 이승만 박사가 선출되었다.

> "이 국회는 전 민족을 대표하는 국회이며 이 국회에서 탄생하는 정부는 완전한 한국 전체를 대표할 중앙정부임을 공포하는 바입니다."
>
> – 이승만 의장 개회사

대한민국 헌법

—

새로운 대한민국 국회는 1948년(4281 단기) 7월 17일에 대한민국 제헌국회 헌법을 공포했다. 유진오의 제헌국회헌법 초안은 다음과 같다.

제1조 대한민국은 민주공화국이다.
제2조 대한민국의 주권은 국민에게 있고 모든 권력은 국민으로부터 나
온다.　　　　　　　　　- 대한민국 관보 제1호 제헌헌법 조문중

"그 제헌헌법 속에서 이 새로운 나라는 세계사의 흐름인 자유와 민주와
시장경제의 방향으로 가겠다는 의지를 확실히 밝혔고, 국민에게 주권
이 있는 국민 주권 국가를 선언했고, 그러한 국민의 기본권을 보장하기
위해서 권력을 제한했습니다. 더욱이 이 한반도에 유일한 주권 국가는
오직 대한민국뿐임을 고함으로써 국가적 정통도 명확히 한 점을 우리
가 기억해야 할 것입니다."

- 숭실대학교 법학과 강경근 교수

대한민국의 탄생

—

1948년 7월 20일에는 국회의원의 간접선거로 초대 대통령 선거를 개최했
다. 초대 대통령으로는 180표로 이승만 박사가 선출되었다. 1948년 8월 15
일에 독립정부 수립 후 대한민국이란 나라가 새롭게 탄생했고, 해방 이후 꼭
3년 만에 초대 대통령이 탄생한 것이다. 이승만 초대 대통령은 수많은 국민
이 함께한 자리에서 정부수립선포식을 거행했다.

"8월 15일 오늘에 거행하는 이 식은 우리의 해방을 기념하는 동시에 우

리 대한민국이 새로 탄생한 것을 겸하여 경축하는 것입니다. 이날에 동양의 한 고대국인 대한민국 정부가 회복되어 40여 년을 두고 바라며 꿈꾸며 희생적으로 투쟁해온 결과가 이에 나타나는 것입니다."

- 이승만 대통령 경축사

대한민국이 탄생한 날은 모두가 감격해서 "대한민국 만세"를 목이 터져라 외쳤다. 비록 소련 스탈린과 북한 김일성 때문에 반쪽 나라가 되었지만 마침내 독립정부가 수립되었다. 1910년 한국이 일제에 강제 점령된 지 38년 만이었다. 1948년 8월 15일! 민족이 그토록 염원하던 독립국가가 마침내 대한민국이라는 이름으로 새롭게 태어났다.

유엔에서 승인한 합법적인 나라, 대한민국의 완성

—

1948년 12월 12일에 열린 유엔총회에서 유엔은 한국 문제의 결의가 제대로 이행되었음을 확인하고 한반도 유일의 합법적인 정부인 대한민국정부 수립을 인정·승인하는 결의를 채택했다. 이처럼 대한민국은 독립된 국가로서 유엔에서 합법적 정부로 수립을 인정받은 국제적으로 완성된 나라이다. 1950년 6·25전쟁 때 국군과 함께 싸워 적의 수중에서 우리 국민을 구해준 유엔군에게도 깊이 감사하는 마음이지만 독립된 정부가 있어 그런 도움을 받을 수 있었으니 나라가 있다는 것이 얼마나 중요한지를 다시금 생각해보게 된다. 다음은 유엔총회 결의문의 일부이다.

"임시위원단의 감시와 협의가 가능했고 한국의 대다수 국민들이 거주하는 그 지역의 지배권과 관할권을 가진 합법적 정부가 수립되었으며⋯ (중략) 이 정부는 한국 내의 유일한 정부임을 선언합니다."

- 1948년 12월 12일, 파리 유엔총회결의문 중에서

대한민국 임시정부 때부터 추진해왔던 대한민국 건국은 1948년 12월 12일 유엔의 국제적인 승인을 받아 수립되었기 때문에 1950년 6월 25일 스탈린이 6·25전쟁을 일으켜서 대한민국이 소멸될 위기에 처했을 때 다행히 유엔의 개입을 통해 도움을 받을 수 있었다.

조선인민공화국 수립
—

약 20일 뒤인 1948년 9월 9일, 북한에도 정식으로 국가가 수립되었다. 북한에서는 이미 4월에 국호를 제정하고 헌법 초안까지 통과시켰지만 분단의 책임을 회피하기 위해 조선민주주의 인민공화국의 선포를 미루고 있었다. 이역시 스탈린의 계획이었다.

> "북한은 기다리고 있었습니다. 8월 15일 대한민국 선언까지 기다렸죠.
> 왜냐? 그 이유가 뭘까? 바로 책임 문제 때문입니다. 책임을 회피하는 방법이었죠."
>
> - 국민대학교 안드레이 란코프 교수

8월에는 38선 이남에서 공산주의자들이 조직한 지하 선거를 통해 총선을 실시했다. 1948년 9월 2일 조선최고인민위원회에서 헌법을 채택하고 내각과 최고재판소 등 정부를 구성했으며 김일성을 수상으로 초대했다.

신생 대한민국
—

신생 대한민국은 한민족 역사상 최초로 국민이 주권을 행사하는 나라이다. 개인의 근본적인 자유를 보장하고, 국민들이 자유롭게 자신의 재능을 펼칠

수 있고, 각자 일한 만큼 보상받을 수 있고, 자유민주주의와 시장경제체재를
지향하는 나라로 탄생했다.

"해방 3년은 사실 준식민지도 아니고 식민지도 아니고 해방도 아니고 독
립도 아닌 매우 어정쩡한 국가 상태였습니다. 그러다가 1948년에 국가
가 수립된 것은 일제 35년의 청산, 국민 국가의 탄생, 자본주의경제체제
의 도입이라는 점에서 분명히 절반의 축복임에 틀림없을 것입니다."

— 신복룡 전 건국대학교 석좌교수

"대한민국 정부수립으로 인해서 남북통일이 거덜나고, 남북분단이 됐다.
이거, 이런 논리는, 사실에 맞지 않아요. 왜냐하면 이북에서는 이미 인
민위원회를 만들어서 사실상의 국가를 만들었거든. 건국하고 있는 거
야. 그리고 그걸 감춰놨어라. 만약에 그때 대한민국정부수립이 안 됐다
면 영원히 우리 독립은 잃어버리고 마는 거야! 아니면 공산주의국가가
되는 거지."

— 한국학 중앙연구원 고(故) 박성수 명예교수

"그 당시 1948년 즈음이면 이 동아시아에서 러시아는 완전히 공산주의
국가였고 북한도 이제 완전히 김일성 체제에 들어갔는데 그 나머지 반
쪽을 지켜서 자유민주주의 국가를 만든다는 건 굉장히 어려운 일이었
습니다!"

— 부산대학교 정치외교학과 이철순 교수

6·25전쟁 계획
—

동유럽의 공산화를 성공시킨 소련의 스탈린은 1945년 8월 15일부터 한반

도의 공산화를 꿈꿨다. 그리고 스탈린과 김일성 두 사람은 1948년 9월 북한 정권이 수립되자마자 구체적으로 적화통일을 위한 무력 남침을 도모했다. 1949년 3월에 소련을 방문한 김일성은 스탈린에게 남침에 대한 허락과 지원을 요청한다. 그러나 스탈린은 "아직은 북한의 전력이 압도적이지 않기 때문에 남침 계획을 미루고 더 철저하게 준비하라"고 지시하면서 소총 1만5천 정, 각종 포 139문, T-34 전차 87대, 항공기 94대로 북한에 무기를 지원했다. 그러면서 김일성에게 남침 전쟁문제를 중국의 마오쩌둥과도 협의하라고 지시했다. 김일성은 스탈린의 명령에 따라 1949년 4월 말 북한 대표를 중국으로 보내서 마오쩌둥에게 스탈린과 협력관계임을 알렸디. 그러지 마오쩌둥 역시 전쟁은 잠시 유보하는 것이 좋겠다고 권하면서 남침 준비 차 김일성에게 중국 해방 인민군 내 조선인 2개 사단을 보냈다.

> "우선 소련은 원자탄을 보유하지 않은 상황이었습니다. 전쟁이 날 경우 미국의 원자탄이 두려웠기 때문에 스탈린은 1949년 3월에는 절대 안 된다고 했죠. 김일성이 전쟁을 일으키면 결국 미국과 소련의 전쟁이 되는데 우리는 아직 미국과 전쟁을 할 상황이 아니다."
>
> – 연세대학교 통일연구소 김계동 교수

안타깝게도 오랜 전쟁에 지친 미국은 1948년 8월 15일 대한민국정부가 수립되자 9월 15일부터 주한미군을 감축하기 시작했다. 그러다 1949년 4월 다시 철수를 시작해 5월 28일에는 군사고문단 500여 명만을 제외하고 4만 5,000명의 철수를 완료했다. 마침내 6월 미군이 남한에서 철수하자 김일성은 8월에 다시 모스크바에 가서 스탈린에게 남침을 허락받으려 했다. 동유럽의 공산화를 성공시킨 스탈린은 여전히 전면 전쟁은 시기상조라며 허락하지 않았다. 대신 남한 빨치산들의 무장공비를 이용해 남한을 공산화하라고 지시했고 이를 전달받은 남로당은 9월에 남한 각 도시의 경찰서와 관공서, 군사령부 등에 대해 대공세를 나섰다. 드디어 스탈린의 염원이 이루어졌다. 1949년 8월 소련이 핵실험에 성공한 것이다. 한반도 전쟁에서 미국을 견제하기 위한 필수조건이 갖춰진 셈이었다. 또한 같은 해 10월에는 스탈린이 도움을 준 마오쩌둥의 중국공산당이 국공내전에 승리해서 중국 전체를 공산화했다. 이때 미국이 개입하지 않은 것을 알게 된 김일성은 뛸 듯이 기뻐하며 말했다.

"중국의 내전에 미국이 개입을 포기했다. 우리가 남침한다 해도 미국놈들은 개입하지 않을 게 분명하다."

1950년 1월 김일성이 평양의 소련대사를 통해 스탈린에게 남침공격을 위한 회담을 청하자 스탈린이 1월 3일 극비문서로 다음과 같이 답신했다.

"큰일에는 대규모의 준비가 필요하다는 것을 김일성 동지는 명심해야 하오. 이 일에 대해서 김일성 동지가 토론하기를 원한다면 나는 항상 대화의 준비가 되어 있소."

1950년 4월 초에 김일성과 박헌영이 또다시 모스크바를 방문했다. 이 회담에서 스탈린은 중국이 동의한다는 조건으로 북한에게 적화통일을 위한 남침 전쟁을 허락했다. 스탈린의 계획은 중국을 끌어들여서 소련이 전쟁을 주동한 게 아니라는 점을 분명히 하려는 것이었다. 1950년 5월 14일 스탈린이 마오쩌둥에게 보낸 극비문서의 내용은 다음과 같다.

"마오쩌둥 동지, 나는 북한 동지들과의 면담에서 변화된 국제 상황에 따라 통일과업을 개시하겠다는 북한의 제안에 동의했소. 또한 이 문제에 대해 중국 측과 북한 측의 공동합의에 따라 최종 결정되어야 한다는 전제조건을 달았고 그렇게 될 것이오."

마오쩌둥에게는 북한의 남침을 돕는 것보다는 대만을 공산화하는 일이 더 시급했지만 그렇다고 스탈린의 결정에 반대하는 입장은 아니었기에 김일성을 지원하기로 결정했다. 어쨌거나 중국 내부의 문제를 해결하기 위해서는 경제적으로나 군사적으로 스탈린의 지원이 필요했기 때문이다. 그렇게 1949년 5월 주한미군이 철수하고 스탈린과 김일성이 마오쩌둥과 합세해서 한반도의 적화통일을 위해 전쟁을 준비하고 있으니 신생 대한민국에는 서서히 음침하고도 절망적인 바람이 불어오고 있었다. 한편 김일성은 스탈린의 지지로 남한을 무력침공, 무력남침, 선제타격한다는 계획을 세웠다. 그리고 소련의 군사고문단을 중심으로 남침 공격 작전을 계획했다.

> "북한선제타격 작전계획을 보면 첫째 단계에서는 서울지역을 점령하고, 둘째 단계에서는 대전까지 점령하고, 셋째 단계에서는 부산지역까지 완전히 점령한다는 내용이 소련말로 작성되어 있습니다. 소련 군사고문단이 남침작전을 계획하는 데 깊이 관여했다고 할 수 있죠. 작성뿐만 아니라 북한의 군대편제, 그리고 남침작전을 지휘하는 데 구체적으로 깊이 관여했다고 봐야 될 겁니다."
>
> – 성신여대 정치외교학과 김영호 교수

1,129일 동안 이어진 6·25전쟁
—

1950년 6월 16일 마침내 스탈린은 6월 25일을 남침 개시 일자로 승인했다. 남침 공격 계획을 세우면서 스탈린과 김일성, 마오쩌둥이 가장 고민한 것은 미군의 전쟁 참전 가능성이었다. 그래서 김일성과 스탈린은 미군이 한반도에 도착하기 전인 2개월 안에 재빨리 전쟁을 끝내기로 결정했다. 그런데도 미국은 스탈린의 남침 계획을 까맣게 모른 채 오히려 한국이 북진통일을 할까 봐 총알까지 규제했다. 또 앞으로 5년 동안은 소련이 절대로 침범하지 않을 거라는 기가 막힌 오산을 하고 있었다. 결과적으로 북한의 남침에 유리한 상황이 된 것이다. 그렇게 대한민국은 전쟁 준비가 전혀 안 되어 있는 상태에서 북한의 남침에 무참히 당할 수밖에 없는 처지였다.

> "투르먼 미국 대통령 회고록을 보면 당시 동서 냉전의 전선이 통과되던 알류산 열도에서부터 스칸디나비아반도까지 전 세계에 주둔해 있던 미

국 측 현지 사령관들이 자기 점령 지역에 공산군의 공격이 임박해 있을 가능성이 높다고 보고들을 했죠. 그래서 한반도 공산군의 그와 같은 움직임에는 특별히 주의를 기울이지 않았던 것 같습니다."

- 경북대학교 정치외교학과 허만호 교수

1950년 6월 25일 일요일 새벽 4시에 북한군은 선제타격작전 계획에 따라 38도선 전체 전선에 걸쳐 남침을 시작했다. 그들은 서쪽 옹진반도로부터 동쪽으로 개성, 동두천, 포천, 춘천, 주문진에 이르는 38도선 전역에서 공격을 개시했다. 강릉 남쪽 정동진과 임원진에는 육군전투부대와 유격대를 상륙시켰다. 북한의 김일성은 1950년 6월 25일 오후 1시 35분에 평양방송을 통해 "남한이 오늘 아침 북한의 모든 평화통일 제의를 거절하고 옹진반도에서 해주로 북한을 공격했다"고 거짓말을 하면서 북한은 단지 남한의 북침에 반격했을 뿐이라며 그들이 선제타격해서 남침했다는 사실을 철저하게 감췄다. 안타깝게도 대한민국군은 소련제 무기로 무장해서 압도적인 화력을 가진 북한군의 기습공격을 막을 수가 없었다. 북한군의 숫자도 남한군의 배가 넘는 데다 소련제 항공기 226대와 소련제 탱크 B34 242대를 앞세운 북한군은 전쟁이 발발한 그날 개성과 동두천, 의정부를 거쳐 서울로 진격했다. 특히 의정부 서울 측 선에서 북한군은 국군의 7배가 넘는 전투력을 집중했고 국군의 후방 주둔 사단이 전방으로 속속 투입되었음에도 역부족이었다. 결국 1950년 6월 28일 새벽 국군은 서울의 미아리 방어선까지 격파당해 서울을 내주고 말았다.

"북한군이 남침했을 당시 한국군은 전방에 배치된 부대들도 북한 공격부대에 비해서 방어 수준이 약 4대1의 정도밖에 미치지 못했고, 미처 준비하지 못한 것들 특히 북한군의 소련제 탱크를 방어할 만한 그런 장비나 무기들이 전혀 없었습니다."

- 국방부 군사편찬 연구소 양영조 박사

"북한군은 중국내전에 참전했던 조선인군대 사단들을 6 · 25전쟁 이전에 전부 북한지역으로 데려왔습니다. 그래서 중국내전에 참전했던 조선인 병사들이 북한군사단에 기간요원으로 편성이 되었습니다. 이러한 요인들 때문에 북한이 전쟁 초기에 우세한 측면을 가지고 있었습니다."

- 성신여대 정치외교학과 김영호 교수

그러나 대한민국 국군은 목숨을 걸고 전장 곳곳에서 북한군에 맞서 용감히 싸웠다. 중국의 국 공 내전 당시 국민당군에서는 사단병력이 통째로 공산군에 투항하는 일도 있었지만 대한민국 국군은 달랐다. 그리고 춘천을 지키고 있던 육군 제6보병사단은 북한군의 공격을 저지하기까지 했다. 춘천전투에 참가했던 안원홍 노익장은 말한다.

"6 · 25 춘천 전투에서 지휘관들이 사전대비도 많이 했다는 것을 말씀드리고 싶어요. 사변 나기 좀 전에 춘천청년단들, 학도호국단들의 협조를 받아서 준비를 다 해놨습니다. 시민들이 피난도 안 가고 군인들에게 포탄을 날라준다거나 제사공장 직원들이 밥을 해서 가져다주고, 춘천이란 곳이 남다르게 협조가 잘 되어 3일 동안 전투가 유지되었습니다."

육군 6사단은 북한군 2사단에 맞서 싸웠다. 그리고 남하하던 북한군을 사흘이나 싸워서 지연시켜버렸다. 당황하던 북한군은 홍천에서 전투 중인 북한군 12사단의 일부를 춘천으로 급파했지만 북한군 12사단도 그들의 역할을 제대로 하지 못했다. 북한군이 점점 서울에 가까워지자 이승만 대통령 정부는 서울을 탈출했다. 대한민국이 북한의 남침을 물리치려면 그 정부와 대통령이 살아남아 있어야 했기 때문이다. 하지만 문제는 갑자기 당하는 일이라서 정부가 시민들에게 제대로 알리지도 않고 서울을 탈출한 것이었다. 그의 참모들이 일을 더 잘했다면 그런 일은 일어나지 않았을 것이다. 이승만 대통령은 1950년 6월 27일 새벽 3시에 서울을 탈출했다. 국회의원들과 내

각들도 국민에게 제대로 알리지 않고 서울을 탈출했다. 게다가 국군은 공산군의 남하를 지연시키기 위해 1950년 6월 28일 새벽 2시에 한강 대교를 폭파했다. 당시에 서울시민 대부분이 정부의 방송만 믿고 피난을 가지 않은 상태였다. 그날 1950년 6월 28일 낮에 북한군이 서울에 입성했고 90만 명에 달하는 서울시민 대부분이 꼼짝없이 적군 치하에 버려졌다. 그리고 이들은 9·28수복이 될 때까지 석 달 동안 끔찍한 공산 통치하에 목숨을 지탱해야 했다. 정부는 임시로 거처를 대전으로 옮겼다가 다시 대구를 거쳐 부산으로 옮겼다. 김일성이 점령한 서울 하늘에는 인민공화국의 깃발이 펄럭이고 빨갱이 세상이 시작되었다. 1950년 6월 28일, 3일 만에 한강 이북의 서울을 점령한 북한군은 그곳에서 사흘 동안 지체했다. 그 덕분에 한국군은 전열 보병을 정비할 귀중한 시간을 얻었다. 전열 보병을 정비함으로써 유엔군의 참전이 가능했던 것이다. 이승만 대통령은 북한의 남침 사실을 보고받은 1950년 6월 25일 오전에 주한미국대사 무초를 만나 "우리는 한국을 제2의 사라예보로 만드는 것을 피해왔으나 현재의 위기가 한국 문제를 해결하기 위한 최선의 기회를 제공해준 것인지도 모른다"고 말했다. 사라예보사건은 세르비아 공화국의 민족주의 조직에 속한 한 청년이 오스트리아–헝가리 제국의 황태자 부처를 저격 살해하여 제1차 세계대전의 발화점이 된 것이다. 그렇게 발발한 제1차 세계대전으로 수천만 명이 목숨을 잃었다. 이승만 대통령은 북한의 침략을 사라예보사건처럼 심각하게 보고 세계 자유진영에 대한 공산진영의 공격이니 세계 자유진영이 총반격해야 한다고 말했다.

미국과 유엔의 도움
—

1950년 6월 24일 미국 현지시각에 주한미국대사 무초는 트루먼 대통령에게 다음과 같이 보고했다.

"1950년 6월 25일 새벽 4시에 북한군이 38선에서 남침을 시작했다. 탱크를 앞세운 북한군이 개성을 점령하고 춘천을 포위했으며 동해안으로도 상륙했다. 북한군의 공격 방법과 형태로 볼 때 그들은 남한을 침공할 전쟁 준비가 완벽히 갖춰진 상태에서 전투를 시작한 것으로 보인다."

미국의 트루먼 대통령은 격노하며 무슨 수를 써서라도 그들을 막아야 한다고 했다. 그는 한국이 공산화되어 일본이 위험해질 경우 세계 반공전선에서 미국에 대한 신뢰도가 떨어질 것을 우려했다. 트루먼 대통령은 즉각 유엔안전보장이사회 소집을 요청했고 유엔은 신속하게 움직였다. 1950년 6월 25일 현지시각, 유엔안보리가 북한의 남침을 침략행위로 규정하고 38도선 이북으로 퇴각할 것을 요구했지만 스탈린과 김일성은 이를 무시했다. 그러자 1950년 6월 27일 유엔에서 유엔군의 파병이 논의되었고 6월 27일 뉴욕 현지시각에 유엔 파병 결의문을 통과시켰다. 북한이 남한을 침략한 지 불과 이틀이 지났을 때였다. 여기서 기억해야 할 아주 중요한 한 가지가 있다. 유엔이 이토록 신속하게 대응한 건 대한민국이 유엔 결의로 탄생한 나라이기 때문이다. 또 유엔에 의해 성립된 나라를 침략한 것은 곧 유엔을 침략한 것과 마찬가지기 때문이다. 7월 초에는 유엔군을 지휘할 통합군사령부가 설치되고 맥아더 장군이 유엔군 사령관에 임명되었다. 그리고 공산주의자 스탈린과 김일성이 일으킨 6·25전쟁에서 대한민국을 돕기 위해 많은 나라가 참전을 지원했다. 파병 16개국과 의료지원 5개국을 포함해 총 21개국이 6·25전쟁에 참전했고, 38개국이 물자지원을 해서 총 59개국이 참전을 지원했다. 또한 병력지원 16개국은 대한민국 국군 1,090,911명, 병력지원 629,370명, 의료부대 3,122명을 지원했고 의료지원 5개국은 이동외과, 병원선, 적십자병원, 야전병원을 지원했으며 물자재정지원 38개국은 7,834,013달러를 지원했다. 평화를 위해 기꺼이 헌신하는 유엔의 정신이 빛나는 순간이었다. 또한 미국은 남침개시 다음 날인 1950년 6월 26일부터 주일미해군과 공군을 투입했다. 1950년 6월 29일에는 맥아더 장군이 한강 이남의 영등포에서 전선을 시찰했고 북한군의 남진을 저지할 방안을 모색했다. 1950년 7월 19일 트루먼 대통령은 라디오 텔레비전 연설에서 다음과 같이 말했다.

그녀의 이름은 마리아

"수천 마일 떨어진 작은 나라 한국에서 지금 벌어지는 사태는 모든 미국인에게 중요합니다. 공산주의 세력이 한국을 침략했다는 사실은 세계 다른 지역에서도 비슷한 공격이 있을 거라는 경고입니다."

"트루먼 대통령이 명시적으로 얘기하는 이 전쟁은 스탈린이 일으킨 전쟁이다! 스탈린이 이제 자본주의, 공산주의 대결에서 변방지역을 찔러보는 거다! 한반도에 전쟁을 한 번 일으켜보고 서방진영이 어떠한 대응을 하는지 서방의 의지와 능력을 테스트해보기 위해 일으킨 전쟁이다! 트루먼은 그렇게 생각했습니다. 여기서 약한 모습을 보이면 스탈린이 어디 다른 곳에서 또 다른 전쟁을 일으킬지 모르기 때문에 확실한 대응을 해줘야 한다고 생각했습니다. 그래서 즉시 유엔에 결의안을 제출하고 유엔의 서방진영 국가들은 모아서 즉각적으로 참전하게 된 거죠."

– 연세대학교 국가관리연구원 김계동 교수

한강이 1차 방어선, 금강이 2차 방어선 낙동강이 3차 방어선이었다. 한국군은 북한군을 남한으로 깊숙이 끌어들였다가 반격한다는 전략을 세웠다. 북한군은 한강 1차 방어선, 금강 2차 방어선까지 뚫고 들어와 마지막 방어선인 낙동강 3차 방어선까지 밀고 들어왔다. 두 달 동안 계속된 낙동강 방어전으로 국토의 10%밖에 남지 않았으니 한반도의 대부분은 북한군에 점령된 상태였다. 이 전쟁은 남한의 민간인들에게도 끔찍한 전쟁이었다. 북한군이 한반도 대부분을 점령하면서 엄청나게 많은 민간인들이 죽고 고통을 겪었던 것이다. 게다가 북한군이 남한 점령지에서 병력을 충원했기 때문에 억울하게도 많은 대한민국 청년들이 가족과 헤어져 죽거나 강제로 납북되었다. 이승만 대통령이 1953년 6월 미국의 반대를 무릅쓰고 반공포로석방사건을 일으킨 것도 반공포로 중의 많은 이들이 북한군이 강제로 병력을 충원할 때 억지로 끌려간 대한민국 청년들이기 때문이었다. 그렇게 이승만 대통령은 자기 목숨을 아끼지 않고 오로지 신생 대한민국의 안보를 위해 미국에 맞서 한미상호방위조약을 얻어내려고 반공포로석방을 감행했다. 북한군에 밀려 후퇴한 국군과 유엔군은 1950년 8월초가 되자 마침내 낙동강을 최후의 방어선으로 정하기에 이르렀다. 국군과 유엔군은 1950년 8월 초에서 9월 중순까지 낙동강 전선에서 북한군과 혈전을 계속했다. 제공권을 완전히 장악한 미군은 북한군에 맹폭격을 가했으며 지상에서는 국군과 유엔군이 북한군을 저지했다. 특히 대구로 통하는 전술적 요지인 대구 북방 22킬로미터 지점 경북 칠곡군 다부동에서는 무려 55일간 치열한 전투가 벌어졌다. 고지를 10여 차례나 뺏고 빼앗기며 북한군 2만4천여 명, 국군과 유엔군 1만여 명의 사상자를 낸 전투에서 국군 1사단이 북한군의 공격을 저지하여 대구를 고수했다.

백선엽 장군 회고록

—

"전선의 상황이 너무 급박하다 보니 학도병 등으로 신병을 받아도 이들을 제대로 훈련시킬 여유가 없었다. 이들은 겨우 서너 시간 동안 기본적인 소총 사격훈련과 수류탄 투척요령만 습득한 뒤 곧바로 전선으로 투입됐다. 희생자는 늘어만 가는데 '고문관'으로 불리는 신병들은 계속 도착했다. 학도병을 비롯해 군복도 없이 총 한 번 잡아보지 못한 청소년들이 수도 없이 죽어갔다. 한바탕 격전을 치르고 나면 부대원의 30~40%가 사라졌고 이들은 곧 신병으로 교체됐다. 나중에는 분대장이 자신에게 배속된 분대원의 얼굴과 이름도 모른 채 전투에 나서는 지경에 이르렀다. 군적도 없이 죽어간 무명용사들, 그들은 대한민국의 오늘을 떠받친 주역이다."
이 전쟁은 내 조국에서 형제끼리 서로 죽고 죽이는 전쟁이었고 스탈린의 전쟁이었다. 그리고 전쟁이 시작되었을 때 남한의 방어수준은 북한의 약 4대1 정도에 불과한 데다 북한군의 소련제 탱크를 방어할 만한 무기와 장비가 전혀 없었다.

인천상륙작전

맥아더 장군이 이끄는 유엔군은 1950년 9월 15일 인천상륙작전을 감행했다. 유엔군 상륙부대가 한반도 중부에서 북한군의 퇴로를 차단하면 낙동강 전선의 유엔군이 대반격을 한다는 계획으로 그야말로 역사적인 순간을 이뤄냈다.

> "인천상륙작전이 군사 전략적으로 갖는 가장 큰 의미는 전세를 일거에 전
> 환시켰던 터닝포인트라는 거죠. 북한군의 일방적인 기습공격에 의해서
> 한국군이 수세에 몰리고 낙동강 방어선으로 궁지에 빠졌을 때 전세를 일
> 거에 전환시켰던 가장 중요한 작전 중 하나라고 평가할 수 있습니다."
>
> – 국방부 군사편찬연구소 이상호 박사

9·28 서울 수복

1950년 9월 15일 맥아더 장군이 이끄는 유엔군 인천상륙작전 이후 전세가 완전히 역전되었다. 그리고 유엔군과 국군은 1950년 9월 28일 서울을 수복했다. 이제는 38선을 넘어 북진할 것인가가 문제였다. 이승만 대통령은 북한의 침공으로 38선은 없어졌으며 이 기회에 북한정권을 몰아내야 한다고 생각했다. 그리고 대구 소재 육군본부에서 한국군 지휘관들을 소집한 뒤 국가의 최고 통수권자로서 한국군에게 1950년 9월에 38선을 돌파하는 북진명령을 내리며 이렇게 말했다.

"무마정책과 친공분자들이 세계 각국에서 열광적으로 활동해서 유엔군이 38선 이북으로 올라가면 세계대전이 날 것이니 총대로 막아야 됩니다."

그에 따라 1950년 10월 1일 강릉방면에서 최초로 국군 3사단이 38선을 넘었다. 다음으로 1950년 10월 7일에 유엔군이 38선을 넘었고 그 뒤 유엔총

회가 이를 승인했다.

"8월부터 어디까지 공격해야 하느냐를 논의하기 시작합니다. 첫 번째 시각은 북진해야 한다. 이미 북한이 전쟁을 일으켰기 때문에 38선은 없어진 것이다. 없어진 것이기 때문에 올라가도 된다. 올라가서 침략자들을 응징해야 한다. 두 번째 주장은 조심해야 한다! 왜냐하면 우리가 올라가게 되면 중국이나 소련이 참전할 가능성이 있기 때문이다. 이 두 가지 설이 같이 논쟁을 벌이다가 결국은 미국정부가 1950년 9월 9일 국가안보회의(NSC)에서 결정을 하게 됩니다. 바로 38선 이북 진격을 하기로 결정을 합니다. 이건 미국에서 결정한 거고 유엔군이 38선을 넘기 위해선 유엔에서의 새로운 결의안이 필요했습니다."

– 연세대학교 국가관리연구원 김계동 교수

1950년 10월 7일 유엔총회에서 결의안이 나왔고, 19일에 국군 1사단이 가장 먼저 평양에 입성했다. 그달에 국군6사단 선두부대가 압록강에 도달했고 유엔군도 한반도에서 공산당을 몰아내기 위해 마지막 공세에 몰입했다. 모두들 전쟁이 막바지에 도달했다고 생각했고 이제 거꾸로 김일성이 멸망위기에 몰렸다. 10월 1일 조선노동당 중앙위원회 김일성과 박헌영은 마오쩌둥과 스탈린에게 도움을 요청하며 이런 전문을 보냈다.
"그들이 시간적 여유 없이 계속 북진해서 38도선을 침공하게 된다면 우리 자체 힘으로는 이 위기를 극복할 가능성이 없습니다. 중국인민들의 직접적인 도움이 절실한 상황입니다."
또한 김일성은 10월 12일 비밀리에 평양을 탈출해 14일 평안남도 덕천으로 이동했고, 19일에는 평안북도 대유동으로 이동해서 미군의 폭격을 피해 압록강변 오지를 옮겨 다녔다. 그가 중국과 소련을 개입시키는 바람에 한반도 통일의 꿈은 물거품이 되었다. 마침내 소련과 중국은 참전을 결정했다. 마오쩌둥은 "입술이 없으면 이가 시린 것처럼 북한이 망하면 중국이 위태로워진다"고 하며 당초의 약속대로 군대를 보냈다. 스스로 북한을 돕기 위해 지원했다는 조선의용군이라는 이름으로 중공군이 참전한 것이다. 1950년 10월 19일 펑 더화이 사령관 지휘 아래 1차로 30여만 명의 병력이 압록강의 세 지점을 거쳐 입북하기 시작했다. 이때부터 적의 주력은 북한군이 아니라 중공군이었다. 한국군의 작전권을 유엔군이 가진 것처럼 북한군의 작전권도 사실상 중공군에게 넘어간 것이다. 중공군은 일본군, 장개석의 국부군과 싸우면서 전투력이 막강해진 군대였다. 소련군도 1950년 11월부터 공군을 참전시켰다. 스탈린은 미국과의 확전 가능성을 우려해서 소련군 비행기를 중공군 항공기처럼 꾸몄고 조종사에게 중공군 복장을 입히고 중국어를 쓰도록 교육했다. 중공군은 유엔군과 한국군이 북한 깊숙이 들어오기를 기다렸다가 1950년 11월 1일 평안북도 운산에서 일제히 공격을 개시했고 미처 대비하지 못한 유엔군은 큰 피해를 봤다. 국군 역시 평양을 거쳐 초산까지 진격하다 중공군의 포위공격을 받았고 운산군 우리면에서도 중공군에게 포위되었다. 압록강을 향해 진격하던 유엔군은 다시 한 번 중공군의 압박에 악전고투해야만 했다. 사실 유엔군은 1950년 10월 25일 생포한 중공군 포로의 진술 내용을 무시하고 중공군의 출연을 과소평가하는 바람에 막대한 피해를 보았다.

"중공군의 참전 가능성에 관해서는 많은 전문가들이 경고를 했고 실제로 징후에 관한 보고를 했습니다만 맥아더 사령부 특히 맥아더 원수가 중공군 참전에 관한 가능성을 애써 부인했습니다. 참전한다고 하더라도 소수부대일 것이고 충분히 유엔군 전력으로 압도할 수 있다고 판단을 하고 있었고 계속해서 압록강까지 진격하도록 명령했습니다. 따라서 최고 사령부의 정책적·전략적인 판단이 중공군의 참전을 충분히 예상하지 못했고 중공군이 참전했을 때 실제로 잘 대응할 수 없는 상황이 되었습니다."

　　　　　　　　　　　　　　　- 국방부 군사편찬 연구소 양영조 박사

일명 크리스마스 공세였던 1950년 11월 24일 최종공세에서도 큰 손실을 입은 유엔군은 남쪽으로 후퇴하기 시작했다.

> "당시 맥아더가 예상했던 참전 중국인민지원군의 수는 약 8만에서 12만 사이였습니다. 하지만 실제로 참전했던 중국인민지원군은 거의 60만 명 이상으로 확인되었습니다. 따라서 크리스마스 대공세, 즉 1950년 12월 25일까지 한국과 만주국경선까지 진격해서 전쟁을 종결하려 했던 맥아더 장군의 구상은 대규모 중국인민지원군의 참전으로 좌절된 것입니다."
>
> — 국방부 군사편찬 연구소 이상호 박사

동북 방면의 유엔군도 엄청난 수의 중공군과 맞닥뜨렸다. 북한의 임시 수도 평안북도 강계를 점령하려고 함경남도 장진호로 진출했던 미 해병1사단은 10배나 많은 중공군 7개 사단에 포위공격을 받았다. 1950년 11월 27일부터 12월 11일까지 15일간 영하 20~30도의 혹한 속에서 치른 함경남도 장진호 전투에서 미 해병1사단은 3,000여 명의 전사자를 낳는 등 사상 최악의 피해를 입었으나 중공군의 남하를 저지하고 성공적으로 철수했다. 그리고 이미 남쪽의 원산 방면이 차단당했기 때문에 흥남에서 서둘러 철수하려 했다. 이때 자유를 찾는 북한주민 10만여 명도 유엔군과 함께 흥남부두에서 역사적인 대탈출을 했다. 10만여 명이나 되는 우리 동포들의 목숨을 지켜준 것이다. 스탈린은 절대 하지 못하는 일을 자유민주주의 용사들인 유엔군이 해냈다.

1·4 후퇴(1951년 1월 4일~3월 15일)
—

1951년 1월 4일 후퇴로 아군은 서울을 중공군에게 내주었다. 그렇게 중공
군이 경기도 평택까지 내려오자 다시 유엔군이 반격을 가했다. 1951년 3월
15에 유엔군은 중공군으로부터 서울을 되찾았고 여세를 몰아 3월 말에는
38선을 회복했다. 결국 1951년 4~5월 중공군의 춘계 공세 이후 양측 모두
무력으로 상대를 굴복시킬 수 없음이 분명해졌다. 모두가 휴전이 답인 것을
깨닫고 1951년 7월 10일에 정전협정을 개시했다.

정전협정 협상의 시작과 휴전협정
—

마침내 미국과 소련은 막후 접촉에서 휴전에 동의했다. 정전협상의 가장 큰
쟁점은 남북 간의 경계선과 포로교환 문제였다. 경계선에 대해서는 전쟁 전
의 38선이 아니라 정전 시에 군사접촉선으로 합의되었다. 그러나 포로교환
의 문제는 쉽게 합의되지 않았다. 유엔군이 공산권 포로의 자유의사 귀환을
원칙으로 하자 공산 측이 반발하여 한동안 휴전회담이 결렬되었다. 하지만
미국·소련·중국 모두 휴전을 원했기에 1953년 3월 휴전회담이 다시 열렸
다. 그러나 이때부터 이승만 대통령의 휴전 반대가 시작되었다. 이승만 대통
령은 북진통일의 기회가 무산되는 것을 우려해서 휴전을 반대했다. 결국 그
는 정전회담에서 한국군 대표를 철수시켰고, 정전 시에는 국군의 작전권을
회수해서 단독으로 국군을 북진시키겠다고 위협했다. 휴전을 반대하는 시위
가 미 대사관에 난입하는 일도 있었다. 하지만 이승만 대통령의 진짜 속내는
안전보장 없는 휴전을 반대하는 것이었다. 휴전 후 미군이 철수하면 한국은
또다시 소련과 중공의 후원을 받는 북한의 침략 위험 아래 놓이게 될 것이기
때문이었다.

"휴전회담이 개막된 직후부터 한국 정부와 한국 국민은 휴전회담을 반
대했습니다. 단순히 휴전회담에 반대한 것이 아니고 북한군의 재침략
을 막을 수 있는 안전보장 조치가 없는 한 휴전회담은 있을 수 없다는
이유였습니다. 거기에 더해서 유엔군이 휴전회담을 시작할 때 한국정
부와 제대로 상의하지 않고 일방적으로 공산군 측과의 합의해서 결정
한 것이기 때문에 휴전회담 자체에 대해서 상당히 반감을 가지고 있었
습니다."

— 국방부 군사편찬 연구소 양영조 박사

1953년 6월에 트루먼 대통령은 에버레디 계획(Plan Eveready)으로 골치 아픈
이승만 대통령을 제거하고 새로운 정부를 수립하는 계획까지 검토했다. 하
지만 미국은 이승만 대통령의 반발을 무마하기 위해 한국의 안보를 보장하
는 쪽으로 방향을 틀었다. 그러나 더 확실한 약속을 원했던 이승만 대통령은
1953년 6월 18일에 초강수를 구사했다. 2만 7,000명의 반공포로를 전격 석
방한 것이다. 경악한 미국이 미군 철수로 위협하자 이승만 대통령은 이번엔
유화책을 썼다. 정전 결정에 따를 테니 그에 앞서 한미상호방위조약을 체결
해달라고 했다. 이승만 대통령의 끈질긴 투쟁은 미국으로 하여금 한국의 전
략적 가치를 재평가하게 만들었다. 마침내 미국은 정전 후 한국의 안전을 보
장하기로 약속했다.

"1953년 6월에 반공포로를 두 차례 걸쳐서 석방했던 것도 이런 미국의
소극적인 자세에 압력을 넣고 방위조약체결에 대한 입장을 관철시키기
위해서 그랬던 것이죠. 실제 그것이 주효했습니다."

— 경북대학교 정치외교학과 허만호 교수

1953년 7월 초에 아이젠하워 대통령이 로버트슨이라는 특사를 보내 이승
만 대통령을 달래면서 한미상호방위조약을 체결해주기로 하고, 그 전제하

그녀의 이름은 마리아

에 휴전협상을 받아들일 것과 앞으로 있을 1954년 5월의 제네바 정치회의에도 협조하는 것으로 이승만-로버트슨 공식 성명서를 발표했다. 더욱이 1953년 3월 5일에는 하나님이 대한민국에 아주 큰 선물을 내려주셨다. 그날 스탈린이 사망한 것이다. 그렇게 스탈린의 죽음과 함께 판문점에서 정전협정이 시작되었고 우여곡절 끝에 1953년 7월 27일 오전 10시 판문점에서 정전협정이 체결되었다. 그리고 김일성도 정전협정문에 서명했다. 이로써 3년 1개월 2일, 1,129일 동안 계속되었던 전쟁이 마침내 휴전상태로 접어들었다. 그러나 6·25전쟁을 지나온 대한민국은 물적·인적으로 엄청난 피해를 입었다. 그건 북한도 마찬가지였다.

대한민국의 전쟁 참상
—

군인 전사자, 실종자: 62만 명
민간인 사망, 부상, 실종자: 99만 명
유엔군 사상자: 15만 명
이산가족: 1,000만 명
수십만의 전쟁고아와 미망인이 발생했다.
주택, 학교, 공공시설, 도로, 철도, 교량 등 기관시설과 공장, 각종 산업시설이 파괴되었다. 물적 피해액은 당시 2년 국민총생산액에 달했다.

북한의 전쟁 참상
—

북한군의 사망 및 실종자: 64만 명
중공군 사망 및 부상자: 97만 명
민간인 피해자: 150만 명

6·25전쟁 전 남한보다 월등했던 북한의 산업시설과 주택, 건물, 기관 시설도 전쟁 중에 거의 대부분 파괴되었다.

그렇게 남한, 북한, 중공군과 유엔군 모두 합해서 인명 피해는 487만 명, 이산가족은 1,000만 명 등 수십만의 전쟁고아와 미망인이 생겼다. 이러한 통계를 살펴보면 스탈린과 김일성이 일으킨 전쟁이자 북한공산정권이 한반도를 적화통일하기 위해 침략한 이 전쟁으로 인해 얼마나 많은 사람이 목숨을 잃었으며 우리 민족에게 얼마나 큰 재난을 초래했는지를 알 수 있다. 김일성은 전쟁을 일으킨 장본인으로 지목받는 등 수세에 몰리자 숙청이란 방식으로 수많은 정적들을 제거했고 주체사상을 신봉하며 자기 자신을 신격화했다.
한편 6·25전쟁은 대한민국의 국민의식을 형성하는 중요한 계기가 되었다. 1950년 여름, 공산 치하를 경험했던 남한 주민들은 자유민주주의의 소중함을 절실히 깨닫고 대한민국 국민으로서의 귀속의식과 애국심을 갖게 되었다. 북한 공산주의 집단은 약 20만 명의 남한 젊은이들을 인민군으로 납치해서 사지로 몰아넣었다. 북한의 만행은 사악하기 그지없었다. 그들에게 끌려가거나 죽임을 당한 수가 속속 드러나면서 그 잔혹함이란 말로 다 할 수 없을 정도였다. 구사일생으로 살아남은 사람은 제각기 하늘이 주신 생명이라고 생각했다. 하지만 전쟁의 공포는 쉽게 사람들을 놓아주지 않고 도리어 그들의 삶 속으로 깊이 파고들었다. 모두가 악에 받쳐 고발과 밀고를 해댔다. 북한의 농촌에서는 전쟁 전 이미 완료한 농지개혁을 다시 실행했지만 농민에게는 아무런 이익이 없었다. 오히려 토지를 나눠준 대가로 현물세를 징수해서 농민에게 엄청난 부담을 지웠다. 또한 매일 매일 반복되는 민청학습과 집회는 저절로 사람들을 지쳐 떨어지게 만들었다. 그렇게 국민들을 동원해서 반동분자를 색출하는 직결 인민재판으로 수많은 사람들이 학살되었다. 이처럼 북한의 일당 독재 스탈린식 공산주의 전면 통치는 매우 가혹했다. 짧은 기간이나마 자유민주주의를 체험한 남한 주민들의 가슴속에는 그들을 향한 증오심이 하늘을 찌를 기세였다.

한미상호방위조약
—

한편 6 · 25전쟁 휴전 후 한미상호방위조약이 체결되어 한국의 안보 태세가 군건해졌다. 한미상호방위조약은 1953년 10월 1일 미국 워싱턴에서 체결되었고 1954년 11월 17일에 정식 발효되었다.

"1953년 한미상호방위조약이 체결됨으로써 대한민국은 비로소 외부적으로 안보를 튼튼히 할 수 있는 기반을 가지게 되었습니다."

— 성신여대 정치외교학과 김영호 교수

마침내 6 · 25전쟁은 무수한 비극을 남기고 휴전되었다. 이로써 수십만의 전쟁고아와 미망인이 발생했으며 가족끼리 헤어진 이산가족만도 1,000만 명에 달했다. 또 한반도에 38선이 다시 그려지면서 남북한 사이에는 100만 개가 넘는 지뢰를 품은 지뢰밭이 슬프게 가로막고 있다.

2

생존: 살아남은 나날

● 6·25전쟁은 3년 1개월 2일이라는 긴 세월 동안 우리 모두에게 파멸과 죽음 그리고 고통과 재난을 골고루 나눠주었다. 게다가 이 지옥 같은 전쟁은 빨리 끝나지도 않은 채 38선을 가운데 두고 남과 북은 서로 밀고 당기기를 계속하고 있었다. 이 끝나지 않는 전쟁 속에서 나는 가족도 없이 혼자 네 살에서 다섯 살이 되고, 여섯 살이 되고, 일곱 살이 되었다.

    사실 휴전협정의 시작은 1951년 7월 10일 미국과 소련에 의해 개성에서 이루어졌다. 그러나 쉽게 합의를 보지 못해 만 2년 동안 159번의 회담을 거듭하던 중에 천만다행으로 스탈린의 사망 소식이 전해졌다. 그 뒤에도 몇 번의 우여곡절을 겪고 나서야 1953년 7월 27일 오전 10시 마침내 판문점에서 정전협정이 체결되었다. 그렇게 6·25전쟁은 한반도에서 무수한 비극을 남기고 휴전되었다. 이 음흉한 전쟁으로 인해 거의 500만 명의 사람들이 목숨을 잃었고 수십만 명의 전쟁고아와 미망인이 발생했다. 그리고 나처럼 전쟁통에 뿔뿔이 흩어진 이산가족도 천만 명이나 되었다. 전쟁으로 처절하게 망가진 한반도는 여전히 살벌한 가운데 극심한 가난에 몸살을 앓았다. 농촌에서는 보릿고개라는 말이 나올 만큼 온 나라가 매일 끼니도 못 때우는 사람들로 넘쳐났고 도시의 달동네에는 얼기설기 만든 판잣집이 정글처럼 들어섰다.

휴전과 함께 이모엄마 집이 있던 부여시골 마을의 경찰서와 우체국, 학교, 면사무소, 관공서도 서서히 정상화되기 시작했다. 그리고 나는 학교를 가야 할 나이가 되었다. 나를 학교에 보내기 위해 이모엄마는 이모부의 반대를 무릅쓰고 나를 이모부의 호적에 큰딸로 넣어주었다. 이모엄마는 빨간 줄이 짝 그어진 우리 식구의 호적을 무시하고 가호적을 만들어 나를 이모부와 이모엄마의 큰딸로 만들었다. 당시에는 전쟁 중에 뿔뿔이 헤어져 찾을 길이 없는 이산가족이 많다 보니 가호적을 만드는 일이 흔했다. 이모엄마가 가호적을 만들어 나를 구해주지 않았다면 나는 아주 많은 어려움을 겪었을 것이다. 그 당시에 가족이 모두 월북했다는 건 엄청난 사건이었다. 만일 이모엄마가 호적을 바꿔주지 않았다면 나는 입학은커녕 살아남기도 어려웠을 것이다. 빨갱이인 아버지는 가족을 먼저 북으로 피난시키라는 김일성의 명령에 부여에 있던 나를 두고 우리 가족 모두를 데리고 월북했다. 가족이 월북했다는 것은 당시 대한민국에서는 엄청난 사건이었다. 남겨진 사람은 죽임을 당할 수도 있었다. 1990년 가족을 만나러 북한에 갔을 때 어머니와 북한의 우리 식구들은 모두 내가 죽었을 거라 믿었다고 한다. 만약 살아있다면 몸을 파는 여자로 전락했을 거라고 생각했단다.

그러니까 우리 가족 호적에 그대로 있었다면 나는 학교도 못 갔을 것이고 여군이 되지도 못했을 것이며 미국에도 못 왔을 것이다. 이모엄마가 없었다면 나는 죽었을지도 모른다. 나는 매번 그렇게 끔찍한 상황에서 나를 구해준 지혜로웠던 이모엄마에게 감사를 드린다. 그리고 언제나 나를 지켜주신 하나님께 무한한 감사를 드린다.

그렇게 어렵게 나는 국민학교에 입학했다. 그래도 나는 학교 다니는 게 즐거웠다. 공부도 꽤 잘해서 날마다 1등을 놓치지 않았고 반장 노릇도 했다. 다행히도 시골에 사는 이모엄마네는 일본인들이 살다간 적산가옥에 살면서 먹을 것이 풍족하고 살림이 여유로웠다. 이모부는 일꾼을 부려 농사를 지으면서 철공소를 겸한 자전거포도 운영했다. 직원이 여럿이었던 걸 보면 그 사업은 수입이 꽤 좋았던 것 같다. 저녁마다 이모부가 그날 벌어들인 돈을 수북하게 쌓아놓고 세던 기억이 난다. 평소에 마장이란 노름도 심심치 않게 하고 축첩까지 했으니 시골이었지만 부족함 없이 살았던 것 같다.

하지만 네 살이라는 아주 어린 나이에 갑자기 외할머니를 따라 시골에 왔다가 외할머니마저 여의고 나를 원하지 않는 집에 와서 자란다는 것은 그렇게 쉬운 삶은 아니었다. 특히 이모부는 절대 나를 인정하지 않았고 항상 나를 못마땅해했다. 이모부는 11년 동안 함께 살면서도 나와는 한 마디도 대화를 안 했다. 그는 내 존재를 늘 귀찮아했고 내 가족의 공산당 사상과 우리 식구가 몽땅 월북했다는 사실만으로도 나를 피하고 싶어 했다. 특히 이모엄마가 나를 자기 호적에 자식으로 넣은 것에 대해 불만이 아주 많았다. 그래서 그는 내가 자기에게 아버지라고 부르는 것을 금했다. 나 역시도 그가 내 아버지라는 생각은 꿈에도 해본 적이 없다. 그래서 그와 나의 대화는 항상 이모엄마를 거쳐서 삼인칭으로 이루어졌다. 그는 돈 버는 수완은 좋았지만 평생 첩을 여섯이나 들인 무식하고 야비한 남자였다. 나는 그 남자에게 제대로 이모부라고 부른 기억도 없다. 그리고 그와는 즐거웠던 기억이 전혀 없다. 11년 동안 이 남자와 같은 집에서 생활했었다는 게 신기하기까지 하다.

이모엄마는 나를 구해주었지만 아주 차가운 여자였다. 자기 삶이 힘들어서인지 내가 귀찮게 굴 때는 어린 나를 가차 없이 때렸다. 손에 한 번 잡히면 머리카락이 한 움큼이나 빠질 정도로 뜯기곤 했다. 친한 사람들에게 내 이야기를 할 때면 나는 어디까지나 이모엄마의 불쌍한 조카딸이자 성가신 혹일 뿐이었다. 호적엔 올렸지만 나를 친자식으로 여기진 않았던 것이다. 나는 그래도 이모니까 아주 남이 아니라고 눈물을 삼키면서 나 자신을 위로하곤 했다. 이모엄마는 이북에서 돌아가신 내 어머니를 각별하게 생각했다. 아버지가 달라도 자매로 인정했고 자기보다 나이가 어린 동생을 존경하고 사랑했다. 비록 열일곱 살에 나를 쫓아내셨지만 나는 열아홉 살 때부터 이모엄마를 부양했고 미국에 오신 이후로 마지막 13년, 치매를 앓다가 아흔다섯에 돌아가실 때까지 46년 동안 보살펴드렸다.

시골에는 서울에서는 보지 못했던 오일장이라는 것이 있었다. 장이 서는 날이면 온 거리가 시끌벅적하고 활기에 넘쳤다. 약장수가 떠들면서 온갖 재주를 부리면 둥그렇게 모인 구경꾼들이 와르르 웃음을 터뜨리고 박수소리가 먼 데까지 퍼져나갔다. 설설 끓는 가마솥 안에서는 국수가 익어가고 맛있는 음식냄새가 장터를 가득 메웠다. 신기한 물건들은 또 얼마나 많은지 구경하다 보면 반나절이 훌쩍 지나갔다.

장날에는 이모부네 집도 인근 시골에서 장을 보러 온 친척들과 이모엄마 친구들이 찾아와 사람들로 북적거렸다. 그 사람들은 모두 나를 모르는 체하면서도 자기들끼리 모여서 내 이야기를 떠들곤 했다. 특히 이모부 친척들은 이모엄마까지 싸잡아서 아이도 못 낳는 주제에 빨갱이 자식인 조카딸을 데려다 키운다며 쑥덕거렸다. 이모엄마도 자기 친구들이 들르면 아주 괴로운 표정으로 첩질하는 남편과 사는 것에 대해 푸념을 하면서 자식 없는 설움을 토해냈다. 그럴 때마다 나는 우리 집에 가고 싶었다. 오빠와 동생도 보고 싶었고 우리 집 대문도 생각이 났으며 아버지가 나를 데리러 오는 꿈도 수없이 꾸었다. 어릴 때 기억을 떠올리면서 어른들에게 말하고 싶은 것은 아무리 어린아이라 해도 어른들이 자기들끼리 말하는 것을 모두 알아듣는다는 사실이다. 어른은 어린아이에게 상처가 되는 말을 절대 삼가야 한다. 때때로 어른들이 내뱉는 무심한 말들은 아이들의 가슴에 비수를 꽂아 상처를 내고 피 흘리게 한다. 그렇게 어린 시절에 받은 깊은 상처는 이성 관계나 결혼 생활 등 내 삶의 곳곳에 커다란 영향을 미쳤다. 불행하게도 일생 내 삶 속에는 나를 버린 내 아버지나 이모부 같은 남자밖에 없었다. 그런 남자만 눈에 보이니 여자로서의 내 삶은 불행했다. 아버지는 나를 사랑했지만 빨갱이 사상 때문에 어린아이였던 나를 버렸고, 이모부는 항상 내게 적대적이거나 무관심으로 일관한 데다 아들을 못 낳는다고 내 이모인 자기 아내를 학대하고 첩을 여럿이나 갈아치웠다. 그런 남자 집에서 자라면서 내가 무엇을 배웠을지 생각하면 끔찍할 뿐이다. 그래서 평생 내 주변에 그런 남자들만 있었던 건 아닐까 생각도 들었다.

나는 나를 혼자 두고 떠난 아버지를 오랫동안 기다리다 지쳐서 결국 아버지를 미워하게 되었고 도저히 용서할 수가 없었다. 그러다 보니 신데렐라처럼 나를 구해줄 왕자님을 기다리다가 막상 선택할 때는 왕자님은커녕 아버지 같은 남자나 야비한 이모부 같은 남자를 택하고 만다. 결국 일생 나는 거의 혼자서 외롭게 스스로를 지키고 살아야 한다고 생각했다. 나는 항상 외로웠다. 남편을 포함해서 어느 남자에게도 물질적으로나 정신적인 도움을 받지 못했다. 도리어 내가 남편을 부양했고 혼자 힘으로 어린 자식을 돌보고 일하면서 살아왔다. 그런데도 왜 나는 신데렐라처럼 나를 구해줄 왕자를 무작정 기다렸을까.

3년이 넘게 지긋지긋했던 전쟁이 끝나고 나니 마을에서는 미뤄왔던 결혼식이 이어졌다. 그때 시골 마을에서 나는 서울에서 온 얼굴이 하얗고 귀여운 아이로 소문이 나 있었다. 그래서 교회 어른들에게 귀여움도 많이 받았고 성탄절에 올리는 연극, 합창, 무용 행사에도 빠지지 않았다. 마을 결혼식 때는 꽃바구니를 들고 신부 앞에 들러리를 서달라는 부탁이 끊이지 않았다. 결혼식에서 들러리를 서는 일은 참으로 신이 났다. 보통 결혼식은 교회당이나 동네에서 멀리 떨어진 절에서 했는데 특히 대절한 차를 타고 예쁜 신부와 여러 사람들과 같이 절까지 갈 때는 너무나 즐겁고 마치 내가 신부가 된 듯이 행복했다. 들러리를 서러 가면 예쁜 신부가 오히려 내게 예쁘다고 칭찬을 해주고 모든 사람이 나를 귀여워해 주었다. 나는 분홍색 치마저고리를 입고 꽃바구니를 들고서 신부 앞에서 사뿐사뿐 걸으며 꽃잎을 뿌렸다. 뒤이어 하얀 면사포 안에 예쁜 얼굴을 감춘 신부가 수줍게 신랑을 향해서 꽃잎을 밟고 천사처럼 걸어 나왔다. 결혼식에서는 모두 너무나 행복해했고 맛있는 음식도 많이 먹을 수 있었다. 그러나 이모엄마는 나를 들러리로 보내면서도 그 일을 너무나 성가셔했다. 그리고 들러리를 부탁하는 이들에게 항상 퉁명스럽게 이런 말을 덧붙였다.

"얘는 결혼식에 들러리로 설 만한 아이가 못 돼요! 행복한 집안의 아이도 아닌데 왜 이런 애한테 들러리를 시키려고 하세요? 다른 좋은 집 아이를 시키세요!"

마치 내가 말을 못 알아듣기라도 하는 것처럼 이모엄마가 내 앞에서 아무렇지도 않게 그런 말을 할 때면 나는 너무 슬펐고 가슴속으로 깊은 상처를 받았다. 그리고 평소에 이모엄마가 나에게 항상 했던 말, 없는 아이처럼 조용히 있으라던 그 말이 떠올라 내가 잘못한 것 같아서 아무 말도 할 수 없었다. 그래도 그들이 간절히 원하면 마지못해서 허락해줄 때가 많았다. 교회나 학교에서도 마찬가지였다. 나는 항상 조용히 있으라는 이모엄마의 말을 한시도 잊은 적이 없었다. 그래도 너무나 슬펐다. 그럴 때면 '언제 날 데리러 와요, 아버지?' 하고 혼자서 하염없이 창밖을 내다보며 절대로 올 수 없는 아버지를 기다렸다. 하루빨리 집에 돌아가기를 바라면서.

나는 종종 혼자서 내가 살던 시골 마을을 감싸고 시냇물이 졸졸 흐르는 냇가에 갔다. 그곳에는 냇물을 가로지르는 돌다리가 있고 개울가 옆에 많은 조약돌이 모래와 섞여 있었다. 나는 크고 작은 돌들을 모아 평평하게 깔아서 상상의 우리 집을 짓고 돌로 조그만 대문도 만들었다. 그리고 그곳에서 눈을 감고 아버지가 나를 찾아와 꼭 안아주는 꿈을 꿨다. 아버지는 내 이마에 살짝 입맞춤을 한 후 나를 등에 업고 우리 집으로 돌아간다. 아버지 등에 업혀 작은 조약돌로 만든 우리 집 대문을 활짝 열고 우리 식구들의 웃음소리가 들리는 집 안으로 들어가는 상상을 하면서 나는 혼자 웃으며 행복한 시간을 보냈다. 서울 우리 집 대문 앞에는 돌로 된 계단이 있었다. 어떤 때는 그 계단을 깡충깡충 뛰어 올라가면 우리 집 대문이 저절로 활짝 열리는 꿈도 꿨다. 그러다 꿈에서 깨어나 눈을 뜨면 벌써 어둑어둑한 저녁이 되어 어둠 속에서 개울물만 시커멓게 흐르고 있었다. 나는 혼비백산해서 발딱 일어나 이모엄마한테 혼날까 봐 부지런히 집으로 달려갔다.

어릴 때 나는 이모부 집에 얹혀살면서 그 집에서 일하던 남자나 마을 남자들에게 성희롱 비슷한 것을 당했던 것 같다. 나는 그런 것들로부터도 나 자신을 지켜야 했다. 이모엄마와 함께 다니던 교회의 주일학교 교사였던 유 씨는 나를 아예 자기 집에 데리고 가서 어린 나에게 이상한 짓을 하려 했다. 그때 나는 아무런 힘도 없을뿐더러 그들을 혼내줄 아버지도 없다는 생각이 들었다. 그 시골 마을에서 나는 빨갱이 아버지가 식구들을 몽땅 데리고 월북하면서 남기고 간, 호기심이 동하는 얼굴이 하얀 서울 계집애였다. 그래서 차츰 나는 고슴도치처럼 나를 지키는 법을 배웠다. 남자들이 많이 모이는 이발소는 나의 금지 구역이었고 아저씨들이 예쁘다고 말하며 아무리 그들 무릎에 앉히려고 해도 절대 그 근처에는 얼씬거리지도 않았다. 그리고 혹시나 뭔가가 이상하다는 생각이 들어도 누구에게도 말을 못 하고 혼자 궁리하고 더 조심하자고 다짐했다. 이모엄마에게 말했다가는 또 "조용히 있지 않아서 그렇다."고 꾸중을 들을 것 같아서였다.

친구네 집에 가서 그 집 식구들끼리 모여 깔깔거리며 다 같이 밥을 먹는 모습을 보면 나에게 진짜 삶은 없고 가짜 삶을 사는 것만 같았다. 친구가 엄마나 아빠, 형제들과 서로 정답게 얘기하는 것을 볼 때도 그랬다. 그럴 때는 눈을 감고 아버지가 나를 데리러 오는 꿈을 꾸기도 하고 나 혼자만의 우리 집을 상상하면서 나 자신을 지탱했다. 어떤 형태든 부모를 잃고 고아가 되면 정신적으로 지치고 황폐해진 상태로 살아가기 마련이다. 사랑이 고갈되고 형제애라는 것도 모르게 된다. 평범한 가정에서 주고받는 가족 간의 사랑, 매일같이 식구들끼리 서로 부대끼며 사는 일상이 나에게는 없었다. 그래서 친구네 집에서 그들의 대화를 들으면 그것이 부럽기도 하고 낯설기도 했다. 나는 그렇게 나 혼자만 느낄 수 있는 이상한 고립감과 외로움 속에서 평생을 살아왔다. 더욱이 나를 원하지 않는 사람들과 산다는 것은 네 살이라는 아주 어린 나이에 너무 큰 상처가 될 수밖에 없었다. 남들은 모른다, 항상 불안했던 나의 삶을.

나는 나이가 들어 회사를 운영할 때도 일이 잘될까 불안하면 나 혼자 버텨내야 한다는 생각에 더 노력하고 더 열심히 살아왔다. 어릴 때 공부도 잘하고 밝고 명랑하게 웃음 짓는 내 얼굴을 보면 어떤 날은 그 모든 게 가면처럼 느껴질 때가 있었다. 이런 나를 구해준 것은 무한하게 많은 문학전집, 내가 읽은 많은 책이었다. 나는 그 책들을 통해 항상 꿈을 꾸며 내게는 내일이 있고 아무리 어려운 상황에 있더라도 반드시 더 나은 내일이 올 거라는 믿음을 갖고 희망을 품으려 노력했다. 마치 〈바람과 함께 사라지다〉라는 영화의 마지막 한 장면처럼. 지금도 나는 자기 전에 꼭 부정적인 생각을 모두 털어내고 뱃속까지도 아무 음식물이 없이 깨끗해야 잠이 온다.

내가 어릴 때 이모엄마는 시댁에 대소사가 있거나 명절 때가 되면 꼭 나를 식모와 함께 집에 두고 다른 사람들이나 이모부와 같이 나들이를 다녀왔다. 그렇게 나는 모든 명절마다 항상 혼자 지내면서 자랐다. 나도 알고 있었다, 왜 그래야만 하는지를. 혹시 내가 같이 가더라도 거기 있는 모든 사람은 나와는 아무런 관계가 없는 사람들이었다. 그들은 서로가 고모, 작은아버지, 큰아버지, 할머니, 할아버지, 조카들로 핏줄로 엉켜있는 사이였다. 하지만 나는 오직 이모엄마하고만 반만의 핏줄이 닿은 사람이었다. 박 씨 집안 사람들이 모여도 마찬가지였다. 나는 강 씨 성을 가진 내 친어머니뿐만 아니라 철의 장막 저편 북한에 있는 우리 식구들까지도 생사조차 모르고 살아왔다.

이모엄마는 나에게서 강 씨 집안 사람들을 멀리 떨어져 살게 했고 나에게 큰아버지가 있다는데도 서로 왕래를 못하게 했다. 그들 역시 나를 찾지 않았기에 나는 완전히 혼자서 고립된 삶을 살았다. 그나마 이모엄마가 있는 것이 천만다행이었다. 그래서 나는 남편과 이혼을 한 뒤에도 내 아들들만큼은 되도록 남편과 같이 지내게 했고 인종차별이 심했던 시부모 집에도 그들이 세상을 떠날 때까지 아이들을 자주 보냈다. 또한 미국의 모든 명절마다 빠지지 않고 꼭 친할머니 댁으로 아이들을 전남편과 함께 보냈다. 그러다 보니 나는 한국에서나 미국에서나 명절이면 늘 혼자 쓸쓸히 지냈다. 나는 비록 외로울지라도 내 아들들만큼은 자기 할머니, 할아버지, 큰아버지, 작은아버지, 고모, 사촌들과 함께 명절을 즐겁게 보내기를 바랐다.

나의 조국 한국은 몇천 년 동안 모든 이름 앞에 자기 조상의 지역 이름을 붙이는 전통적인 부족 사회이며 문중과 가문 그리고 족보를 중요시하는 가족 중심의 사회이다. 예를 들어 나의 성은 경주 김 씨이다. 북한에서는 백두혈통이란 것도 있다. 백두혈통이란 김일성 일가가 사용해온 그 어떤 왕족 계열보다 더 무시무시한 말이다. 그래서 한국은 가족이 없는 고아에게는 아주 야멸찬 사회다. 나는 그런 사회에서 전쟁 후에 가족이 모두 월북하고 빨갱이 자식으로 나 혼자 외롭게 자랐다. 족보와 문중과 가문이 중요하고 유교사상이 중심에 있었던 우리 민족은 동방예의지국이라고 불릴 정도로 예의가 있고 부지런한 민족이다. 또한 우리에게도 민족주의가 있다. 하지만 내게는 민족주의라는 사상이 낯설게 느껴진다. 요즈음은 북한을 추종하는 '우리 민족끼리'라는 집단도 있다. 히틀러의 나치즘은 세계 최악의 민족주의였다.

나는 그 낭만적인 민족주의가 1945년 일제 압제로부터 해방된 조선에서 김구 선생 같은 위대한 독립운동가의 생각을 흐리게 했다고 생각한다. 그 민족주의가 그토록 투철한 반공정신으로 이승만 박사와 손을 잡았던 김구 선생을 변하게 했다고 말이다. 김구 선생은 스탈린의 방해로 나라가 반쪽이 되었음에도 1948년 8월 15일에 탄생한 대한민국의 정통성을 부정하고 동유럽처럼 한반도를 적화 통일시킬 목적으로 1945년부터 김일성과 계획을 세웠던 살인자 스탈린의 공산당에 끌려다니셨다. 결과적으로 반공정신이 투철한 청년에게 암살을 당해 지금까지도 대한민국에 분열을 일으키는 요소가 되었다. 나는 항간의 수문처럼 김구 선생의 암살을 이승만 대통령이 지시했다고 믿지 않는다. 이승만 박사는 세계 대처에서 일어나는 테러를 혐오했던 분이었다. 또한 그는 진정한 자유민주주의를 지키려는 크리스천이었다. 나는 그분의 저서를 읽으면서 같은 크리스천이고, 같은 자유민주주의를 사랑하고, 하나님을 사랑하는 사람으로 이승만 대통령은 자기와 목숨을 같이한 애국동지로서 조선 독립을 위해 싸웠던 김구 선생을 암살하지 않았다고 굳게 믿는다. 이승만 박사는 세계를 바라보면서 강대국들의 움직임을 분석하고 반공, 반소의 정신으로 강대국들, 미국에 맞서 목숨을 내놓고 싸웠다. 그분은 대한민국을 위해 열심히 세계를 상대로 싸운 대한민국의 혁명가이자 세계에서 인정한 리더이다. 이승만 박사의 반공, 반소 정신은 그분이 당시 세계의 움직임을 관찰하고 예리하게 분석한 결과였다.

제2차 대전이 끝났을 때 스탈린과 공산주의자들의 세력은 막강했다. 동유럽이 공산화되고 유라시아도 마찬가지였으며 마오쩌둥이 국공내전으로 중국을 휩쓸어 공산화 전쟁에 승리하면서 공산주의자들이 세계 곳곳에 뿌리를 내리고 있을 때였다. 심지어 미국에도 공산주의자들이 많았고 미국 정가에까지 스탈린이 심어 놓은 간첩이 활동했다. 이승만 대통령은 그 모든 상황을 알고 있었다. 그분은 1948년 12월 12일 유엔에서 선포한 나라 대한민국을 탄생시킨 초대 대통령으로 대한민국의 국부이다. 그래서 세계 많은 나라들이 유엔군으로 스탈린이 주범인 6·25전쟁에 참전해서 함께 피 흘리며 싸워내 반쪽이나마 대한민국을 지켜주었다. 38선은 스탈린 때문에 그어진 것이다. 그 38선이 없었으면 스탈린이 부산까지 일본군들을 내쫓는다는 명분으로 밀고 내려갔을 것이다. 안타까운 것은 이승만 대통령은 수없이 자기 목숨을 내놓고 나라를 지켰는데 말년에 90세의 노인으로 정치가보다 혁명가였던 그에게 미국까지 등을 돌려 역사의 뒤안길로 슬픔을 안고 사라져버렸다는 사실이다. 이승만 대통령을 생각하면 몹시 가슴이 아프다. 내년에는 하와이에서 열리는 국제 로터리클럽 회의에 참가하면서 꼭 이승만 대통령이 하야한 뒤에 돌아가신 곳을 찾아가야겠다.

1945년 일제의 압제에서 해방된 조선은 어린아이처럼 순진했다. 그때 내 아버지 같은 공산주의자나 낭만적인 민족주의자들보다 더 중요했던 것은 세계정세를 정확하게 꿰뚫어 보는 지혜를 가진 많은 조선의 지도자들이었다. 그리고 그때 우리 모두는 일당 독재체제 공산당이라는 사상 아래 수천만 명의 자국민들의 목숨을 앗아간 스탈린과 마오쩌둥보다는 개인의 자유를 존중하는 자유민주주의 국가인 미국과 유엔 편에 서 있어야 했다. 이승만 박사는 신탁통치를 반대하면서 결국 대한민국을 탄생시켰다. 나는 빨갱이의 자식으로 감히 말한다. 내 아버지는 끔찍한 6·25전쟁을 일으키고 나라를 두 동강으로 만든 스탈린과 김일성을 추종했던 대한민국의 전범이자 죄인이라고. 지금이라도 아버지께 말하고 싶다. 나는 아버지를 사무치게 그리워하며 한없이 사랑하지만 당신의 선택이 틀렸다는 것을. 그래서 당신은 비참한 최후를 맞았고 우리 가족도 몰락했다는 걸 말이다. 하지만 나는 아버지를 용서하고 사랑한다.

"아버지! 이젠 당신을 용서합니다. 부디 하나님이 사랑하시는 크리스천으로서 주님 안에서 편안히 계시길…."

미국은 제2차 세계대전의 승리자였다. 또한 유엔에서 개인의 자유를 존중하는 여러 자유민주주의 국가들의 강한 파트너였다. 그래서 소련의 스탈린조차 미국의 눈치를 보면서 6·25전쟁을 일으켰던 것이다. 안타깝게도 전쟁은 일어났고 내 조국 한반도에서 480만 명이라는 어마어마한 수의 사람들의 목숨을 앗아갔다. 남로당파 공산당인 내 아버지도 스탈린과 김일성을 따르며 같이 전쟁을 일으킨 전범이다. 하지만 내 아버지는 북한에서 숙청이란 이름 아래 그 대가를 치르며 총살당했고 우리 가족은 아버지의 시체도 못 거뒀다. 나는 이곳 미국에서 49년을 살면서 하루하루 미국이 얼마나 강대국인지를 깨달으며 살아간다. 미국은 항상 진정한 자유민주주의 국가가 되기를 노력하고 지향하는 나라이다. 나 역시 그 속에서 같이 노력하고 동참하는 미국 국민이다. 또한 미국은 열심히 노력하면 꿈을 이룰 수 있는 기회의 나라이다. 내가 걸어온 길도 이곳이 미국이기 때문에 평등한 기회를 얻고 노력해서 얻은 삶이다. 외롭고 험난했던 어린 시절의 삶이 나를 미국에서 더욱 노력하면서 살아가게 만든 것이다. 이제 그토록 힘들고 외롭던 나의 어린 시절은 과거의 추억이 되었다.

이모엄마는 참으로 고상하고 똑똑한 여자였다. 그리고 얼굴도 참 곱고 예뻤다. 살짝 머릿기름을 발라 반지르르 윤기가 흐르는 검은 머리는 반듯이 가르마를 갈라 곱게 쪽을 지었고, 쌍꺼풀진 두 눈과 오똑한 콧날, 희고 가지런한 이와 살포시 다문 입술은 보는 이로 하여금 감탄을 자아냈다. 또 하얀 얼굴은 우아한 아름다움을 풍겼다. 그리고 항상 깨끗하게 다려 입은 흰색과 옥색 한복은 이모엄마를 더욱 위엄 있는 큰 부인으로 보이게 했다. 나들이 나갈 때 이모엄마가 예쁜 양산을 받쳐 들고 옥색 한복을 입고서 바스락바스락 옷감이 스치는 소리를 내며 걸어가면 어린 내 눈에도 가슴이 설렐 만큼 아름답게 보였다. 당시에도 시골에 계모임이 있었는데 이모엄마는 거기서 계주가 되어 돈을 모았다. 그렇게 푼돈을 목돈으로 불려두었다가 첩들이 쫓겨날 때 손에 쥐어서 보내고 그 돈으로 교회에 헌금도 했다. 이모엄마는 당시에 그 마을 성결교회 집사님이었다. 또 이모엄마는 바느질 솜씨가 좋고 뜨개질도 잘하기로 소문이 날 정도였다. 나는 이모엄마가 예쁘게 수를 놓아 만들어준 책가방을 들고 학교에 다녔고 겨울마다 이모엄마가 털실로 떠준 바지와 스웨터를 입었다. 이모엄마는 어디서나 눈에 띄고 빛이 났다. 교회에서는 주일학교 선생님과 목사님 모두 이모엄마를 좋아했고, 어쩌다 선생님을 만나러 학교에 오기라도 하면 다들 먼 데서부터 이모엄마 모습에 반해서 멍하니 쳐다보곤 했다. 내 눈에도 이모엄마가 무척 아름답게 보였다. 오죽하면 못된 아이들이 내가 이모엄마 치맛바람으로 반장이 되었다고 헛소문을 퍼뜨리기까지 했다. 그때 어찌나 분하고 원통하던지! 내가 얼마나 공부를 열심히 하고 교회 동화 대회에서도 꼭 1등을 해서 다른 교회 시합에도 나가 우승을 했는데 말이다.

이모엄마는 나에게 엄했다. 길거리에서 군것질도 못 하게 했다. 그래서 나는 집에 있는 미제 사탕을 훔쳐다가 가끔 시골 아이들이 점심으로 가지고 온 고구마와 바꿔먹곤 했다. 한번은 새우젓도 밖에 가지고 다니며 먹고 싶어서 미제 사탕과 바꾼 적도 있다. 그때 시골에서는 아이들이 양은 도시락을 희고 긴 천으로 묶어 허리에 질끈 매고 다녔는데 걸을 때마다 덜렁거리는 그 도시락 소리가 좋아서 한번은 내 예쁜 책가방과 바꿨다가 이모엄마에게 호되게 야단을 맞기도 했다. 지금 생각하면 이모엄마는 나에게 바른 교육을 많이 시켰고 시골에서 살았지만 도시 여자들보다 더 현명했다. 이모엄마는 자기 삶이 그토록 힘들면서도 내 어머니인 동생에 대한 깊은 사랑으로 나를 받아주었다. 그러나 슬프게도 이모엄마는 항상 나를 자기 자식이라 생각하지 않고 대했기에 나는 늘 집도 고향도 없고 어디에도 속하지 못한 사람 같았다. 그저 잠깐 임시로 이모부네에 머무는 것처럼 그렇게 자랐다. 이모엄마는 현명한 반면에 냉정하고 차가운 성격을 가진 여자였다. 그리고 아들 못 낳은 데 한이 맺혀 남의 아들이라도 남자들에게는 인자한 어머니로 변했다. 그래서 후일 내 손자들에게도 많은 사랑을 주었고, 내가 미국에 사는 동안 이곳 교회에 부임해온 여러 신부님들에게도 한결같이 살갑게 대해주었다.

어느 날 이모엄마는 또 다른 첩을 들인 이모부와 크게 다투고 헤어질 작정으로 짐을 꾸렸다. 그리고 나를 데리고서 둘째 이모가 살고 있던 대전으로 이사를 했다. 당시에 둘째 이모네는 사촌인 박 씨 아주머니네 병원 옆에 세를 들어 살고 있었다. 이모엄마와 나도 그 병원에서 조금 떨어진 거리에 방을 얻었다. 그렇게 나는 3학년부터 대전에 있는 삼성국민학교로 전학을 하고 새로운 생활을 시작하게 되었다. 박 씨 아주머니는 산부인과 의사인 남편 덕분에 형편이 넉넉했지만 나에게는 아주 고상하면서도 차갑게 대했다. 그 집에는 대전여고를 다니는 언니가 둘 있었는데 한 명은 나를 본척만척했지만 다른 한 명은 나에게 친절하게 대해주었다. 이름이 주자였던 걸로 기억되는 그 언니는 아주 예쁘고 조용한 성격이었다. 주자 언니는 가끔 나를 데리고 극장에 가서 영화를 보여주었다. 그때 언니를 따라 에바 가드너와 그레이스 켈리가 나오는 〈모감보(Mogambo)〉, 비비안 리의 〈바람과 함께 사라지다〉 〈들장미〉 등 많은 명화를 보았는데 너무나 황홀한 경험이었다. 그러나 무엇보다 나를 행복하게 한 것은 주자 언니의 책장에 꽂혀 있는 수많은 책들이었다. 당시의 나에게는 어떤 금광보다 소중한 보물들이 그곳에 모여 있었다. 내가 《소공녀》와 《빨강머리 앤》 《작은 아씨들》을 만난 것도 바로 주자 언니의 방에서였다. 언니는 조그만 꼬맹이가 책을 좋아한다고 신기해하며 얼마든지 책을 빌려주었다.

이모엄마는 박 씨 아주머니네 산부인과에서 검진을 받다가 이모부 때문에 임질에 걸렸다는 사실을 알게 되었다. 그래서 그토록 원해도 그동안 아기가 생기지 않았던 것이다. 이모엄마가 자궁수술을 받고 병실에 누워 있을 때 나는 태어나 처음으로 귤을 보았다. 꿈속에서나 볼 것 같은 노란색 껍질을 까서 입에 넣으니 달콤하고 싱그러운 과즙이 입 안 가득 베어 나왔다. 나는 지금도 귤을 먹을 때면 그 순간이 떠오른다. 병실에 들어서는 순간 물씬 풍기던 향기로운 냄새도 잊을 수가 없다. 그때 가여운 이모엄마는 그 신기하고 아름다운 과일을 까먹으면서도 무척이나 많이 울었다. 이모엄마는 수술이 끝난 뒤에도 사촌인 박 씨 아주머니 집을 자주 드나들었다. 그러더니 여기저기서 바느질감을 받아다 일을 하기 시작했다.

그러던 어느 날인가 바느질감을 가지고 자주 들르던 고향 아주머니가 이모엄마에게 재혼 이야기를 꺼냈다. 자기가 아는 점잖은 홀아비한테 중신을 설 테니 이모부와 이혼하고 재혼을 하라는 것이다. 그러자 내가 걸림돌이 되었고, 그 이야기는 나를 둘째 이모네 맡기는 것으로 마무리되었다. 나를 옆에 두고 마치 내가 아무 소리도 못 듣는 짐짝이나 가구라도 되는 것처럼 자기들끼리 이야기를 나누는 동안 나는 너무나 비참한 심정이 되어 이모엄마가 정말로 나를 두고 재혼할까 봐 두려웠다. 그러면서 아버지가 나를 찾으러 오지는 않을지 혹시나 우리가 대전으로 이사해서 나를 못 찾고 가버린 것은 아닐지 온갖 걱정으로 머릿속이 복잡했다. 그날 집에 돌아온 이모엄마는 저녁으로 무를 넣은 꽁치찌개를 끓였다. 나는 평소에 고기보다 생선을 더 좋아했지만 그날만은 웬일인지 꽁치 냄새를 견딜 수가 없었다. 이모엄마는 그런 나를 이상하게 쳐다보며 말했다.

"왜 그렇게 밥을 못 먹니? 네가 좋아하는 꽁치찌개잖아?"

이모엄마는 내가 얼마나 상처를 받았을지 짐작조차 못 했다. 그때 저녁상을 물리고 난 후부터 나는 두 번 다시는 꽁치찌개를 먹지 않았다.

그렇게 반년이 지난 어느 날 갑자기 이모부가 찾아왔다. 그것도 내가 아주 좋아하는 시루떡을 한가득 보따리에 싸시 말이다. 나는 문밖에서 이모엄마가 우는 소리와 이모부가 집에 가자고 달래는 소리를 들었다. 그때 처음이자 마지막으로 나는 이모부가 반가웠다. 이모엄마가 재혼인지 무엇인지 나를 버리고 가지 않을 것이라는 확신이 들었기 때문이다. 그렇게 해서 우리는 대전 생활을 마치고 다시 부여시골 마을로 돌아왔다. 그러나 이모엄마는 그렇게 어렵게 자궁 수술을 받았는데도 아이를 낳지 못했다. 얼마 지나지 않아 이모부는 또다시 아들을 낳는다는 구실로 첩을 집에 들여놓았다.

그렇게 외로웠던 그 시절을 나는 많은 문학전집을 읽으면서 꿈과 상상력으로 이겨냈다. 나는 책에 심취해서 어릴 때부터 많은 책을 섭렵했다. 특히 좋아했던 소설은 프랜시스 호지슨 버넷 (Frances Hodgson Burnett)이 1888년에 발표한 《소공녀(A Little Princess)》였다. 《소공녀》라는 제목은 일제강점기 당시에 일본어를 그대로 번역하며 생겨난 제목이라고 한다. 나는 그 책을 읽고 또 읽으면서 나만의 상상으로 세계를 넘나들었다. 나의 꿈속에는 마법의 마차가 다니는 영국의 거리가 나오고 인도라는 나라와 다이아몬드 산 같은 이국적인 풍경들이 펼쳐졌다. 그리고 돌아가신 아버지를 대신해서 놀라운 마법을 가지고 주인공 소녀를 애타게 찾고 있는 금발의 신사가 등장했다. 그러나 가장 중요한 것은 주인공 소녀가 힘든 상황에서도 항상 밝고 아름다운 꿈을 꾸며 희망을 잃지 않는 모습이었다. 나는 햇빛이 밝게 비추는 툇마루에 앉아 《소공녀》를 읽다가 때때로 눈을 감고서 기적처럼 아버지가 나를 구하러 오는 상상을 했다. 아버지가 북한을 떠나 러시아를 통해서 한국으로 오는 모습을 떠올리면 너무나 가슴이 설렜다. 그런 꿈을 꿀 때면 모든 현실의 어려움은 저 멀리 안개 속으로 사라졌다. 나는 지금도 생각한다. 어릴 때부터 읽었던 수많은 책들이 힘든 삶 속에서 나를 지탱해주었다고. 그리고 내 주 하나님께서 항상 나의 등 뒤에서 나를 지켜주셨다. 나는 그런 주님을 사랑한다.

내가 살던 시골 동네에는 이모엄마처럼 남편의 첩질 때문에 어린 아들딸과 살면서 남편과 떨어져 불행하게 사는 아주머니

가 한 분 있었다. 이모엄마와 그 아주머니는 아주 친했고 교회에
도 이모엄마가 인도해서 같이 다니면서 서로 자주 만났다. 가끔
그 아주머니네 집을 가면 항상 아름다운 여러 가지 꽃들이 만발
한 꽃밭이 있어 꽃들의 향기에 취했다. 정말 아름다운 꽃밭이었
다. 그리고 그 아주머니에게는 나와 동갑인 아들과 나보다 어린
딸아이가 있었다. 어린 여자애는 아주 착하고 예쁘고 조용한 아
이였다. 그 아주머니는 자기 자식들밖에 몰랐다. 그 아이들 도시
락에서 나는 그 어머니의 사랑을 보았다. 그 아주머니는 자기 자
식들을 꽃밭 가꾸는 것보다 더욱 정성스럽게 키웠다. 그때도 그
랬다. 한국의 엄마들은 남의 자식들은 자기 자식의 경쟁상대로만
보았고 극성스럽게도 자기 자식들만 챙겼다. 그 아주머니의 아
들은 나와 시골 국민학교에서 같은 반이었다. 우리는 둘 다 공부
를 잘했다. 나는 그때 학교에서 항상 반장을 했다. 그 아주머니는
이모엄마와 자주 만나며 자매처럼 대화하면서 나 같은 혹이 달
린 이모엄마를 많이 동정했다. 그 아주머니한테 나는 그런 존재
였다. 내 이모엄마 주위의 모든 사람에게 나는 어릴 때 그런 존재
였다. 그래서 내 가슴에는 항상 황량한 바람이 불었고 몹시도 외
로웠다. 그 집 아버지는 종종 양손 가득 선물을 사 들고 아이들을
만나러 찾아오곤 했다. 그럴 때마다 나는 그 아이들이 너무나 부
러웠고, 언젠가는 내 아버지가 그 아버지보다 더 많은 선물을 사
가지고 찾아올 거라고 상상하며 무지갯빛 꿈을 꾸었다. 나중에

그 아이들이 중·고등학교에 갈 나이가 되자 그들의 아버지는 아이들을 서울로 유학 보냈고, 여자아이는 이화여자대학 약학과를, 남자아이는 서울대학교를 졸업해 은행 지점장이 되었다. 나는 그 아이들을 오랫동안 부러워하며 내 아버지를 향한 기약 없는 기다림에 지쳐갔다. 그렇게 현실에서 이뤄질 수 없는 간절한 기다림은 점점 미움으로 변해가기 시작했다.

이모엄마는 나를 네 살 때부터 열일곱 살, 나를 내쫓을 때까지 13년 동안 키워주셨다. 그리고 나는 이모엄마를 1965년부터 2011년 돌아가실 때까지 46년을 보살펴드렸다. 마지막 13년 동안은 이모엄마가 치매라는 어려운 병을 앓아서 이곳 미국에 있는 요양병원에 모셨다. 나는 13년 동안 매주 한 번씩 이모엄마가 있는 요양원에 방문했다. 그때 나는 미국사회의 복지제도가 얼마나 잘 되어 있는지 알게 되었고 또 얼마나 많은 자식들이 치매를 앓는 부모를 요양원에 두고 찾지 않는지도 알게 되었다. 그래도 노부모가 재산이 많거나 부모와 아주 좋은 유대관계를 맺은 가족들은 나처럼 일주일에 한 번 정도 찾아왔다. 부부 중의 한 명이 치매를 앓는 경우 남편이든 부인이든 요양원에 더 자주 방문하곤 했다. 한 가지 놀라운 사실은 미국의 요양원에서는 입소자가 부자든 극빈자든 그 사실을 직원들에게 밝히지 않고 모두 평등한 대우를 받는다는 것이었다. 그곳에는 젊었을 때 미국 연방정부장관을 지내고 아들들도 모두 잘사는 백인 할아버지가 있었는데 그런 사람이나 이모엄마나 똑같은 방에서 똑같은 서비스를 받았다. 그 할아버지 아들은 유명한 변호사였는데 부인과 함께 가끔 아버지를 방문했다.

　나는 13년 동안 이모엄마를 보러 요양원에 갈 때마다 항상 한국 제품인 해태, 오리온 등의 과자와 비스킷, 사탕 등 간식을 한 보따리 가지고 가서 이모엄마를 돌보는 요양원의 간호사와 보조 간호사들에게 감사의 마음을 전했다. 그때마다 그들은 너무나 맛있게 먹으며 좋아해주었다. 나는 그들에게 진심으로 고마웠다. 요양원을 갈 때마다 매번 느끼는 것은 간호사든 보조 간호사든 그들이 하는 일이 쉽지 않다는 것이었다. 그야말로 안하무인으로 고함을 지르는 노인, 아무나 붙들고 전혀 말이 되지 않는 이야기를 고장 난 테이프처럼 중얼거리며 돌아다니는 노인, 멍하니 앉아서 누군가를 기다리는 노인 등 마치 희극의 주인공들처럼 밤이나 낮이나 끊임없이 그들은 똑같은 행동을 반복했다. 그리고 그런 노인들을 간호사와 보조 간호사들은 24시간 보살펴주었다. 그들은 이모엄마에게 조그만 상처가 났다거나 침대에서 떨어졌을 때도 그 모든 일을 나에게 전화로 보고해주었다. 그 보조 간호사 중 대부분은 아프리카에서 이민 온 사람들이었다. 정말 고마운 사람들이다.

치매라는 병은 시간이 갈수록 망각의 늪으로 빠져드는 병이다. 이모엄마는 나중에는 음식을 삼키는 것을 잊어버려서 보조 간호사들이 곱게 분쇄한 음식을 떠먹여 줘야 했는데 자꾸 입에서 음식이 흘러나와 반복적으로 다시 입에 넣어줘야 했다. 나는 이모엄마를 만나러 갈 때마다 새로운 각오를 해야 했다. 이모엄마가 나를 전혀 몰라봤기 때문이다. 이모엄마는 생전 처음 보는 여자가 왜 나를 찾아왔나 하는 의심의 눈초리로 나를 노려봤다. 말이 많은 한국 할머니들은 내가 자기를 전혀 찾아오지 않는다는 이모엄마의 말을 믿고 나를 아주 돼먹지 못한 여자로 소문을 냈다. 천주교에 다니는 노인들은 내가 친자식이 아니라서 그렇다며 내 마음을 긁어댔다. 요양원 자체도 허술한 부분이 많아 나는 여러 곳을 수소문한 끝에 제일 좋은 감리교 계통 요양원으로 이모엄마를 옮겼다. 그렇게 이모엄마는 새로 옮긴 요양원에서 돌아가실 때까지 거의 13년을 지내셨다. 나는 이모엄마를 방문할 때마다 항상 성경을 짧게 읽고 때로는 찬송도 불렀다. 그러나 기도할 때만큼은 꼭 이모엄마와 같이 했다. 이 분야에서 일하고 있는 친구의 조언으로 아주 오랫동안 앉아 있지는 않았다. 그래도 정말 감사한 것은 내 아들들이 가끔 나와 함께 할머니를 방문해주었던 것이다. 내 아들들과 이모엄마는 항상 사랑이 넘치고 사이가 좋았다. 원래 남의 아들들을 아주 좋아하는 이모엄마는 내 아들들에게도 많은 사랑을 주고 용돈을 두둑하게 주는 달콤한 할머니였다. 이모엄마가 따로 살길 원했기 때문에 같이 산 날들은 많지 않았지만 내 아들들은 할머니에 대한 좋은 추억이 많았고 이모엄마도 같은 마음이었다. 그래서 할머니를 방문할 때는 진정으로 서로 사랑하고 나보다 더 좋은 관계로 교감을 나눴다.

나는 이모엄마를 보살펴드리긴 했지만 어렸을 때 받은 상처가 많아서인지 그다지 애정을 느끼지 못했다. 그렇게 13년을 한 요양원에 계시면서 이모엄마는 돌아가실 때까지 그곳에서 일하는 사람들의 극진한 보살핌을 받았다. 그들 역시 이모엄마에게 조그만 일이 있어도 나에게 곧바로 전화를 해주었다. 나는 특히 그들이 이모엄마에게 음식을 먹이는 모습에 감동을 받았다. 그들은 마치 자기들 부모인 양 음식을 삼켜야 한다는 사실조차 저 멀리 망각의 세계로 보내버린 노인들에게 끊임없이 참을성 있게 음식을 떠먹였다. 나는 아주 오랜 세월을 이들이 봉사하는 모습을 보면서 미국의 법과 공정성에 감동했다. 이모엄마가 95세에 임종이 가까워지자 호스피스들이 요양원에 와서 돌봐주었는데 그들 또한 이모엄마를 감동적으로 잘 보살펴주었다. 그리고 우리 식구들도 이모엄마의 마지막 길을 준비했다. 나는 이모엄마가 임종하시기 전에 아들들과 함께 자주 요양원을 방문했다. 어느 날 아들들과 눈을 감고 있는 이모엄마의 얼굴을 바라보고 있었는데 이모엄마가 갑자기 눈을 떴다. 빨리 간호사에게 달려가 이모엄마가 깨어났다고 전했더니 간호사가 달려와서 보고는 이모엄마의 눈을 감기면서 방금 운명하셨다고 말했다. 내 아들들은 그 말을 듣고 나보다 더 뜨거운 눈물을 흘렸다.

내 아들들은 이모엄마를 생전에 한국말로 할머니라고 부르면서 나보다 더 많이 사랑했다. 운명하시고 얼마 지나지 않아 간호사가 나에게 와서 장례식장에 연락하면 바로 시신을 가져가니 이곳 요양원 직원들이 이모엄마와 작별 인사를 하도록 시간을 달라고 했다. 나는 그 말에 너무 고마워서 가슴이 뭉클했다. 그리고 그동안 이모엄마를 정성껏 보살펴준 그들의 따뜻한 손길이 느껴졌다. 다행히 나는 이모엄마를 위한 상조보험이 있어서 모든 절차를 계획대로 잘 진행할 수 있었다. 나는 이모엄마가 생전에 수십 년을 열심히 다니셨던 이곳 한국 천주교에 연락을 했다. 치매를 앓으신 13년 동안 성당에 나가지 못하신 공백 기간 때문에 걱정을 했는데 이모엄마와 친했던 분들과 내 지인들에게 부탁해서 다행히도 그분들이 친절하게 모든 절차를 보살펴주었다. 그리고 내가 다니는 미국 감리교회 목사님과 한국 천주교 신부님이 요양원에 오셔서 이모엄마 이마에 기름을 바른 후 임종 기도를 해주셨다. 또한 전례대로 한국 천주교 신자들이 우리 집에 와서도 이모엄마의 영정 사진 앞에서 향불을 피우고 모두 절을 해주었다. 이 많은 자식 같은 남자들이 이모엄마 영정 앞에서 절을 하고 있는 모습을 보고 생전에 아들이 없어서 고통을 받았던 이모엄마를 생각하니 눈물이 났다. 오랜 세월 아들을 못 낳은 죄로 첩들과 부대 끼며 살다가 결국 이모부 집에서 쫓겨나신 이모엄마는 마지막까지 자식이 없이 외로운 인생을 살다가 눈을 감으셨다.

삼일장 동안 이모엄마는 장례식장에서 수많은 예쁜 화환에 둘러싸였다. 붉은 장미 꽃다발이 덮인 관속에 누워 있는 모습은 평화롭고 아름다웠다. 내 아들들이 생전에 할머니와 찍은 가족사진들을 예쁘게 붙여서 장례식장 안 여러 사람이 볼 수 있도록 잘 진열해두었다. 삼일장이 끝나는 밤에 성당 사람들과 손님들과 함께 장례식장에 모두 모여 이모엄마에게 마지막 인사를 드렸다. 그리고 한인 천주교인들이 모여서 그날 밤에 연도를 드렸다. 다음 날 아침, 5월의 파란 하늘이 눈부시게 빛나는 화사한 봄날에 한국 성당에서 엄숙한 장례미사가 진행되었다. 내 아들 둘에 아이들 아빠와 천주교 전례회장이 이모엄마의 관을 들었다. 그 뒤를 내 손자 둘과 많은 다른 아들들과 신도들이 따랐고 이 지방 순경들의 오토바이 에스코트를 받으면서 모두 장지로 향했다. 묘지에서는 천주교식으로 장지 예배를 드린 후 입관할 때는 관 위에 놓여 있던 붉은 장미 더미 속에서 모두가 한 송이씩을 집어 들어 이모엄마의 관 위에 던졌다. 그렇게 이모엄마는 양지바른 묘지에 묻히셨다. 나보다 더 슬퍼했던 내 아들 중에 작은아들 폴의 제안에 따라 비석도 만들어드렸다. 장지에 온 여러 손님을 모시고 예약한 레스토랑에 가서 점심 대접을 할 때 갈색 머리의 큰 손자가 손님들의 테이블을 일일이 찾아가서 90도로 절을 하며 와주셔서 고맙다는 인사를 드렸다. 나도 내 손자의 인사에 너무 자랑스러웠고 장지에 온 손님들도 모두 칭찬을 해줘서 슬픔 속에서도 마음이 든든하고 흐뭇함을 느꼈다. 이모엄마의 장례 예배를 드리면서는 갑자기 네 살 때 전쟁 중에 돌아가신 불쌍한 나의 외할머니 생각이 나서 눈물이 났다. 그리고 낡은 달구지에 실려서 초라하게 멀리 산속으로 사라졌던 외할머니의 조그만 관이 떠올랐다. 나의 기억은 다시 외할머니를 잃고 우리 집으로 갈 길을 잃어버린 나의 어린 소녀 시절, 슬프고 외로웠던 나의 삶 속으로 돌아간다.

6·25전쟁 중에나 휴전 후에도 군복을 구해다가 커다란 가마솥에 넣고 시커멓게 물을 들여서 검은색으로 만들어 입는 게 유행이었다. 나도 장터에 가면 시커먼 물이 있는 커다란 가마솥을 많이 보았다. 아직도 38선에서는 밀고 당기면서 전쟁을 할 때였으니 아마 내가 네 살이나 다섯 살 때였을 것이다. 나는 빨갱이 자식이라는 소리를 들을 때마다 빨간색이 아닌 내 손을 자주 바라보곤 했다. 그리고 '내 손은 빨간색이 아닌데 왜 날더러 빨갱이

라고 하지?' 하고 의아해했다. 하루는 직접 이모엄마에게 물었다.

"아버지는 왜 다른 사람처럼 시커먼 물감을 쓰지 않고 빨간색 물을 들여서 빨갱이라는 소리를 들어요?"

그러자 이모엄마는 깜짝 놀라서 나를 붙잡고 울먹이며 말했다.

"마리아! 네 아버지는 저런 사람들보다 더 많이 배우고 훌륭한 분이었어. 네 아버지는 시장에 있는 염색장이가 아니야."

나는 나중에 철이 들고 아버지를 아주 미워하기 시작할 때부터 이모엄마의 말이 틀렸다고 생각했다. 직업의 귀천이나 사상을 떠나서 더욱 중요한 것은 남자라면 남편 또는 아버지로서 자기 아내와 자식들을 책임감 있게 돌보는 것이라고 생각했다. 그렇게 보면 내 아버지는 빵점 남편에 빵점 아버지였다.

이모엄마는 여자로서 참으로 불행한 삶을 살았다. 그토록 원했지만 아이를 낳지 못했고 아들이 없어서 참으로 불행한 삶을 살았다. 이모부가 첩을 자주 바꿔가며 집으로 들였기 때문에 이모엄마 집에서는 하루가 멀다 하고 세상이 끝날 것 같은 극심한 다툼이 계속되었다. 아마 그 불씨가 나였던 적도 많았을 것이다. 그 시절에 이모엄마는 옆 산동네에 조그만 집을 한 채 사서 둘째 이모와 외사촌 언니들을 보살펴주고 있었다. 이모엄마는 나를 그 치열한 싸움에서 보호하기 위해 항상 둘째 이모네 집에 나를 잠깐 보냈다가 데려오기를 반복했다.

바람이 몹시 불던 어느 날이었다. 여전히 전쟁 중이었던 그때 첫째 첩과 피난 갔다가 돌아온 이모부가 그 첩을 집에 들이자 같은 집에서 살아야 하는 이모엄마는 매일같이 이모부와 피가 터지게 싸웠다. 그날도 안방에서는 모든 가구가 박살나는 것처럼 쾅쾅 큰 소리가 나고 이모엄마와 이모부가 크게 다투는 소리가 들렸다. 그러다 갑자기 이모엄마가 밖에 있는 나에게 소리쳤다.

"마리아! 너는 빨리 둘째 이모네로 가!"

나는 재빨리 집 밖으로 도망쳐 나왔다. 그리고 자꾸 흘러내리는 눈물을 주먹으로 닦으면서 둘째 이모네가 사는 산골 마을로 한없이 걸어갔다. 어찌나 바람이 세게 부는지 하염없이 흐르던 눈물도 차가운 바람 속에 다 말라버렸다. 나는 온 힘을 다해서 바람을 버티며 둘째 이모네 집이 보일 때까지 걷고 또 걸었다. 그럴 때마다 나는 나를 이곳에 데리고 온 외할머니가 세상에 없는 것이 못 견디게 슬프고 우리 집에 가고 싶은 마음이 너무나 간절해서 아무도 없이 나 혼자 걸어가는 산길 위에서 자주 아주 크게 소리 내어 슬피 울었다. 그리고 왜 아버지는 나를 데리러 오지 않나 생각하면서 또 더 크게 울었다. 우리 집 대문이 생각났고 같이 동네 애들과 싸우고 같이 놀던 오빠와 동생 생각도 났다.

아주 옛날 옛적에
작은 소녀 하나가
전쟁통에
할머니와 함께
집을 떠나온 후
집으로 돌아갈 길을
잃어버렸다

작은 소녀를 집에서
데리고 나온 할머니는
작은 소녀를 버리고
하늘나라로 가버렸다
집에 가고 싶어
슬피 울고 있는
작은 소녀를 버리고

작은 소녀는 기억한다
어느 날 갑자기
이상한 남자들이
할머니를
나무 관에 넣어

소가 끄는
달구지에 싣고
뒷산으로
가버린 것을

작은 소녀는
저 멀리 사라지는
할머니를 보며
생각했다
이제는
누가 나를
우리 집에
데려다주지?

작은 소녀는
저녁이면
동네 집집마다
불이 켜지고
그 따뜻한 불빛 아래
식구들끼리 도란도란 나누는
얘기 속에서도

두고 온 아빠와 엄마의
목소리를 들었다
오빠와 동생들 편에서
싸웠던 동네 아이들과
오빠와 동생의
소리도 크게 들린다

어느 날
작은 소녀는
이제 자기가 정말
혼자라는 것을
알게 되었고
매일 밤 말없이 애타게
집으로 가는 길을
밤마다 꿈꾸었다

지금도 소녀는
집으로 가는
꿈을 꾼다

내일이면

꼭 아빠가 나타나
소녀를 따뜻한 등에 업고
집으로 가는 꿈을

그러면 아빠에게
모든 것을 말하리라

이상한 이모부, 아저씨들
이상한 교회 선생
아빠에게 모두 모두
말해주어야지

작은 소녀는
오늘도
아빠의 등에 업혀서
집으로 돌아가는
꿈을 꾼다

작은 소녀의
얼굴엔
아주 환한

미소가 가득하게
꽃처럼 피어있다

-〈작은 소녀의 꿈〉

　나는 바람에 맞서 걸어가면서도 알고 있었다. 둘째 이모네 가
봐야 나를 따뜻하게 반겨줄 사람도 없다는 것을. 둘째 이모는 전
쟁통에 아들과 남편을 잃은 충격으로 자기 자신을 추스르기조차
힘들어 보였고 외사촌 언니들도 나에게 그렇게 따뜻하게 대해주
지 않았다. 특히 둘째 언니는 나를 미워해서 볼 때마다 "너는 왜
그렇게 못생겼니?" 하고 핀잔을 주었다. 그 때문에 나는 어릴 적
부터 내가 못생겼다고 생각했고 그런 자격지심이 일생을 따라다
녔다. 그래서 둘째 이모네 집에 가면 언제나 마음속으로 이모엄
마가 데리러 오기만을 기다렸다. 외사촌 언니들이 왜 강 씨 집안
인 나를 그렇게 편애하느냐고 투덜거리면 이모엄마는 돌아가는
길에 나에게 늘 이렇게 말하곤 했다.
　"못된 것들 같으니라고! 네 부모가 지들한테 얼마나 잘해주었
는데."
　먼 훗날 미국에서 사귄 내 친구들은 내 이야기를 듣고 내가 어
린 시절 너무 심한 트라우마를 겪었다고 걱정했다. 그래서 그들
의 조언에 따라 최근에 심리 상담을 받았다. 그런데 심리 상담 박
사가 준 테스트의 결과는 모두 정상이었다. 만약에 더 일찍 상담

을 받았다면 나에게 많은 도움이 되었을 것이다.

평범하지 않은 성장기는 내 삶 속에 영향을 미쳤고 외로운 세월들이 정서적으로도 많은 영향을 주었다. 하지만 계속 어려운 일이 닥치다 보니 정신적으로 문제가 생길 여유조차 없었다. 나는 그저 고슴도치처럼 나를 지키면서 열심히 애들을 키우고 열심히 일하고 열심히 공부하고 열심히 봉사활동을 하면서 살아왔다. 2000년 무렵에 삶에 너무나 지치고 외롭던 때가 있었다. 한꺼번에 밀려오는 외로움과 어려움에 누구에게든 기대고 싶었고 삶에 회의가 느껴지기도 했다. 그런데 언젠가부터 다시 외롭지도 않고 행복하게 내 삶에 만족감을 느끼면서 살고 있었다. 나는 매일 아주 작은 일에도 하나님께 감사드리면서 산다. 이제까지 내 발자국마다 주님은 나와 같이 계시면서 나를 항상 보호해주셨다고 굳게 믿는다. 또한 아주 어렸을 때 아버지에게 받은 무조건적인 사랑이 내가 살아가는 데 도움이 되지 않았을까 하는 생각도 해본다. 내가 그렇게 일생 동안 아버지를 미워한 것도 어쩌면 나의 탈출구가 아니었을까? 어렸을 때부터 읽었던 수많은 책들이 귀중한 벗이 되어 항상 내 옆에 있었던 것도 큰 도움이 된 것 같다. 이 모든 것들이 나의 생명줄이었다.

시골에서 국민학교에 다니던 어느 날이었다. 나는 이모엄마의 장롱 속을 몰래 들여다보다가 아버지의 편지가 들어 있는 우리 가족의 사진 꾸러미와 함께 몇 권의 책을 찾아냈다. 그중에는 춘원 이광수의 책과 톨스토이의 명언집도 있었다. 그 책들을 몰래 꺼내 읽는 동안 나는 현실에서 잠시 벗어나 꿈꾸듯 책 속으로 빠져드는 것을 느꼈다. 그 후에도 이모엄마의 장롱 속에는 새로운 책들이 계속 있었다. 그때부터 나는 굶주린 아이처럼 닥치는 대로 책을 읽기 시작했다. 다른 집에 놀러가서도 새로운 책을 만날 때면 보물을 찾은 깃처럼 가슴이 뛰었다. 그렇게 나는 부어 근처 시골 마을에서 국민학교에 다녔고 5학년을 마쳤다. 나는 항상 우수한 학생이었다. 씩씩하고 공부도 잘했다. 통지표를 받으면 더러 우가 섞여 있었지만 대부분 수로 채워져 있었다. 그곳에서는 매 학년 반장을 도맡아 했다. 나는 매우 긍정적인 성격을 타고난 것 같다. 오랫동안 슬퍼하지도 않았고 무엇을 하든 아주 열심히 했다.

가끔 이모엄마 심부름으로 집에서 가까운 논에 갈 때가 있었다. 개울을 건너 이모엄마네 논두렁에서 자라는 콩을 따거나 채소밭에 가서 파도 뽑아오고 나물 캐러 들판을 헤집고 다닐 때도 내 머릿속에는 항상 아름다운 꿈들로 가득했다. 나는 이곳에 갇혀 있는 공주로 언젠가는 나를 구하러 왕자님이나 왕이 된 아버지가 구해주러 올 거라는 상상도 하면서 시골 들판을 걸었다. 그리고 논두렁에 가서 구멍 속에 있는 우렁이를 보면서도 잡히기 전에 논 속에 있는 너희들 궁궐로 돌아가라고 명령도 하고 혼자만의 세계에서 잘도 놀았다. 그러다가 늦게 돌아올 때가 많아 이모엄마에게 혼이 나곤 했지만 즐거웠던 기억으로 남아 있다. 그리고 세상에는 너무나 많은 책이 있었다. 《빨강머리 앤》이나 《작은 아씨들》을 보면서도 상상의 나래를 펼쳤다. 그렇게 어린 시절을 지나 여학교와 여군 시절에도 대전이나 서울, 대구, 부산에 살 때도 시장에 가서 헌책방을 뒤지고 다닐 때가 무엇보다도 즐거웠다. 한국에 살 때는 거의 다방을 못 가봤다. 다방은 나에게 낯선 곳이었고 가끔 클래식을 틀어주는 음악실에 갔다. 그 시절에는 베토벤, 모차르트, 쇼팽 등 그들의 음악을 미치도록 좋아했다. 지금도 항상 음악을 들으면 마음이 즐거워진다.

내가 6학년이 되자 이모엄마는 나를 다시 대전으로 보냈다. 내가 부여시골에서 국민학교를 졸업하면 이모부가 절대로 중학교에 보내지 않을 것을 알고 미리 나를 둘째 이모네 집으로 보냈던 것이다. 그렇게 이모엄마는 이모부가 내 삶의 결정자가 되지 못하도록 다시 한 번 나를 구해주었다. 나는 3학년 때 반년을 다녔던 삼성국민학교를 졸업한 뒤에 대전 제일의 명문학교인 대전여자중학교에 합격했다. 당시에 대전여자중학교에 들어가려면 어려운 시험을 치러야 했는데 반에서도 담임선생님의 축하를 받고 합격한 아이들만 모아 기념사진을 찍을 만큼 기쁜 일이었다. 사진에 단기 4292년 4월 6일로 찍혀 있으니 서기 1959년의 일이다.

합격자 발표 날에 도착하니 벌써 많은 가족이 서로 얼싸안고 저마다 딸과 동생, 누나의 합격을 기뻐하느라 정신이 없었다. 나도 그 속에서 내 이름을 발견하고 혼자서 조용히 벅찬 가슴을 진정시키며 집으로 돌아왔다. 대전여자중학교에는 실력 있는 선생님들이 많았는데 그중에서도 나는 영어 선생님을 가장 좋아했다. 영어 시간이면 나는 주자 언니와 극장에서 보았던 할리우드 영화들이 생각이 났다. 영화 속에서나 듣던 신기한 영어를 직접 배울 수 있다니 무척 신이 났다. 알파벳부터 시작해서 쉬운 문장들을 금세 알아듣게 되었고 매일같이 영어 단어를 외우고 또 외웠다. 그때 영어 선생님 별명은 시계추였는데 정말로 고개를 흔들흔들할 때마다 입에서 새로운 영단어가 튀어나왔다. 나는 공부하는 것이 좋아서 학교생활이 즐거웠지만 둘째 이모네 집에서 지내는 일은 너무나 힘들었다.

둘째 이모는 여전히 남편과 아들을 잃은 슬픔 속에서 삯바느질로 겨우 하루하루를 살았다. 늘 알아들을 수 없는 혼잣말을 했고 내 존재뿐만 아니라 세상 모든 것이 다 귀찮은 사람처럼 보였다. 휴전이 되었어도 저마다 삶 속에서 끝나지 않는 전쟁이 계속되었다. 똑똑했던 둘째 언니는 박 씨 아주머니네 병원에 간호사로 취직해 그곳에서 숙식을 하며 지냈다. 큰언니는 스웨터 짜는 기계를 집에 들여와 먼지를 폴폴 풍기면서 일했는데 그래서인지 나중에 오랫동안 폐병으로 고생하다가 쉰 살도 넘기지 못하고 세상을 떠났다. 그렇게 전후의 한국에는 여성들의 일자리가 별로 없었고 모두 다 힘들게 살아갔다.

대전에서도 나는 집에서나 학교에서나 항상 외톨이였다. 다른 아이들은 하굣길에 삼삼오오 모여서 학교 앞 문방구나 잡화점에 들러 맛있는 것도 사 먹고 재미있게 놀았지만 돈이 없는 나에게는 꿈도 못 꿀 일이었다. 무엇보다 학교가 끝나면 둘째 이모네로 돌아가야 한다는 사실이 너무나 힘들었다. 결국 나는 어렵게 시험에 합격해 들어간 대전여자중학교를 한 학기만 마치고 다시 이모엄마가 있는 부여로 돌아와 부여여자중학교로 전학을 했다. 아마 둘째 이모도 내가 가주길 바랐을 것이다.

1960년 4월 19일 봄날에 대한민국에는 혁명이 일어났다. 나는 신문과 라디오에서 많은 학생들의 데모 소식과 이승만 대통령의 하야 소식을 들었다. 그 이듬해인 1961년 5월 16일에 다시 군사 정변이 일어났고 나는 그 소식을 또 한 번 신문과 라디오로 접했다. 나는 어린 시절에 아버지의 사상 때문에 혹독한 시련을 겪느라 그때 은연중에 큰 쇼크를 받아서인지 정변이 일어날 때마다 조용하게 내 할 일만 하고 모든 일에 관심을 끊었다. 부여여자중학교는 시골 이모엄마네 집에서 한 시간 정도 떨어진 부여시에 있었다. 부여시는 약 2500여 년 전 청동기 시대를 대표하는 송국리 문화를 꽃피웠던 유서 깊은 도시이다. 그리고 고구려, 신라

와 함께 한국의 고대 국가 삼국시대를 구성했던 백제(기원전 18년
~660년 8월 29일)의 마지막 도읍지이기도 했다. 우리 동네 여학생
들은 아침마다 등굣길을 따라 한참을 걷다가 백마 강가의 구드래
나루에 이르러 모두 함께 소리쳐서 뱃사공을 불렀다. 그렇게 나
룻배를 타고 백마강을 건너서 부소산 중턱에 자리 잡은 학교까지
또다시 걸어 올라갔다. 하굣길에 쑥을 뜯어서 책가방에 넣어 집
에 가지고 가면 이모엄마가 구수하게 된장을 풀어 쑥국을 끓여주
곤 했다. 어떤 날은 자전거를 타고 통학하는 남학생들이 연애편
지를 써서 좋아하는 여학생 앞에 휙 떨어뜨리고 지나가기도 했
다. 가끔은 성질이 고약한 이모부 누이가 운영하는 버스정류장에
서 버스를 타고 가는 날도 있었다. 버스가 규암면에서 내려주면
거기서 다시 백마강을 건너야 했다. 그때 백마강 다리는 아주 길
고 좁은 데다 몹시 흔들거려서 항상 다리를 후들후들 떨며 반대
편까지 천천히 강을 건넜다. 우리가 타고 온 버스는 다른 화물차
와 같이 커다랗고 평평한 배에 실려 멀어져갔다.

　세월이 흐른 뒤 나이가 들어 부여에 갔을 때 나는 너무나 크
고 넓은 다리를 보고 예전에 백마강 위에 흔들흔들 떠 있었던 아
주 좁은 그 추억의 다리가 몹시도 그리웠다. 부여여자중학교는 내
게는 참으로 정답고 좋은 추억이 가득한 곳이다. 나는 그곳에서도
늘 상위권을 유지했는데 특히 국어 과목을 좋아해서 한동안 소설
가의 꿈을 키우기도 했다. 우리는 봄과 가을이면 몇몇씩 짝지어서

부소산(부소산은 평상시에는 백제왕실에 딸린 후원 구실을 했으며 전쟁 때에는 사비도성의 최후를 지키는 장소가 되었던 곳이다) 꼭대기에 있는 낙화암(낙화암은 백제 의자왕 20년(660년)에서 신라국과 중국의 당나라 연합군의 공격으로 백제국의 수도 사비성이 함락될 때 백제국의 삼천 궁녀가 이곳에서 백마강을 향해 몸을 던졌다는 전설에서 유래한 바위이다)에 올라 노래를 부르며 계절의 정취를 마음껏 느꼈다.

이제 막 중학교 3학년이 된 1961년의 늦은 봄이었다. 이모부가 몰래 숨겨두었던 여섯째 첩이 진짜 이모부의 아들을 낳았다. 그 여자는 갓난아기를 안고서 이모부를 앞세우고 당당하게 집안으로 들어왔다. 눈이 부리부리했고 뻐드렁니 때문에 다물어지지 않는 입술을 앞으로 쑥 내밀고 있어서 가만히 있어도 성난 것처럼 보이는 인상이었다. 그 여자는 아들을 낳지 못한 이모엄마 앞에서 기세등등하여 자기는 다른 첩들과 달리 술집여자가 아니고 과부이며 이모부 누이의 중매로 이모부를 만났다고 거들먹거렸다. 마을에서 버스정류장을 운영했던 이모부의 누이는 성질이 고약하고 안하무인인 여자였다. 그녀는 시도 때도 없이 집에 무당을 데려와 이모부 아들을 낳게 해달라고 요란하게 푸닥거리를 했는데 아들만 낳는다면 그 여자가 누구든 개의치 않는 것 같았다. 그녀는 이모부의 모든 첩을 뒤에서 봐주었고 교회 다니는 이모엄마를 항상 못마땅하게 쏘아봤다. 게다가 빨갱이 자식인 나를 아주 싫어해서 이모부 집에 반공청년단들을 보낸 것도 바로 그녀였다. 그렇게 이모부 누이의 강력한 지지를 등에 업은 여섯 번째 첩은 그 툭 튀어나온 입으로 이모엄마에게 이제 이모부 집에서 나가라고 말했다. 결국 이모엄마는 당시 흔치 않았던 이혼을 결심하고 지긋지긋했던 이모부와의 결혼생활에 마침표를 찍었다. 그렇게 이모엄마는 나를 데리고 영영 시골 이모부 집을 떠나 부여시로 거처를 옮겼다.

사실 휴전 후 한국에는 1953년 9월 18일에 대한민국 형법으로 간통법이 제정되었다. 대한민국 헌법이 제정된 당시에는 이모부처럼 기혼남성의 축첩이란 악습을 타파하자는 축첩반대운동이 사회의 중요한 이슈였다. 그래서 간통죄의 존속에 관한 여러 논란에도 불구하고 대한민국 국회에서 유부남의 간통 행위도 처벌하자는 남녀 쌍벌안을 출석 의원(110명)의 과반이 조금 넘는 57표의 찬성으로 통과시켰다. 하지만 정작 그 사실을 아는 사람들은 거의 없었기 때문에 여전히 많은 여성들이 단지 자식을 못 낳거나 아들을 못 낳는다는 이유로 첩과 함께 살아야 했고, 이모엄마처럼 억울하게 쫓겨나는 일도 다반사였다.

이모부의 집을 거쳐 간 다섯 여자들은 대부분 술집 작부였다. 어떤 첩은 보리개떡을 맛있게 해줘서 생각이 나고 어떤 첩은 내가 불쌍하다고 잘해줘서 생각이 난다. 그중에서도 제일 기억에 남는 여자는 이모부의 첫 번째 첩이다. 그 여자는 밤마다 이상한 신음소리를 내서 도저히 잊히지 않는다. 웃으면 시퍼런 잇몸이 이보다 더 많이 보이던 그 여자는 술집 작부였다. 그리고 누구의 아이인지는 모르지만 태어난 지 여섯 달 된 아기가 있었다. 이모부는 아기가 달린 그 첩과 피난을 갔다가 어느 날 그들을 데리고 집에 돌아왔다. 그날부터 이모부는 이모엄마와 나를 안방에서 지내게 하고, 자기는 안방을 마주 보는 건넌방에서 첩과 지냈다. 그나마 이모엄마에게 안방마님 대접이랍시고 인심을 썼던 모양이다. 그러나 이모부는 내가 보기 싫어서인지 첫째 첩이 무서워서인지 안방에는 출입하지 않았다. 그리고 매일 밤 그 방에서는 그 여자의 이상한 신음소리가 들렸다. 게다가 한 번 시작되면 극성스럽게 울어대는 아기 울음소리가 온 집안을 뒤흔들었다. 어느 날 밤 그 소리 때문에 잠에서 깨어 옆자리를 보았더니 이모엄마가 숨죽인 채 조용히 흐느끼고 있었다. 아침이면 간밤에 아무 일도 없던 것처럼 이모엄마는 그 여자와 같이 아침상을 차려 안방으로 들여왔다. 이모부 역시 아무렇지도 않게 쩝쩝거리는 소리를 내면서 아침밥을 먹고 일터로 나섰다.

그러던 어느 날, 그렇게도 울던 아기가 갑자기 죽었다. 그 이후에도 밤에는 여전히 그 여자의 신음소리가 들려왔고 잠결에 간간이 이모엄마의 흐느낌과 깊은 한숨소리도 들렸다. 하루가 멀다 하고 이모엄마와 이모부의 싸움이 계속되었다. 그러나 여자들은 아침마다 아무렇지 않게 아침상을 들여오고, 쩝쩝대며 먹고 나서

가래침을 캭 뱉고 뱀이라도 보듯 내게 눈길 한번 획 주고 나가버리던 이모부도 그대로였다.

세월이 흘러 미국에서 살 때 이모엄마가 들려준 이야기에 따르면 그날 밤 이모엄마가 볼일 보려고 조용히 변소에 앉아 있는데 부엌에서 이상한 캭캭거리는 소리가 났다고 한다. 그래서 변소 문을 살짝 열고 보니 그 여자가 제 자식에게 양잿물을 먹여서 애기가 피를 토하고 있었다는 것이다. 이모엄마는 소스라치게 놀라서 빨리 변소 문을 닫고 그 안에서 덜덜 떨다 조용히 방에 돌아와서 그날 밤 한숨도 못 잤다고 한다. 다음 날 아침 아기는 죽은 채로 발견되었다. 그때는 전쟁통에 나라가 미쳐 돌아가던 시절이라 이모엄마는 아무 데도 말을 못 하고 혼자서 그 사실을 가슴에 묻었다고 한다.

그러다 어느 날 갑자기 잇몸이 시퍼런 그 첫째 첩이 사라지고 이모부는 쥐 잡아먹은 것처럼 입술을 새빨갛게 바른 젊은 여자를 데려왔다. 그렇게 해서 나는 그 이상한 신음소리에서 벗어날 수 있었다. 쫓겨났던 그 첫째 첩은 몇 달이 지난 후 사람을 시켜서 이모부 아이라며 아직 핏자국도 마르지 않은, 낳은 지 사흘도 안 된 갓난아이를 이모엄마에게 안겨주고 가버렸다. 그런데 불행하게도 그 아이는 아들이 아니었다. 그렇게 이모엄마는 첫째 첩이 보낸 계집아이를 둘이나 정성스레 키웠다. 그중 한 아이는 산모가 임질에 걸렸을 때 태어나 잔병치레가 많고 몸이 허약했다. 나는 이모엄마가 그 아픈 아이를 밤새 끌어안고 돌보며 약을 먹이는 장면을 수도 없이 보았다. 결국 그 아이는 일찍 죽었지만 이름이 광자였던 그 아이의 언니는 세 살 때까지 건강하게 자랐다. 이모엄마는 깡통에 든 비싼 미제 연유를 구해서 뜨겁게 끓인 물과 섞어 젖 대신에 먹여가며 아이들을 모두 정성껏 키웠다. 이모부네는 일본집이라서 목욕탕이 있었는데 나와 광자를 물을 데워서 목욕도 자주 시키고 미제 치약이나 소금으로 매일 이도 박박 닦아주었다. 그런데 어느 날 갑자기 첫째 첩이 광자를 또 데려가 버렸다. 나는 가끔 밤에 잠에서 깨서 이모엄마의 한숨소리를 들으면서 다시 잠이 들곤 했다. 빨간 입술의 둘째 첩이 가버린 뒤에도 이모부 집에는 여전히 다른 첩들이 들락거렸다. 이모부 아들을 낳을 때까지! 그러다 어느 날 또 갑자기 잇몸이 시퍼런 첫째 첩이 광자를 다시 데려와 이번에는 아주 두고 가버렸다. 그런데 문제는 광자의 입에서 매일 술집 작부들이 부르던 노래가 흘러나오는 것이었다.

"오동추야 달이 밝아 오동동이냐…"

광자가 밥상 앞에서 젓가락을 두드리며 구성진 곡조를 뽑아내자 이모엄마는 깜짝 놀라 야단을 치면서 그 아이와 나를 데리고 부지런히 교회에 다녔다.

다섯 번째 첩은 임신한 몸으로 이모부네 들어와서 일곱 달 만에 아들을 낳았다. 그때 이모부는 몹시 기뻐하면서 이제 다시는 첩을 들이지 않겠다고 철석같이 약속했지만 얼마 지나지 않아 이런저런 트집을 잡으며 그 여자를 멀리했다. 심지어 그 여자는 아들도 빼앗긴 채로 집에서 쫓겨났다. 이모엄마는 푼돈을 차곡차곡 모아두었다가 이모부가 첩을 쫓아낼 때마다 몰래 여비를 쥐여 주고 그 여자들이 어디서든 잘 지내기를 빌었다. 그리고 마지막에 집을 나올 때까지 그 다섯째 첩의 아들을 정성스레 키웠다. 우리가 떠난 후에 이모부와 여섯째 첩은 그 칠삭둥이가 이모부의 아들이 아니라 다른 남자의 아이라면서 그 아이를 무척이나 구박했다고 한다. 이모엄마를 밀어내고 본부인이 된 여섯째 첩은 그 후로도 아들 하나와 딸 둘을 더 낳았다.

여섯째 첩이 다녀간 뒤에 이모엄마는 오랫동안 살아온 고향을 떠날 결심을 했다. 먼저 모든 이불을 빨아 널고 집 안 구석구석을 깨끗하게 청소했다. 그리고 교회 사람들과 친구들과도 모두 만나 여러 가지를 차근차근 정리하더니 어느 날 드디어 시골집을 떠나는 날을 나에게 알려주었다. 이모엄마는 돌봐오던 다섯째 첩의 아들을 위해 옷도 다 맞춰 두고 마지막 작별의 순간에 그 아이를 끌어안고 눈물을 흘렸다. 그렇게 우리는 교회 선생님들의 도움을 받아 달구지에 간단한 살림살이만 싣고서 우선 부여 시내로 이사를 했다.

우리는 부여 시내 정림사지오층석탑이 있는 근처에 방 하나와 부엌이 달린 셋방을 얻었다. 그곳은 내가 다니던 중학교와도 가까운 거리였다. 그 집에서 늦가을까지 지내다가 이모엄마는 아주 대담하게도 가까운 대전도 아니고 아예 서울로 올라갈 결심을 했다. 그러고는 금호동 시장 한구석에 조그맣게 세를 얻어 삯바느질 가게를 열었다. 나는 중학교를 마칠 때까지 부여에 남아 이정숙이라는 같은 반 친구의 집에서 지내게 되었다. 그때 정숙이 아버지는 의사인 데다가 부여군수이기도 했다. 나는 지금도 정숙이 부모님의 너그러운 처사에 깊이 감사드린다. 나는 간단한 짐만 챙겨서 정숙이네 집으로 들어갔다. 중학교 3학년이었던 우리는 학교에서 집에 오면 언제나 공부를 해야 했는데 정숙이 어머니가 많은 배려를 해주셨다. 특히 그 집 곳간에 항상 먹을 것이 가득 차 있어서 나는 정숙이네 집에서 지내는 동안 정말 많이도 먹었다. 그렇게 마음씨 좋은 친구 덕분에 부여여자중학교를 무사히 졸업하고 서울에 막 올라왔을 때 이모엄마는 나를 보자마자 "너 왜 그렇게 살이 쪘니?" 하고 깜짝 놀랐다. 밤마다 공부한다는 핑계로 곳간을 들락거리며 둘이서 궤짝 속에 그득한 맛있는 과일과 고기를 그렇게 먹어댔으니 말이다.

이모엄마는 젊었을 때부터 도포를 만들 정도로 바느질 솜씨가 좋았다. 그 시절에는 정말 다행스러운 일이었다. 이모엄마는 그 지긋지긋했던 첩들과의 생활에서 벗어났지만 이제 혼자 힘으로 살아가야 했다. 그 당시 혼자 사는 여자들이 할 수 있는 일이라고는 국밥집이나 국수집을 차리거나 다방에 취직을 하거나 아니면 남의 집 식모살이를 하는 수밖에 없었다. 시장 구석 춥고 어두침침한 조그만 가게 안에는 재봉틀과 작은 연탄 화로가 있었고 재봉틀 옆에 볼품없는 반짇고리가 하나 있었다. 이모는 하루 종일 페달을 돌돌 구르면서 재봉틀을 돌리거나 화로 안에 있는 인두로 조심스럽게 저고리 깃을 눌렀다. 그 작은 가게에서 낮에는 이모엄마가 바느질을 하고 밤에는 둘이 잠을 잤다. 다행히 가게 위에 조그만 다락이 있어서 나는 그곳에 간신히 몸을 누이고 잠을 청했다. 이모엄마는 항상 피곤해했고 나는 밤이나 낮이나 돌돌거리며 재봉틀 돌아가는 소리를 들어야 했다. 정말 징그럽게 듣기 싫은 소리였다. 꼭 이모엄마의 영혼이 돌돌거리며 재봉틀 발밑으로 빠져나가는 것만 같았다. 이모엄마의 가게에는 단골이 꽤 드나들었는데 금호동 시장에 오는 술집 작부부터 다방 종업원 등 대부분 직업 전선에서 일하는 여자들이었다. 가끔 고급 요릿집의 기생들이 아주 부드럽고 색감이 독특한 값나가는 옷감을 가지고 와서 바느질삯을 더 비싸게 쳐주기도 했다. 어느 날 이모엄마가 몹시 분해서 울면서 이모부를 향해 원망의 말을 쏟아냈다.

"그 작자가 오늘 내가 시골에 고이 모아두었던 돈을 몽땅 가로

챘단다. 내가 계를 해서 모은 돈인데! 그 집에서 빈 몸으로 나와서 고생고생하며 그 돈만 기다렸는데! 벼룩의 간을 빼먹는 아주 야비한 인간이야!"

나도 너무 속상해서 눈물이 났다. 그러다 이모엄마가 울음을 그치고 이렇게 말했다.

"마리아, 잘 들어라. 난 널 학교에 보내려고 너 하나만 위해서 서울까지 올라와 돈을 버는 거란다. 그러니 우리 둘이서 잘살아 보자."

나는 그 말에 뛸 듯이 기뻤다. 그때 나는 고등학교에 바로 진학하지 못하고 한 해를 쉬는 중이었다. 내가 할 수 있는 일이란 그저 옥수동 달동네 교회에 나가는 것과 이모와 밥 해먹고 다락방에서 책을 읽는 것이 전부였다. 가끔 헌책방을 뒤지고 다니면서 읽고 싶은 책을 찾아내는 게 그 시절 내가 누리던 최고의 기쁨이었다.

그 이듬해 1963년 봄에 나는 무학여자고등학교에 합격했다. 나는 대전에서도 그랬듯이 합격자 발표장에 혼자 가야 했다. 다른 이들이 가족과 친구에 둘러싸여 합격의 기쁨을 나눌 때 나 혼자만 쓸쓸히 이름 석 자를 확인하고 끝내 나를 데리러 오지 않은 아버지를 미워하며 이를 갈았다. 지금도 그때를 생각하면 가슴속에 찬 바람이 부는 것만 같다. 어쨌거나 이모엄마는 약속대로 나를 무학여고에 입학시켜 주었다. 그렇게 나는 처음 몇 달간 희망에 찬 1학년생으로 열심히 학교에 다녔다. 아침에 내가 살던 금호동 시장을 나오면 왕십리로 올라가는 언덕이 있었고 그 언덕을 넘어 한참 걸어간 끝에 무학여고가 있었다. 서울 아이들은 무척 쌀쌀맞게 느껴졌고 무학여중에서 여고로 바로 진학한 아이들이 많아 저희끼리만 어울렸다. 그렇게 다른 아이들은 학교 앞 문방구에 들락거리면서 군것질도 하고 끼리끼리 즐겁게만 보였다. 그러나 나는 항상 혼자서 공부했고 일이 많아 집으로 곧장 오라는 이모엄마의 명령에 따라야 했다. 그러다가 그해 여름이 시작될 무렵에 갑자기 이모는 바느질 가게에서 먹고 자던 생활을 정리하고 다른 셋집으로 이사를 했다. 그런데 첫날 그 집에 들어가니 예전 부여 시골마을의 목사님과 그 자제들이 와있는 것이었다. 이모엄마는 나에게 통보하듯이 말했다.

"이제부터 목사님 자제분들과 같이 살게 되었다. 우리가 잘 보살펴주고 학교 갈 때 도시락도 싸줘야 해."

고등학생과 국민학생으로 보이던 두 형제가 나를 멀뚱히 쳐다보았다. 이모엄마 옆에 능글맞게 앉아 있던 목사님이 잘 보이기라도 하려는 듯이 나에게 웃어 보였다. 그러나 나는 부인이 있는데다 목회자이면서도 다방 가기를 좋아하는 이 목사님을 예전부터 별로 좋아하지 않았다. 그런데 날이 갈수록 이 목사님과 이모엄마의 관계가 심상치 않다는 걸 눈치채자 나는 마음이 초조했다. 어느 날 드디어 터질 것이 터졌다. 나는 이모엄마와 말다툼 끝에 해서는 안 되는 말까지 하고 말았다.

"이모는 어쩜 그렇게 불결하게 살 수 있어요? 어떻게 이모엄마가 거느리고 살던 이모부 첩들하고 똑같은 짓을 할 수가 있냐고요! 그리고 나한테 약속한 것과도 다르잖아요. 언제는 날 공부시키려고 서울 와서 돈 버는 거라면서요?"

그러자 이모엄마는 조용하고 강경하게 말했다.

"그래? 내가 그렇게 불결하면 네가 이 집을 나가면 되지 않니? 너는 내 친딸도 아니잖아! 이년이 은혜도 모르고, 빨갱이 새끼 거둬줬더니 네가 눈에 뵈는 게 없구나!"

이모엄마는 내 책들과 책가방 그리고 물건들을 모두 마당에 내팽개치며 나를 쫓아냈다. 나 역시 책가방과 조그만 보따리에 필요한 것만 챙겨서 뛰쳐나왔다. 그렇게 나는 하루아침에 날벼락 맞은 것처럼 이모엄마 집에서 쫓겨났다. 그때는 서울에 온 지 얼마 안 돼서 아는 사람이 없어 정말 아무 데도 갈 곳이 없었다.

나는 무학여고 교복을 입고 책가방과 보따리 하나만 달랑 들고서 하루 종일 버스를 타고 종점 시작에서 끝까지 왔다 갔다 하며 창밖으로 낯선 서울 거리를 내다보았다. 내 수중에는 거의 한 푼도 없었다. 해가 지고 어둑어둑한 저녁이 되자 나는 버스에서 내려서 남산을 향해 걸어 올라갔다. 너무나 답답하고 서글퍼서 남산 꼭대기라도 올라가고 싶었다. 그 꼭대기에서 도시를 내려다보니 다닥다닥 붙은 집들에서 새어 나오는 따뜻한 불빛이 내 시아에 반짝반짝 들어왔다. 그런데 저 많은 불빛 중에서 나를 반겨줄 곳은 하나도 없다는 사실에 슬픔이 내 마음을 적시면서 자꾸 눈물이 흘렀다. 나는 다시 남산에서 내려와서 가까운 파출소에 들어가 잘 곳이 없으니 하룻밤만 재워달라고 했다. 순경들은 친절했고 자기 집에 가자는 순경도 있었다. 그날 밤 나는 파출소에 있는 기다란 의자에서 허리를 꼿꼿이 세우고 자며 깨며 앉아 있었다. 그때 딩시 나는 톨스토이, 도스토옙스키, 니체, 헤르만 헤세, 앙드레 지드, 괴테, 토마스 만, 스탕달 등 많은 작가의 책을 섭렵하면서 정신적으로 많이 성숙해 있었고 약간 도도하고 순진한 여학생이었다.

밤새도록 긴 의자에 쭈그리고 앉아 잠을 자고 다음날 아침이 밝자마자 다니고 있던 무학여고에 찾아갔다. 그리고 담임선생님께 가족도 없고 갈 곳도 없는 내 처지를 털어놓았다. 담임선생님은 당황하면서 나를 학교 카운슬러 선생님께 보냈다. 카운슬러 선생님의 이름은 원순희 선생님이셨다. 원 선생님 방에 가니까 왜 그런지 이유는 모르지만 나에게 아이큐 테스트를 주었다. 그리고 시험을 마친 후 내 점수는 146점으로 높은 점수라고 말씀하셨다. 그런 후에 원 선생님은 나를 용산에서 가까운 후암동에 있는 YWCA 여성의 집으로 데리고 가셨다. 그곳에서 덩치도 크고 무섭게 생긴 사감선생님께 나를 인계하면서 말했다.

"이곳에는 딱 한 달만 머물 수 있단다. 그 안에 네 이모가 학교에 오시면 좋을 텐데. 그렇지 않으면 다른 대책을 세워야 해. 알겠지? 딱 한 달만이야!"

나는 그래도 원 선생님이 너무나 고마웠다. 한 달 동안 거리에 나앉는 것보다 얼마나 다행인가 하고 생각했다. 나는 선생님께 진심으로 감사의 인사를 드렸다. 그리고 나중에 원 선생님으로부터 결국 이모엄마가 학교로 나를 찾으러 오지 않았다는 전갈을 받았다. 원 선생님이 가시고 난 후 무섭게 생긴 사감선생님이 나를 어느 방으로 데리고 갔다. 나는 그 방에서 나보다 나이가 많은 두 언니와 지내게 되었다. 나중에 알고 보니 그 방의 주인인 두 언니가 내 사정을 딱하게 여겨서 같이 지내도록 배려해준 것이었다. 사감선생님을 따라 들어간 식당 안에는 모두 직장인처럼 보이는 여성들로 가득했다. 나는 먼 훗날 이곳 미국에서 YWCA USA 이사가 되었는데 그때를 생각하면서 참으로 감회가 깊다. 그날 밤, 나는 그곳에서 꼭 한 달 만이라는 원 선생님의 말씀을 생각하면서 한 달 후에는 어떻게 해야 할지 뜬 눈으로 밤을 지샜다.

이 세상 어느 곳에도 기댈 곳이 없었던 나는 그때처럼 아버지가 원망스럽고 미울 때가 없었다. 마음 깊은 곳에서부터 아버지에 대한 증오심이 생겨났다. 어린 시절에 그렇게 애타게 그리워했던 마음, 이모엄마에게 약속한 대로 아버지가 나를 구하러 북한을 떠나 소련을 거쳐 나를 찾아서 오리라는 기적 같은 상상과 꿈은 그때 모두 버려버렸다. 어머니와 형제들은 안중에도 없고,

이제는 정말 빨갱이 사상 때문에 내 아버지가 나를 버렸다고 생각하면서 밤새도록 아버지를 미워했고 증오했다. 이상하게 나는 어머니와 형제들은 안중에도 없었던 것 같다. 그 한 달 동안 나는 거의 매일 밤 절망과 분노, 외로움 그리고 아무 데도 갈 곳이 없다는 두려움으로 밤새 잠을 이루지 못했다. 그리고 아버지가 못 견디게 미웠다. 1963년 한국은 여전히 전쟁의 그늘에서 벗어나지 못해 거의 모두가 가난했고 아직 공장들이 들어서기 전이라 많은 여자애들이 식모가 되거나 몸을 팔거나 술집 종업원이 되어 생계를 이어갔다. 나는 앞으로 살아갈 길이 너무나 막막해서 밤마다 엎치락뒤치락 잠을 설쳤다.

그렇게 매일 새벽녘에 겨우 잠이 들었다가 아침에 한 방에서 지내던 언니들이 출근 준비를 하는 소리에 잠에서 깨곤 했다. 미스 박과 미스 신이라고 불리던 두 언니는 내가 머물던 내내 웃는 얼굴로 친절하게 대해주었다. 그중에서도 키가 크고 인상이 좋았던 미스 신 언니는 마음이 무척 따뜻한 사람이었다. 미스 신 언니는 한밤중에 내가 혼자 훌쩍거리거나 자주 부엌에 나가 서성이는 것을 알고 어느 날 내 뒤를 따라 나와 내게 조심스레 말을 건넸다. 그렇게 우리는 서로의 집안 이야기도 나누고 며칠 동안 많은 대화를 나눴다. 언니는 고향인 전라도 광주를 떠나 여군에서 영문 타자수 행정 요원으로 근무하다가 제대 후 미8군에 취직해 사무직으로 일하고 있다고 했다. 나는 언니들이 아침마다 근사하게 차려입고 집을 나서던 모습을 떠올리며 고개를 끄덕였다. 미스 신 언니는 내 사정을 무척 딱하게 여기며 내 손을 잡고 내 인생에서 큰 전환점이 될 제안을 했다.

"난 네 실력이면 여군에 입대해서 영문 타자수가 되기에 충분하다고 생각해. 훈련이 힘들긴 하지만 너라면 잘 이겨낼 수 있을 거야. 내가 가는 길을 알려줄 테니 육군 본부에 있는 여군처에 가서 원서를 내보지 않겠니?"

나는 꿈인가 생시인가 하면서 미스 신 언니가 들려주는 말을 한 마디도 놓치지 않으려고 바짝 귀를 세웠다(6·25전쟁 중이었던 1950년 9월 6일에 창설된 '여군' 병과가 1959년 1월 개편되어 육군본부 여군처가 되었다. 그리고 1955년 7월 서울 서빙고동에 여군훈련소가 재창설되었다). 그리고 무엇보다도 이제 갈 곳에 생겼다는 사실에 떨듯이 기뻤다. 그때 나는 매일 밤 절망하고 아버지를 맹렬히 미워하면서 또 콱 죽고만 싶었다. 그런데 미스 신 언니 얘기를 듣고 하늘이 무너져도 솟아날 구멍이 있다는 생각이 들었다.

그다음 날 나는 눈을 뜨자마자 언니가 알려준 대로 육군본부에 있는 여군처에 가서 원서를 제출했다. 모든 일이 일사천리로 진행되었다. 무학여고에 가서 원 선생님께 말씀드리고 도움을 받아 서류를 모두 제출한 뒤에 시험을 보고 바로 여군에 입대했다. 1963년 내가 무학여고 1학년인데도 여군에 입대할 수 있었던 것은 1970년대 초반까지는 여군도 사병제도를 운영해서 만 17~24세

미만의 대한민국 여성 가운데 신체 건강하고 중학교 졸업 이상의 학력 소지자를 모집했기 때문이었다(이후에 1974년 1월부터 여군 계급제도를 개선해서 장교와 부사관만 모집했다. 또 1997년 공군사관학교를 시작으로 1998년 육군사관학교, 1999년 해군사관학교가 차례로 여성에게 문호를 개방했고, 2010년에는 각 대학에 여성 학생군사교육단이 창설되었다).

서빙고동 여군훈련소에서 받았던 석 달간의 기초 훈련은 남자 훈련 못지않게 혹독했다. 나뿐만 아니라 많은 훈련생이 훈련 기간에 생리가 멎을 만큼 하루하루 상상도 할 수 없는 육체적 훈련이 이어졌다. 심지어 어떤 훈련생은 힘든 훈련을 견디지 못해 선 자리에서 그대로 소변을 흘리며 주저앉았고 몇몇은 도중에 포기하고 훈련소를 떠나기도 했다. 나는 이를 악물고 끝까지 버텼다. 그때의 훈련 경험은 나에게 강한 정신력을 키워주었고 이후에 살아가는 데도 큰 도움이 되었다.

하루는 태릉 육군사관학교에 가서 사격 연습을 했는데 한 훈련생이 방아쇠를 당길 때 뒤로 튀어나온 탄피가 총알인 줄 알고 놀라 기절하는 일도 있었다. 나는 사격 연습을 할 때마다 마음속으로 북에 있을 아버지를 향해 총구를 겨누며 한 발 한 발 방아

쇠를 당겼다. 1956년 숙청을 당하신 아버지가 그때 이미 이 세상 사람이 아니라는 걸 나는 까맣게 몰랐던 것이다. 우리는 매일 저녁 각자 엠원 소총을 반짝반짝 빛이 나게 닦았다. 또 식기도 깨끗하게 닦고 훈련복을 얌전하게 사각으로 머리맡에 잘 개서 모두 점검받은 뒤에야 잠을 잘 수 있었다. 모두가 고된 훈련으로 자리에 눕자마자 잠에 곯아떨어졌지만 새벽 한 시에도 찢어질 듯한 호루라기 소리가 울리면 번쩍 눈을 떴다. 그러고는 어둠 속에서 재빨리 옷을 입고 운동장으로 뛰어나가 여군 하사관이 한 옥타브 높은 소리로 매섭게 외치는 구령에 땀을 뻘뻘 흘리며 움직였다. 그렇게 밤이나 낮이나 항상 대기 상태가 계속되었다. 그래도 나는 서빙고 여군훈련소의 생활이 좋았다. 머물 곳이 있고 꿈이 있었기에. 1963년 11월 22일 운동장에 걸려 있는 확성기에서 미국 케네디 대통령의 암살 소식이 흘러나오던 그 순간에도 우리는 모두 함께 땀 흘리며 묵묵히 도보 훈련을 이어갔다. 기초 훈련을 모두 마친 후에는 미스 신 언니의 말처럼 시험이 기다리고 있었다. 그리고 성적이 낮은 순서부터 전화를 연결하는 통신병, 한글 타자수, 마지막으로 영문 타자수를 뽑았다. 나는 높은 점수를 받아 당당히 영문 타자수에 발탁되었고 서빙고 여군훈련소에 더 머물며 영문 타자 훈련을 받았다. 모든 것이 미스 신 언니가 조언해준 대로 되어 가고 있었다.

지금도 그때를 생각하면 하늘에 감사드린다. 그렇게 나는 열일곱 살부터 열아홉 살까지 3년 동안 꽃다운 나이에 여군에서 절도 있는 훈련을 받으며 규칙적인 생활을 이어나갔다. 그때 받았던 교육과 그 경험은 이후 내 삶에 소중한 밑바탕이 되었다. 감사하게도 대한민국이 나를 키워준 셈이다. 1963년 여름에 시작된 서울 서빙고동 여군훈련소에서의 혹독한 기초훈련과 행정병 영문 타자 교육은 총 6개월 만에 비로소 끝이 났다. 졸업하던 날 훈련소에서는 당시 미국 여군이 받은 것과 똑같은 각종 필수품과 스타킹, 여군복과 모자, 하이힐 등을 배급했다. 까만 하이힐을 신고 걸을 때마다 또각또각 울리는 경쾌한 소리는 신기하면서도 마음을 설레게 했다. 그렇게 나는 꿈 많고 씩씩한 여군 일등병이 되었다. 그때 사진이라도 한 장 찍어둘 걸 하는 아쉬움이 남는다.

이제 나는 초로의 나이인 일흔세 살이 되어 나 혼자 우리 강아지 순이와 아주 행복하게 살고 있다. 지금 나는 전혀 외롭지 않다. 내 강아지 순이와는 거의 12년 동안 동고동락을 했는데 신기하게도 순이는 늘 나에게 무조건적인 사랑을 주고 눈물겹도록 변함없이 나를 지키고 보호해주려는 마음을 갖고 있다. 동물들의 순수한 마음은 인간보다 훨씬 더 뛰어난 것 같다. 내 곁에는 항상 껌딱지처럼 강아지 순이가 붙어 있다.

순이를 보면 꼭 어릴 때 나를 보는 듯하다. 내가 아버지, 이모 엄마를 기다리느라 까만 눈을 깜빡이며 목이 메게 기다리는 것처럼 순이도 내가 집에 돌아올 때까지 나를 매일 애타게 기다린다. 내 아들들도 요즈음은 가능하면 명절 때 한국 음식을 차려놓고 기다리는 내 집에서 손자들과 모두 같이 즐거운 시간을 보낸다. 내 아들들 역시 항상 나와 함께 있는 강아지 순이가 엄마에게 얼마나 특별한 존재인지를 알고 예뻐해준다. 나의 지인 중에서 한국을 자주 방문하는 한 장로는 우리 순이더러 한국에 사는 독거노인들보다 더 호강을 한다고 농담을 한다. 순이는 이 세상에서 제일 사랑스러운 내 강아지다. 순이는 어린 시절 무작정 아버지를 기다렸던 나를 닮았다. 특히 내가 집에 돌아와 뽀뽀해줄 때까지 나를 기다리는 모습이 나를 꼭 닮았다. 순이야, 너는 행복하지? 내가 매일같이 집에 돌아와 널 안고 뽀뽀해주잖아!

3

성장: 나의 삶을 찾다

● 나의 첫 여군 생활은 1,000여 명의 군인이 있던 부산 서면 당감동의 꽤 규모가 큰 통신부대에서 시작되었다. 1964년 정월, 바람이 몹시 불던 추운 겨울이었다. 부대 바로 위 산등성이에 자리한 화장터에서 날마다 큰 굴뚝으로 솟아오르는 음침한 잿빛 연기가 스산한 바람을 따라 흩어지던 곳, 거기에 내 꿈이 있었다. 나는 일등병에서 병장으로 승진할 때까지 그 통신부대에서 낮에는 영문 타자수인 행정병으로 근무하고, 저녁이면 부산 시내에 있는 야간 여자고등학교에 다녔다. 그때 나는 감수성이 예민한 문학소녀이면서 혈혈단신으로 이 세상을 헤쳐나가는 대한민국 여군 병사였다.

나는 아침마다 일찍 일어나 여군 병사 안에서 맡은 일을 하고 밥을 먹은 후 부대에 있는 사무실까지 걸어서 출근했다. 정오가 되면 숙소로 돌아와 점심밥을 먹고 다시 사무실에서 오후 근무를 시작했다. 그러다 퇴근 시간이 되면 빨리 교복으로 갈아입고 책가방을 들고서 버스를 타러 부대 앞으로 달려나갔다. 서면에서 버스를 한 번 갈아타면 부산 시내 인근에 자리했던 학교에 다다를 수 있었다. 매일 학교에 갈 때면 부대에서부터 마라톤 선수처럼 달려야 했다. 그러다 보니 학교에 도착할 무렵이면 얼굴에는 구슬땀이 흐르고 등이 축축하게 젖어 몸이 으슬으슬할 정도였다. 그런데 학교생활이 어찌나 재미없고 친구도 없었는지 그렇게 날마다 학교를 오갔는데도 그 시절을 회상할 때면 마치 큰 교실에 얼굴 없는 유령들이 왔다 갔다 하는 것처럼 도무지 친구들과 선생님의 얼굴이 떠오르질 않는다. 단 하나, 가수 문주란을 닮은 얼굴이 조그마한 여학생이 허스키한 목소리로 노래를 부르던 기억이 난다. 어찌나 노래를 잘했던지 모두가 넋을 놓고 쳐다보았는데 혹시 그 여학생이 진짜 문주란은 아니었을지 지금도 가끔 궁금해진다.

일과 중에 내가 제일 좋아하던 시간은 학교가 끝날 때였다. 고단한 하루를 마치고 서면으로 가는 버스 정류장을 향해 깜깜한 길을 걸어갈 때면 버스를 놓칠까 봐 발을 동동거리거나 숨 가쁘게 뛸 필요가 없었다. 천천히 걸어 버스 정류장에 다다르면 퇴근길로 북적대는 사람들 속에서 군밤과 군고구마가 익어가는 구수한 냄새가 진동했다. 차장 아가씨가 승객을 가득 태운 버스를 힘있게 탁탁 두드리며 "오라이!" 하고 목청 좋게 외치면, 버스는 기다렸다는 듯이 착한 짐승처럼 큰 몸뚱이를 움직여 천천히 앞으로 나아갔다. 버스 안에서 책가방을 들고 이리저리 흔들리다 보면 어느새 서면에 도착해서 다시 버스를 갈아타고 당감동 부대로 향했다. 정류장이나 버스 안에서 사람들과 부대끼면서 구수한 경상도 말투를 들으며 부대로 가는 길은 항상 재미있었다. 여군복을 입고 다닐 때는 사람들의 흘끔거리는 시선을 받아야 했지만 그때만큼은 나도 교복을 입은 평범한 여학생이었다. 그렇게 낭만적인 항구도시 부산에서의 생활은 2년 동안 계속되었다. 주말이면 가끔 광복동 거리를 찾아가 소금기를 물씬 풍기는 바닷바람을 맞으며 이 시를 읊었다.

주여, 때가 왔습니다.
여름은 참으로 위대했습니다.
당신의 그림자를 태양 시계 위에 던져주시고,
들판에 바람을 풀어놓아주소서.
마지막 열매들이 탐스럽게 무르익도록 명해주시고,
그들에게 이틀만 더 남국의 나날을 베풀어주소서.
열매들이 무르익도록 재촉해주시고,
무거운 포도송이에
마지막 감미로움이 깃들이게 해주소서.

지금 집 없는 사람은 이제 집을 지을 수 없습니다.

지금 홀로 있는 사람은 오래오래 그러할 것입니다.

깨어서, 책을 읽고, 길고 긴 편지를 쓰고,

나뭇잎이 굴러갈 때면, 불안스레

가로수 길을 이리저리 소요할 것입니다.

– 라이너 마리아 릴케, 〈가을날〉

　1,000명이 넘는 남자 군인들 가운데 나를 포함해 스물다섯 명이었던 우리 부대 여군들은 깨끗한 벙커 건물에 마련된 여군 숙소에서 상관인 여군 대위 중대장과 함께 살았다. 숙소 안에는 중대장이 쓰는 방이 따로 있고, 깨끗한 화장실과 세면대, 목욕실과 조그만 식당도 있었다. 복도의 맨 끝에 스물다섯 개의 침대가 양쪽으로 쭉 놓여 있는 길고 커다란 방이 침실이었다. 우리는 그 안에서 서로 마주 보며 아침에 눈을 뜨고 밤이면 잠을 청했다. 훈련 생활과 비슷했지만 인원이 그만큼 많지 않았고 무척 깨끗했다. 어떤 형태든 지낼 곳이 있다는 것은 커다란 축복이었기에 내게 그곳은 소중한 보금자리였다. 우리는 차례로 두 명씩 조를 짜서 식사 당번을 했다. 당번 날에는 부대 본부에서 보낸 조그만 군용 트럭을 타고 부대 식당으로 갔다. 도착하면 남자 사병들이 커다란 삽으로 밥을 푹 떠서 밥통에 담고, 또 시골에서 본 오줌통같이 생긴 커다란 국자로 국을 떠서 통에 담았다. 우리는 그것을 차

에 실어서 남자 운전병과 같이 다시 여군 숙소로 돌아왔다. 밥은 약간 잡곡이 섞였지만 구수했고, 국에도 제법 고기가 들어서 맛있었다. 김치와 함께 멸치와 고추장을 살짝 챙겨주는 날도 있었다. 나는 워낙에 식성이 좋게 태어나서 무엇이든 잘 먹었다. 주말에 다른 여군들이 외출을 나가면 남아도는 밥을 말렸다가 간식처럼 먹으면서 공부했다. 그렇게 가족 없이 혼자 남겨진 나는 대한민국의 자식이 되어 열아홉 살까지 나라의 보살핌을 받았다. 모두가 가난했던 그 시절에 누울 곳이 있고 삼시 세끼 먹을 수 있는데다 고등학교 공부까지 할 수 있다는 사실이 너무나 감사했다. 나는 이모엄마 집에서 쫓겨나 갈 데 없이 눈앞이 캄캄했던 순간을 늘 기억하며 열심히 공부했고, 군 근무도 충실히 하면서 즐거운 마음으로 여군 시절을 보냈다.

1964년 9월 11일 우리 여군들은 부산 부두에서 첫 월남 파병 환송식에 참여했다. 그리고 그날부터 여군 한 명당 파병 군인 다섯 명 정도에게 위문편지도 보내기 시작했다. 한번은 편지를 주고받던 어느 해병이 곧 한국에 나오게 되었다며 만나자고 해서 무척이나 당황했던 기억이 난다. 다행히도 그는 더 이상 그 얘기를 꺼내지 않았고 나도 이듬해 대구로 이동하면서 어색한 만남은 이뤄지지 않았다. 나는 1,000명이 넘는 남자 군인들 사이에서 열아홉 살의 새까만 졸병에다 단발머리 여학생이었다. 모두가 나를 집에 두고 온 여동생같이 대했다. 저녁에 학교에 가려고 흰 교복 블라우스와 남색 치마로 갈아입고 혼자 부대 정문을 나설 때면 헌병들이 손을 흔들어주곤 했다. 일요일에는 여군 숙소 바로 옆에 있던 군인교회에 가서 남자 사병들과 모여 예배를 드렸다. 항상 웃음이 가득한 안 상병이 담임 목사이셨던 젊은 대위 안 목사님을 도와서 교회를 운영했다. 연세대학교 신학대를 졸업하신 안 목사님의 차분한 설교 말씀은 주일마다 내게 깊은 감명을 주었다. 안 목사님은 유창한 영어 실력으로 군대 행사에서 통역도 하시고 가끔 미군들에게 영어 설교도 하셨다. 나는 그런 안 목사님을 무척이나 존경하며 따랐다. 그분도 나를 많이 아끼는 마음에 미국 입양까지 알아봐주셨는데 안타깝게도 입양하기에는 내 나이가 너무 많았다.

가끔은 예배 후에 안 목사님을 따라 선교사 댁에 놀러 가기도 했다. 1964년 당시에 내 눈에 비친 선교사들의 삶은 정말 환상적이었다. 나는 그때 태어나 처음으로 세탁기를 보았고 따뜻한 부엌에 놓인 스토브와 냉장고도 보았다. 그야말로 눈이 휘둥그레질 만큼 신기한 것 천지였다. 돌아오는 길에는 안 목사님이 그 시절 최고의 간식이었던 군고구마도 사주셨다. 따뜻한 군고구마는 주머니 안에서 오래도록 온기를 품고 쌀쌀한 바람에 언 손을 녹여

주었다. 나는 안 목사님과 부대 주변의 언덕을 오르며 부모님과 어린 시절 이야기를 비롯해 그날 읽은 책이나 내 꿈과 희망, 미래에 대해서도 많은 이야기를 나눴다. 또 대학 진학 문제, 영어 공부 등 모든 것을 상의하며 의견을 구하기도 했다. 나는 안 목사님처럼 영어를 잘하고 싶어서 그 무렵부터 여군복을 단정히 입고 가끔 혼자 부대 근처에 있던 미군부대 교회에 예배를 드리러 갔다. 그때는 봉급이 아주 적었기 때문에 여군복과 교복이 내 외출복의 전부였다. 학비를 내고 책도 사고 등하교할 때 버스도 타야 했기에 어디를 가나 내 복장은 늘 똑같았다. 같은 숙소의 여군 언니들이 주말마다 화장을 하고 예쁘게 사복을 차려입고서 멋진 핸드백을 어깨에 둘러메고 외출할 때마다 내게는 그런 것들이 전혀 다른 세상의 일처럼 신기하게만 느껴졌다.

한번은 한 언니가 부친상을 당해서 외출 허가를 받고 집에 갈 준비를 하는데 눈물이 범벅된 얼굴에 눈썹을 그리겠다고 화장을 지우고 고치고 징징대느라 빨리 집으로 출발을 못 하는 걸 보고 속으로 웃음을 참았던 기억이 난다. 그때는 여고생이었기 때문에 화장은 생각도 못 했지만 그게 얼마나 인상적이었던지 후일에 나도 외출 전 립스틱만큼은 꼭 바르는 습관이 생기면서 가끔 그 언니가 떠올라 웃음 짓곤 했다. 나는 미군부대 교회에서 영어 성경과 영어 사전을 펼쳐놓고 영어 설교를 들으며 거의 알아듣지도 못하는 내용을 이해하려고 열심히 노력했다. 그곳에서 미국 잡지를 읽으며 환상적인 푸른 잔디밭을 뛰어노는 금발의 백인 학생들 사진을 신기하게 바라보았고, 예배에 참석한 백인 여자들의 라일락 꽃향기 같은 향수 냄새에 가슴이 설렜다. 예쁜 원피스를 입은 여자들이 근사하게 신사복을 차려입은 군인들 사이에서 건강한 아이들과 경건하게 예배를 드리던 모습이 너무나 인상적이어서 나도 저들의 나라에서 살고 싶다는 막연한 꿈을 꾸게 되었다.

지금 나는 그렇게 동경했던 푸른 잔디밭에 혼자 앉아 있다. 그리고 이 아름답고 평화로운 호숫가에서 파란 하늘을 쳐다보면서 내 지난 삶을 돌아본다. 미국에서 49년을 살아오며 많은 역경을 이겨내고 이 땅에 뿌리를 내린 내 자신이 스스로 대견하게 느껴진다. 그렇게 여군 시절에 처음으로 만난 미국이란 나라는 미래에 내 꿈을 펼칠 목적지로 가슴에 새겨졌다. 나는 공산당을 택한 내 아버지가 버리고 간 자유주의의 중심에 우뚝 선 나라 미국에서 내 꿈을 펼쳐 보고 싶었다. 그리고 빨갱이 자식이 아닌 자유수호의 나라 시민으로 살고 싶었다. 그렇게 모든 아픔을 잊고 내 조국을 떠나고 싶었다. 그러나 현실은 암담했다. 2년의 근무 기간이 끝나가고 모두가 제대 날을 손꼽아 기다리며 들떠 있었지만 나는 아직 고등학교 졸업도 못 한데다 세상으로 나가도 갈 곳이 없었다. 결국 나는 부대에 '말뚝'을 박기로 작정하고 하사관으로 장기 복무하겠다는 서류에 서명을 했다. 비참했지만 그것이 가족도 갈 곳도 없는 내가 할 수 있는 최선의 선택이었다.

부산에서 군 생활을 하는 동안 딱 한 번 군인 기차를 타고 서울에 올라가 이모엄마가 다니는 교회에 찾아간 적이 있었다. 이모엄마는 나를 내쫓고 난 뒤 다방 출입이 잦았던 이 목사와 바로 헤어지고 다니던 교회 전도사의 아버지와 재혼해서 살고 있었다. 의지할 자식이 없어 결혼했다는 말에 나는 너무나 서운했다. 우리의 관계는 항상 그랬다. 나를 자식으로 받아주지 않는 이모엄마로 인해 내 가슴속에는 언제나 차가운 바람이 휘젓고 다녔다. 그리고 그 외로움은 때때로 나를 견딜 수 없는 슬픔으로 내몰았다. 이모엄마의 새 남편은 이북에서 만석꾼 집안의 아들로 태어나 고등 교육을 받은 신사분이었다. 그러나 해방 후 북한 토지 개혁으로 재산을 모두 빼앗기고 서울로 피난을 온 지금은 무일푼 신세가 되어 이모엄마와 옥수동 달동네 판잣집에 살고 있었다. 나는 하룻밤 묵을 방도 없는 그 집에서 나와 눈물을 삼키며 부산으로 돌아가는 기차에 올랐다. 금호동 시장에서 재봉틀을 돌돌 굴리면서 삯바느질하던 때의 이모엄마가 못 견디게 그리웠다.

그것이 내 첫 휴가의 기억이다. 그 뒤로 다시는 휴가 때 이모엄마를 만나러 가지 않았다. 아름다운 이모엄마가 가난에 찌든 모습을 차마 볼 수가 없었던 것이다. 그다음부터는 그냥 여군 숙소에 남아서 혼자 해운대도 가고 자갈치 시장과 광복동, 서면 거리를 정처 없이 걸으며 시간을 보냈다. 휴가에 찾아가 편히 쉴 집이 없다는 사실은 두고두고 나를 몹시 슬프게 했다. 언젠가는 다시 한

번 부산에 내려가서 광복동, 서면 거리도 걸어보고 용두산, 영도
다리, 해운대의 동백섬에도 가보고 싶다. 그렇게 1964년에 모자
를 단정히 쓴 여군복 차림으로 걷고 또 걷던 발자취를 따라 잊고
있던 그 소녀를 만나고 싶다. 그리고 외로웠던 그 시절 텅 빈 가
슴을 가득 채웠던 미래에 대한 갈망을 다시 한 번 느껴보고 싶다.

　부산 통신부대에서 열심히 복무하며 학교도 부지런히 다니던
어느 날이었다. 갑자기 고향 교회에서 나에게 몹쓸 짓을 하려 했
던 유 선생이 대위가 되어 월남에서 휴가를 나와 찾아왔다. 나는
어떻게든 그를 만나지 않으려고 외출을 거절했다. 그런데도 그는
계속 부대에 찾아와서 면회 신청을 하고 심지어는 내가 근무하
는 부대 사무실까지 그 유들유들한 얼굴을 하고 나타났다. 내가
계속 만나기를 거절하자 급기야 그는 내 상사인 여군 중대장까지
만났다. 그러자 여군 중대장은 나에게 불같이 화를 내면서 국가
를 위해 월남에서 싸운 귀한 군인인 유 대위를 왜 안 만나주느냐
고 손찌검까지 해가며 그와 만나기를 강요했다. 그때 너무나 야
속했던 그 여군 중대장의 이름도 이제는 까맣게 잊어버렸다. 나
는 할 수 없이 여군복을 입고 모자를 단정히 쓰고서 유 대위와 부
산 시내로 외출을 나가 함께 영화를 보고 저녁도 먹었다. 그러다
날이 저물어 내가 귀가 시간을 걱정하자 유 대위가 부대까지 데
려다주겠다고 택시를 잡았다. 그렇게 하루가 무사히 지나가는 듯

했다. 그런데 택시 안에서 그가 돌변하더니 하룻밤 같이 있자고 하면서 부대가 있는 당감동으로 가던 택시를 해운대 쪽으로 돌리라고 택시운전사에게 명령하는 것이었다. 나는 까무러치게 놀라서 두 손을 모으고 울면서 나이든 택시운전사에게 부대로 데려다 달라고 사정을 했다. 제발 집에 있는 딸을 생각해서 나를 구해달라고 빌고 또 빌었다. 그러자 천만다행으로 그 아저씨가 다시 부대 가는 방향으로 택시를 되돌렸다. 나에게는 정말 기적 같은 일이었다. 나는 유 대위에게 당장 택시에서 내리라고 소리쳤다. 그도 택시운전사 앞에서 창피했던지 바로 내렸다. 아마도 그 아저씨는 여군복을 입었지만 단발머리 어린 여학생처럼 보이던 내가 측은했던 모양이다. 나는 항상 버스를 타고 다녀서 주머니에 택시비를 낼 만큼의 충분한 돈이 없었기에 운전수 아저씨를 부대 정문 헌병대 보초실에서 기다리게 하고 조금 떨어져 있던 여군 숙소로 뛰어가서 돈을 가져다주었다. 그렇게 나는 고마운 택시운전사 아저씨 덕분에 큰 위기를 모면할 수 있었다.

1965년 여름 나는 병장으로 진급하며 정들었던 부산 통신부대를 떠나 대구로 이동했다. 그리고 그곳에 도착하자마자 생각지도 못했던 큰 규모와 부대 안의 수많은 여군을 보고 어안이 벙벙해졌다. 게다가 그곳은 한눈에도 엄청나게 군기가 살벌했다. 상관도 여러 명인데 매우 엄해서 기합받을 때면 엎드려 침봉으로 맞기도 했다. 모든 것이 부산 통신부대와는 너무 달라서 나는 어서 고등학교를 졸업하고 취직해서 빨리 제대하고 싶은 마음이 간절했다. 다행히도 대구에서 전학한 원화 여자야간고등학교의 학생들은 투박한 사투리로 서로를 '문둥이 가시나'라고 부르며 부산에서보다는 다정한 느낌이었다. 대구에서는 부대로 출근하려면 매일 여군 숙소에서 육군버스를 타야 했다. 그리고 통근길에 육군버스가 항상 부대 옆에 있는 미군부대를 지나치곤 했다. 나는 그때마다 늘 미스 신 언니를 떠올렸다. 그리고 나도 미스 신 언니처럼 반드시 저 미군부대에 취직을 하고 말리라 다짐했다.

나는 매일 사무실에서 상관들과 일하는 틈틈이 청소도구가 비치된 방에 영문 타자기를 옮겨놓고 타자 연습을 하고 영어 공부도 열심히 했다. 그렇게 노력한 결과 나는 대구 미군부대에서 실기와 필기시험에 모두 합격했다. 누구의 도움도 받지 않고 미군부대의 민간 사무관 시험에 합격한 것이다. 그런데 문제는 그다음이었다. 취직은 했지만 나는 아직도 대한민국 여군의 신분이었기 때문이다. 즉 말뚝을 박았으니 하사관으로 오랫동안 군복무를 해야 하는 상황이었다. 어떻게 해야 하나 고민을 하던 중 나에게 쌀쌀맞고 못되게 굴던 둘째 외사촌 언니 생각이 났다. 그 언니의 시누이 남편이 대구 한국군부대 인사과에 대령으로 근무한다는 사실이 떠올랐던 것이다. 사실 그 언니는 교수 집안으로 시집을 가서 자기 친정 식구들을 창피하게 생각했다. 한번은 이모엄마와 찾아갔다가 문전박대를 당한 적이 있어서 이모엄마가 다시는 그 언니를 보지 않을 정도였다. 그러나 그때는 상황이 너무나 급박했기에 나는 여군복을 얌전하게 차려입고 군인기차를 타고서 무작정 언니 집으로 찾아갔다. 마침 마음씨 좋은 형부가 집에 계셔서 나를 반갑게 맞아주셨고 나는 그야말로 극적으로 외사촌 언니의 덕을 보게 되었다. 그렇게 언니의 소개로 찾아간 날 그분은 웃음 띤 얼굴로 물었다.

"김 병장이 제대하고 싶다고? 그러면 애인은 있나?"

나는 난감했고 긴장되어 가슴이 떨렸다.

"아니요. 없습니다."

그러자 그분은 계속 웃으면서 다정하게 말했다.

"그래? 그것 참 큰일이군. 자네가 제대하려면 결혼을 하는 방법밖에는 없는데. 자네 언니하고 다시 상의를 해보게. 형부가 신랑감 찾는 걸 도와줄 수도 있겠지. 그 문제가 해결이 되면 다시 찾아오게."

그 말을 전하자 형부가 자기 제자를 서류상 내 신랑감으로 뚝딱 만들어주었다. 그렇게 해서 나는 마침내 제대를 할 수 있게 되었다. 지금도 그 생각을 하면 외사촌 언니와 형부께 한없이 감사한 마음이다. 그리고 내가 위기에 처할 때마다 용기를 주시고 돌봐주시는 하나님께도 감사드린다.

그러고 난 뒤에 대구에 있는 미군부대 인사과에서 연락이 왔다. 마침 왜관 미군부대에서 여군 출신의 여자 사무관을 찾는다는 것이었다. 대구에서 가까운 왜관읍에 위치한 미군 헌병부에는 군 경비견을 데리고 일하는 경비원들이 있었다. 그 일은 주로 남자들이 해야 해서 군복무가 필수였는데 비공식적으로 헌병대장의 비서 역할을 겸해야 했기에 여군 출신의 지원자를 구한다고 했다. 아침 8시부터 헌병대에서 사무직으로 근무하고 4시부터 7시까지는 정문에서 경비를 서는 게 일과였다. 마침 그 일을 하던 여자가 국제결혼을 해서 미국으로 이민을 갔기 때문에 내가 그 자리로 발령이 난 것이다. 나는 너무나 기뻤다. 하나님은 내가 위기를 만날 때마다 삶의 곳곳에서 나를 지켜주셨다. 특히 이모엄마 집에서 쫓겨나 갈 곳 없던 나를 여군으로 인도해주시고 혹독한 여군 훈련기간과 군 생활을 통해 채득한 배움으로 내 삶의 지침을 마련해주셨으며 그 당시 하늘의 별 따기보다 힘들었던 미군부대에도 취직할 수 있게 도와주셨다. 당시 군 경비견을 훈련시키면서 같이 근무하는 경비원들의 월급은 액수가 매우 컸고 여자 둘을 제외하고는 모두 남자였다. 그야말로 뒷돈이나 인맥이 없이는 절대 들어갈 수 없는 자리였던 것이다. 게다가 나머지는 모두 미8군에서 하청 받은 민간 회사의 경비원인 반면에 군 경비견을 데리고 일하는 자리만이 유일하게 미군부대 정식 직원이었다.

1965년의 한국에서는 미군부대에 취직했다는 것이 행운이기도 했다.

그 시절 미군부대는 해마다 두 번씩 12월 성탄절과 7월 미국 독립기념일에 보너스도 주었으니 그때마다 내 월급의 두 배를 받을 수 있었다. 내가 받은 월급이 당시 왜관 중·고등학교 교사의 세 배가 되었으니 보너스까지 합치면 엄청난 금액이었다. 그때 겨우 열아홉 살이었던 나에게는 정말 파격적인 조건의 새 직장이었다. 우여곡절 끝에 여군을 제대하고 미군부대 취직에 성공한 후 나는 바로 왜관에 하숙집을 구했다. 그 집이 바로 내 일생의 친구인 문 교수의 어머님이 운영하는 하숙집이었다. 그 후 나는 곧바로 서울에서 너무나 고생하고 있는 이모엄마한테 편지를 썼다. 그리고 이모엄마만 서울생활을 정리하고 나와 함께 살기를 원한다면 내가 모시겠다고 했다. 그때까지도 옥수동 달동네에서 재혼한 남편과 살고 있던 이모엄마는 그때 내 제안을 받아들이고 어느 날 갑자기 서울 생활을 청산한 뒤 왜관으로 내려오셨다. 오자마자 이모엄마가 한 일은 천주교로 개종하는 것이었다. 이모엄마는 월북하기 전에 개종한 내 어머니와 외할머니의 종교를 따르기 위해서라고 했지만 나는 왠지 다른 이유가 있을 것 같다는 생각이 들었다. 어쩌면 도망 오다시피 나에게 왔기 때문이 아닐까 생각했다. 실제로 어떤 날은 이모엄마 남편의 딸인 전도사가 왜관 교회를 다니며 이모엄마를 찾아다니는 것을 보기도 했다. 어쨌든 그때 나도 천주교로 개종해서 이모엄마와 함께 정식으로 왜관 천주교회에 등록하고 천주교리를 6개월 동안 배운 뒤에 천주교 신자가 되었다. 나는 내 어머니와 유아 영세를 받았을 때 받은 이름인 마리아를 썼고 이모엄마는 로사라는 이름을 받아 왜관 천주교에서 영세식을 했다. 이모엄마는 그때부터 2011년 돌아가실 때까지 열심히 천주교회에 다니셨다.

그 이듬해 나는 외할머니 묘를 왜관 천주교 묘지에 이장하려고 이모엄마와 함께 부여 시골을 찾았다. 이모엄마가 아무도 만나고 싶어 하지 않았기 때문에 외할머니의 당숙뻘인 친척어른에게 도움을 청했다. 시골길을 따라 외할머니 묘지가 있는 산으로 올라갈 때 그동안의 일들이 주마등처럼 스쳐갔다. 우리는 쓸쓸하게 홀로 산속에 묻히신 외할머니를 생각하며 너무나 가슴이 아파서 아무 말도 못 하고 눈물만 흘렸다. 오래전 나를 데리고 부여 시골에 오셔서 전쟁 때문에 갖은 고생을 다 하시고 마지막 순간까지 내 이름을 애타게 부르시다 편히 눈도 못 감으신 나의 외할머니… 한 걸음 한 걸음 내딛을 때마다 외할머니가 떠올라 조용히 흐느꼈다. 그래도 한편으로는 내가 이렇게 자라서 직접 번 돈으로 외할머니를 천주교 묘지에 모시게 되어 다행이라고 생각했다.

이모엄마를 모시게 되면서 나는 바로 하숙생활을 정리하고 전셋집을 얻어 이사를 했다. 이모엄마는 내가 버는 돈의 액수를 아시고 깜짝 놀라셨다. 나는 이모엄마에게 꼬박꼬박 월급을 갖다

드리면서 모든 재정 관리를 맡겼다. 그러자 이모엄마는 전셋집의 방 몇 개를 다시 사글세로 내놓았다. 이모엄마는 왜관 천주교회 활동도 열심히 했다. 먼 시골까지 천주교 냉담자들을 방문하러 다녔고 신자들이 장사를 지낼 때 수의를 만들거나 염하는 일을 돕기도 했다. 이모엄마는 아이도 잘 받아서 산파로도 이집 저집 불려 다니곤 했다. 그렇게 우리는 둘이서 재미있게 살았고 이모엄마도 생기를 되찾아서 예전의 그 아름다운 모습으로 돌아왔다. 나는 미군부대에서 열심히 돈을 벌었고 이모엄마는 교회 활동을 하면서 많은 친구들을 사귀고 이웃과도 정겹게 지냈다. 그렇게 왜관에서 보낸 우리의 5년은 너무나 행복했다.

이모엄마가 왜관으로 오시기 전 나의 첫 하숙집 아들이었던 문 교수는 그때 아주 파릇파릇한 김천고등학교 1학년생이었다. 나보다 세 살이 어렸지만 항상 의젓했다. 처음 문 교수를 만난 것은 그가 김천에서 집에 잠깐 들렀을 때다. 첫인상이 너무나 깨끗하고 준수했다. 그는 어머니와 하나밖에 없는 누나와도 차분하고 어른스럽게 대화를 나눴다. 문 교수 어머니는 음식솜씨도 좋으셔서 나는 너무나 좋은 하숙집을 찾았다고 기뻐했다. 문 교수와는 그가 김천고등학교로 다시 돌아가 나중에 졸업할 때까지 3년 동안 서로 편지를 주고받으며 우정을 나눴다. 나는 어릴 때부터 책을 좋아해서 늘 문학책에 빠져 지냈다. 그리스 고전을 비롯해서 괴테, 톨스토이, 도스토옙스키, 스탕달, 앙드레 지드, 헤르만 헤세,

토마스 만, 카프카, 니체 그리고 미국 작가들과 그때 세상을 떠난 전혜린 등 많은 작가들의 책을 읽었다. 또 베토벤, 모차르트, 쇼팽을 좋아해서 고전음악실도 즐겨 다녔다. 나는 문 교수와 편지에서 책과 음악 이야기를 통해 지식을 나누고 서로 격려도 하며 미래에 대한 꿈을 키워갔다. 후일 문 교수는 그 시절 내 편지들이 자기 삶에 많은 영향을 주었다면서 그것들을 30년 동안이나 간직했다는 말로 나를 감동시키기도 했다.

문 교수는 고등학교를 졸업한 뒤에 경북대학을 다녔고 방학이나 주말이면 집에 내려와 나와 이모엄마를 자주 찾아왔다. 아들이 없는 이모엄마는 문 교수를 자기 아들처럼 많이 예뻐했다. 그 시절 우리는 아카시아 숲속이나 논두렁, 콩밭 사이를 걸으면서 서로의 꿈과 희망을 격려하며 많은 시간을 보냈다. 그리고 돌아가는 길에 우리 집에 들러서 이모엄마가 끓여주는 라면을 먹었다. 이모엄마는 그때 막 신상품으로 나왔던 라면에 계란을 풀고 파를 송송 썰어 넣어 아주 맛있게 끓여주었다. 내가 바빠서 집에 없을 때도 문 교수는 우리 집에 들러 이모엄마와 시간을 보내고 라면도 얻어먹고 제집으로 돌아갔다. 그는 아직도 이모엄마가 끓여주던 그 맛있던 라면 맛을 잊지 못한다고 했다. 문 교수는 경북대학교에서 박사 학위까지 받고 나중에 종신 교수로 은퇴를 했다. 안타깝게도 내가 결혼해서 미국에 올 때 문 교수는 국제결혼의 단점을 조목조목 따져서 열 장의 편지를 보내오기도 했다. 그렇게 삶의 굽이들을 지나쳐오며 키워온 우리의 우정은 두레박이 끝도 없이 길게 들어가는 깊은 우물과도 같다. 나는 늘 한결같은 마음으로 감동을 주는 그에게서 미국에서는 경험할 수 없는 내 조국, 한국의 정을 느낀다. 때로는 10년이 넘도록 만나지 못할 때도 있지만 십대에 만나 오랫동안 우정을 나눈 문 교수는 내가 북에 있는 가족 대신에 언제든 달려가 만날 수 있는 단 하나의 동생이자 친구이다. 그는 종신 교수로 퇴임한 뒤에도 활발히 활동하며 화목한 가정의 아버지, 이제는 할아버지로 행복하게 살고 있다. 그러나 안타깝게도 부모 없이 외롭게 자랐던 세월과 먼 이국에서 살아온 내 삶의 무게는 여전히 아프게 내 안에 자리해서 끝내 문 교수에게조차 나눌 수 없었다.

미군부대가 있던 왜관은 무척 독특한 동네였다. 부대 정문 가까이에 자리한 성 베네딕트 수도원은 우리나라에서 제일 크고 유명한 수도원으로 남자 수사들이 하루하루 경건한 삶을 살아가는 곳이었다. 그러나 부대 후문 밖으로는 완전히 다른 세상이 펼쳐졌다. 그곳에는 양쪽 길가에 쭉 늘어선 술집에서 밤낮으로 미군들이 좋아하는 음악이 쿵쿵거리며 쏟아져 나오고 여자들이 미군 병사와 흐느적거리며 거리를 활보했다. 나는 정문 근처 천주교회에 가까운 전세방에 살면서 어쩌다 방첩대에서 일을 할 때를 제외하고는 미군부대 헌병대에서 일을 했으니 후문에서 일어나는 사건들도 많이 접하게 되었다. 왜관에서 살았던 5년 동안은 경제적으로도 윤택했고 즐거운 날들이었다.

나의 일터였던 왜관 미군부대 헌병대 사무실에는 보통 일등병의 신분으로 한국에 배치되었다가 병장으로 제대해서 미국에 돌아가는 미군 서기와, 헌병대장 바로 밑에서 헌병대를 총 관리하는 미군상사(Master Sergeant), 그리고 한국인 사무원인 내가 한방에서 일했다. 열아홉 살에 미군부대에 들어온 나는 모든 것이 새롭고 신기하기만 했다. 처음에는 영어회화가 서툴러서 코가 칼날처럼 뾰족한 '모 탱코'라는 이름의 백인 병장과 같이 일했다. 그는 정말 지독한 잔소리꾼이었다. 사무실에 걸려오는 전화를 받을 때마다 "The Provost Marshal's Office Miss Kim speaking."이라고 말해야 한다고 내게 잔소리를 퍼부었는데 그 말이 또 어찌나 입에 붙질 않는지 한동안 밤이면 악몽에 시달리기도 했다. 나는 날마다 사무실 직원과 손님이 마실 커피를 끓여야 했고 헌병데스크에서 보내온 미군들이 손글씨로 쓴 각종 진술서를 영문 타자로 옮겨 작성해야 했다. 그 삐뚤삐뚤하고 엉망인 꼬부랑글씨를 알아보느라 얼마나 힘들었던지! 제일 쉬운 일은 가끔 근사한 인장이 있는 헌병대장의 편지를 타이핑할 때였다. 미군들의 사건 진술서에는 욕도 많고 슬랭도 섞여 있어서 나중에 나는 거의 모르는 미국 욕이 없을 정도였다. 한번은 어떤 욕이 사전에도 나오질 않아 옆방 헌병에게 물었는데 크게 스펠을 부르라 해서 그렇게 했다가 모두 박장대소한 적도 있었다. 나는 그렇게 하나하나 배우면서 헌병대 사무실에서 일했고 가끔 미군부대 방첩대에 원정을 가기도 했다. 그리고 오후 4시에는 정문에 가서 경비원으로 세 시간씩 근무했다. 그렇게 매일 아침 8시부터 저녁 7시까지 일했지만 봉급이 많으니 상관없었다. 오히려 열심히 일할 수 있는 직장이 있고 돈을 벌어 생계를 유지하면서 이모엄마까지 모시고 살 수 있으니 더없이 행복했다. 그러나 마음 한구석에는 이 행복한 시절이 얼마나 갈까 하는 두려움이 자리하고 있었다. 살면서 처음으로 느껴보는 이 안정감을 잃고 싶지 않았다.

미군부대 생활은 하루하루가 역동적이고 정신없이 흘러갔다. 그러다 보니 재미있는 일도 많았다. 우리 사무실에는 뉴욕에서 은행 간부의 아들로 콜롬비아 대학을 다니다 입대한 단정한 상병이 있었다. 하루는 그가 생일을 맞이해서 동료 병사들에게 선물을 받았는데 포장을 풀자마자 갑자기 얼굴이 새빨개지는 것이었다. 그것은 난잡한 플레이보이 잡지에서 오려낸 만화를 액자에 넣은 것으로 의사가 기다란 주삿바늘로 남자 엉덩이를 찌르고 있는 성병에 관한 풍자만화였다. 알고 보니 그렇게 얌전했던 그가 제일 많이 성병에 걸려서 동료들이 놀리려고 그런 선물을 했던 것이다. 그렇게 그때 내가 알던 미군은 모두 철부지 같았고 책이라고는 플레이보이 같은 천박한 잡지나 들여다보는 듯했다. 그리고 자기가 제대할 날짜를 꼬박꼬박 세는 것이 그들의 중대한 하루 일과였다.

사무실 왼편에는 높은 엠피 데스크와 그 데스크 총괄을 맡은 미군 상사가 있었고 헌병들이 끊임없이 드나드는 커다란 방이 있었다. 그 맞은편에 조그만 감방이 있었는데 어쩌다 미니스커트라도 입고 간 날이면 그 앞을 지날 때마다 휘파람 소리가 들려 찜찍 놀라곤 했다. 그런 이야기를 들려주면 이모엄마는 기겁을 해서 밤새 내 옷단을 내려 무릎 아래로 꿰매 놓았다. 나는 이렇게 매일 이 새로운 미군부대에 차츰 적응해가면서 피 끓는 에너지를 화산처럼 분출하는 젊은 병사들을 통해 멀고 먼 미국이란 나라에 대해서도 배워갔다. 그리고 내가 왜관으로 오기 1년 전인 1964년에 미국이 통킹만 사건을 빌미로 베트남 전선에 뛰어들었다는 사실도 알게 되었다. 전면적인 확전에 반대해온 케네디 대통령이 내가 여군 훈련병이었던 1963년 11월에 암살되자 대통령직을 이어받은 린든 존슨(Lyndon Johnson)의 참전 지시로 그 이듬해 미국과 베트남 전쟁이 시작되었다는 것도 알게 되었다. 그리고 날이 갈수록 내 친구들인 왜관 미군부대의 병사들도 베트남 전쟁의 영향을 받기 시작했다. 어느 날부터인가 정겨운 얼굴들이 하나둘 사라졌다. 그들은 그토록 그리던 미국의 고향 땅으로 가는 대신에 날씨가 무덥고 모든 게 낯선 베트남으로 떠났던 것이다.

그런 일은 내가 헌병대를 그만둔 1970년까지 계속되었다. 나는 이국에서 온 친구들이 전사했다는 슬픈 소식을 들을 때마다 다른 미군들과 함께 눈물을 흘렸다. 그들은 모두 다 어여쁜 고향 여자들의 졸업사진을 한 움큼씩 가지고 다니면서 미국에 가면 결혼할 거라고 황홀한 꿈을 꾸던 젊은이들이었다.

왜관 미군부대 헌병대 건물에는 나 이외에도 한국 직원들이 있었다. 우리 사무실 오른쪽에는 보건소에서 일주일에 한 번씩 성병 검진을 받는 데 필요한 검진증과 모든 직원의 패스카드를 관리하는 아주 큰 사무실이 있고, 그곳에서 점잖고 실력 있는 한국인 통역관 겸 사무관인 미스터 서가 일했다. 우리 사무실 바로 앞에는 1965년의 한국에서는 매우 드물게 남녀가 따로 있는 수세식 화장실이 있었다. 그 화장실과 가까운 헌병대장 사무실 옆이 바로 헌병대장의 비서 노릇을 한 내 사무실이었다. 그런데 공식적인 내 보스였던 미스터 최가 있는 경비원 사무실은 헌병대 건물과 떨어진 경비견 훈련장 옆에 있었다. 미스터 최는 깔끔하지만 약간 깡패 두목같이 무섭게 생긴 남자였다. 그리고 예전의 내 이모부처럼 나를 없는 사람 취급하며 거만하게 굴었다. 그는 내게 말했다. "미스 김의 자리에 있는 여자들은 하나같이 미군과 결혼하고 그만두는 통에 항상 사람을 새로 뽑아야 해." 그러면서 벌써 내가 그런 여자라도 된 것처럼 나를 힐끗 경멸의 눈초리로 쏘아봤다.

그때 대한민국은 나처럼 여군 출신을 인정해주는 사회가 아니었다. 그런데다 나는 미스터 최에게 뒷돈도 주지 않고 들어왔으니 그의 마음에 들 리가 없었다. 매일같이 하루에도 몇 번씩 군견 경비원들이 미스터 최의 사무실에 들락거리는 것 같았다. 그중에는 나처럼 여자 경비원이었던 최 씨 아줌마도 있었다. 그 아줌마는 거의 후문에서만 경비를 섰는데 쌍꺼풀이 없는 눈으로 날카롭게 흘겨볼 때면 모두 움찔하며 겁을 냈다. 그리고 나와는 내 이모부처럼 절대 말을 섞지 않았다. 그저 입은 웃고 눈은 째려보는 채로 나를 엉거주춤하게 대했다. 알고 보니 최 씨 아줌마는 경비원을 오랫동안 하면서 집을 다섯 채나 가지고 있는 부자였다. 자기 월급보다 부수입이 더 많다는 소문도 있었다. 그리고 군견 경비원들 회식에는 나를 절대로 끼워주지 않았다. 술집이 빽빽하게 들어선 후문 밖 기지촌에는 완전히 다른 세상이 펼쳐졌다. 거리에는 밤이나 낮이나 음악이 쾅쾅 울려 퍼지고 미군을 상대로 한 잡화상, 여행사, 달러 장사, 그리고 미군과 한국 여자가 함께 사는 살림집도 있었다. 후문 밖에 사는 여자들은 대부분 후문으로만 출입을 했고, 때로는 입구에서 한데 모여 트럭을 타고 미군부대 영내 클럽으로 들어오곤 했는데 그때마다 성병 검진증을 확인하는 최 씨 아줌마의 권한은 아주 막강해서 모두 겁을 냈다고 한다. 가끔 최 씨 아줌마가 자리를 비울 때면 내가 후문에서 대신 경비를 서기도 했다. 나는 거기서 우리 한국 여자들이 검진증을 가지고 줄 서 있는 모습을 볼 때마다 속에서 어떤 감정이 꿈틀거리는 것을 느꼈다.

'왜 한국 여자만인가? 미군도 저렇게 줄을 서서 검진증을 보여 줘야 하지 않나?'

그러나 내 직장을 지켜야 했기에 누구에게도 그런 말을 할 수는 없었다. 한국 직원들은 후문을 가리켜 양색시, 양갈보, 양놈, 양키들이 드나드는 문이라고 불렀다. 그리고 자기들은 후문으로 출입하는 것을 무척 꺼렸다.

1966년 10월 2일 파독 간호사 128명이 김포공항에서 비행기 트랩에 오른다. 그렇게 만리타향 독일에 간 한국 간호사들은 그곳에서 온갖 험한 일을 도맡아 하며 열심히 환자를 보살폈다. 낯선 언어와 문화적 차이라는 어려움 속에서 쉼 없이 주어지는 일거리들로 힘든 나날을 보내면서도 한국 간호사들은 필사적으로 맡은 일을 성실히 해내면서 점차 독일 병원에서 인정을 받는다. 1965년에서 1975년까지 10년간 독일에서 일했던 한국 간호사들이 온몸과 마음을 던져 일해서 고국에 송금한 외화가 1억 달러나 되었다. 피땀 흘려 번 돈을 나라에 벌어다 준 그분들은 분명 대한민국의 애국자들이다. 생각해보면 그들의 삶은 나의 삶과도 닮아 있고 한국에서 미군과 국제결혼을 해 미국이란 나라에 온 여자들의 이야기와도 다를 바가 없다. 나는 나를 포함해서 오랫동안 한국 사회에서 사람 취급을 못 받았던 그 여자들, 양갈보나 양색시라고 혹독한 차별을 받고 돌을 맞았던 우리도 독일로 갔던 한국 간호사들처럼 애국자들이라고 말하고 싶다. 우리는 한국에서 1950년부터 지금까지 거의 70년 동안 한미행정협정(SOFA) 체결에 따라 법적인 보호를 받으면서 달러를 벌어들였다. 나 역시 한국에 있는 미군부대에서 일하면서 나라를 위해 달러를 벌어들인 여자들 중 한 명이다.

그렇게 한국에서 비난과 멸시의 대상이었던 우리는 70년 동안 달러를 벌어서 나라 살림에 보탬이 되어주었다. 특히 6·25전쟁에서 많은 외국군인들에게 치욕스러운 행패를 당했던 선량한 농부의 아내, 딸 그리고 한국 여성들을 보호해주었다. 우리는 전쟁 중에 강간당하거나 심지어 살해를 당했던 한국 여성들을 몸으로 막아 지켰다. 그렇게 우리는 대한민국 우리의 조국에 큰 보탬이 되었다. 우리는 한국에 살고 있는 가족들을 위해 우리를 희생하며 달러를 벌어 보살피고 식구들을 미국에 데려와 정착시켜주고 공부도 시켰다. 성공적인 삶을 사는 동생, 조카들을 많이 배출해 대한민국의 이름을 알렸다. 많은 사람들에게 양색시, 양갈보라고 돌팔매질을 당하고 조롱을 받으면서도 애국자 노릇을 했던 것이다.

1960년대에 대한민국에는 여자들이 할 일이 많지 않았다. 그때는 공장이 들어서기 이전이라 식모, 댄서, 미군부대 주변 술집이나 요정 종업원 등이 전부였다. 그 시절을 생각하면서 나는 하나님께 무한한 감사를 드린다. 하나님은 내가 열일곱 살의 나이에 집도 가족도 없이 혼자 거리를 헤매고 다닐 때 나에게 여군에 입대할 기회를 주셨고, 그곳에서 고등학교에 다니게 해주셨고, 미군 부대에서 일하게 해주셨고, 이곳 미네소타주를 내 삶의 터전으로 만들어주셨고, 지금까지 잘 살 수 있도록 해주셨다. 내가 사는 이곳 교회의 이 권사님은 열일곱 살에 사회에 나가 카바레 댄서로, 요정 종업원으로 닥치는 대로 일을 해서 오롯이 자기 가족을 부양하고 언니와 동생들을 지켜주었다. 오빠에게 잡혀서 머리를 싹둑 잘린 채 갇혔다가도 돈을 벌기 위해 다시 도망 나왔다고 한다. 그렇게 번 돈을 모아서 굶주린 식구들 먹이라며 눈물을 흘리는 어머니 손에 쥐여 주기도 하고, 주기적으로 편지에 넣어 집에 보내주었다고 한다. 이 권사님은 자기 오빠보다 조그만 체구로 평생 그 작은 어깨에 온 집안 식구들을 떠맡고 책임졌다. 지금은 두 딸과 같이 살면서 또다시 딸들과 손자들을 보살피고, 자기가 죽을 곳은 이곳 딸들 집이라고 하면서 씩씩하게 살고 있다. 딸들 또한 효녀라서 어머니에게 감사하는 마음으로 자랑스럽게 여기며 살아간다.

미국은 노인 복지제도가 아주 잘 되어 있어서 이곳의 많은 한국 노인들도 미국의 노인들처럼 굳이 자식들과 함께 살지 않는다. 내 이모엄마도 마찬가지였다. 내 나이 서른다섯 살에 이혼하고 혼자 아이 둘을 키우면서 일주일에 30시간씩 일하며 5년 동안 대학에 다닐 때도 이모엄마는 육아에 도움을 주지 않고 나와 내 어린아이들과 떨어져 노인복지센터 아파트에 살았다. 오히려 내가 영어를 하지 못하는 이모엄마를 도와야 했다. 그러더니 마지막 13년 동안 치매를 앓으시다가 2011년에 돌아가셨다. 그래도 우리 아들들에게는 가끔 만나면 용돈도 주고 사랑을 듬뿍 주셔서 너무나 감사했다. 그 덕분에 우리 아들들은 양가 할머니들에게 큰 사랑을 받고 자랐다.

다시 왜관 미군부대 시절로 돌아와 기억을 더듬어본다. 나는 근무 첫날부터 헌병대 사무실 업무가 끝나고 나면 경비복으로 갈아입고 정문으로 가서 하청업체 남자 경비원과 함께 일했다. 항상 나는 정문에, 현란한 기지촌과 연결된 후문에는 최 씨 아줌마가 배치되었다. 나는 퇴근 시간마다 대부분 정문으로 출입하는 부대 여직원들의 패스카드와 가방, 몸을 일일이 수색해야 했다. 첫날 경비 근무를 나설 때 미군 헌병 상사가 내게 명령했다.

"미스 김, 이곳은 보급부대라서 도난이 잦으니 직원 검색을 철저히 해야 합니다. 아주 작은 베어링 하나도 무척 값비싼 물건이란 걸 잊으면 안 됩니다."

몸수색 당하는 걸 좋아할 사람이 누가 있을까? 직원들은 대부분 못마땅한 기색을 감추며 내가 몸수색하는 것을 기다려주었지만 더러는 대놓고 불쾌감을 표출하는 사람도 있었다. 물론 내가 미안하지 않도록 아주 상냥하게 핸드백을 열어 보여주고 말하지 않아도 양손을 번쩍 올려주는 여자들도 있었다. 가장 난감할 때는 장교 숙소를 청소하는 아주머니들이 한꺼번에 몰려나올 때였다. 아주머니들은 넓은 한복 치마폭 안에 형광등을 묶고 두루마리 휴지들을 매달고 그밖에 잡다한 물건을 잔뜩 숨겨서 어기적어기적 걸어 나왔다. 그 모습에 웃음이 나오면서도 참으로 난처해서 어쩔 줄을 몰랐던 기억이 난다. 하지만 대부분은 '그래도 이것들은 베어링이 아니니까…'라고 생각하면서 모르는 척해주었다. 그렇게 내가 얼굴이 빨개져서 통과를 시켜주면 아주머니들은 깔깔 웃으면서 고맙다고 말하며 정문을 빠져나갔다. 그러나 훗날 미군부대를 그만두고 난 뒤에 전해 들은 바로는 내가 경비를 서는 동안 많은 사람이 정문을 피해갔다고 한다. 다른 경비원은 얼마간의 돈을 주면 그냥 지나가게 했다는데 나한테는 그런 것이 통하지 않았기 때문이다. 그 시절에는 미제 물건들을 가지고 나가서 사고파는 블랙마켓도 왕성했는데 나는 그때 너무 순진했기 때문인지 그런 일에는 도통 관심이 없었다. 매일 헌병대 지프를 타고 미군부대에 출퇴근했던 5년 동안 내 가방에 미제 물건이 들어있던 적은 단 한 번도 없었다. 그 시절 1965년에서 1970년까지도 한국은 6·25전쟁 당시에 80%가 파괴된 나라를 재건하느라 여전히 대부분이 가난에 허덕일 때였다.

나의 전남편이자 내 두 아들의 아버지인 존은 미국 장교였고 나에게는 네 번째 보스인 헌병대장이었다. 1968년 어느 겨울날이었다. 키가 크고 목소리가 걸걸했던 중년의 헌병대장이 미국으로 돌아가고 모두가 새로운 헌병대장을 기다리고 있을 때였다. 그런데 그날 우리가 맞이한 새 헌병대장은 아주 조용한 성격의 새파랗게 젊은 소위였다. 그런데 놀랍게도 나의 상사로 출근한 첫날 그는 내가 사랑하는 독일작가 헤르만 헤세의 《수레바퀴 아래서》라는 책을 손에 들고 있었다. 그런 보스는 처음이었다. 미군부대에서 3년 반을 일하는 동안 내게는 일종의 선입견 같은 것이 자리 잡고 있었다. 미군들은 틈만 나면 동네 술집으로 달려가거나 모였다 하면 여자 얘기로 낄낄거리고 책이라면 기껏해야 난잡한 성인 잡지나 들여다본다고 생각했던 것이다(그때는 그 생각이 얼마나 잘못된 것이었는지를 알기 전이었다). 그리고 이전 헌병대장들은 후문 밖 여자를 자주 자기 사무실로 데려와 나에게 커피 심부름을 시켰다. 미국에 부인과 가족이 있는 사람도 마찬가지였고 목소리가 걸걸했던 전임 헌병대장은 말할 것도 없었다.

그런데 젊고 독신이었던 이번 헌병대장은 달랐다. 존은 부임한 첫 달부터 나를 대동하고 부대에서 가까운 고아원을 방문했다. 거기서 그는 또 한 번 나를 놀라게 했다. 한 여자아이가 간질 발작으로 쓰러져 모두 당황해서 어쩔 줄을 몰라 할 때 그는 아주 침착하게 자기 손수건을 꺼내 그 아이가 이를 부딪쳐 다치지 않도록 조치를 취하고 아이를 편히 누일 수 있게 직원들을 도왔다. 나는 그 모습에 너무나 감동하여 그에게 마음을 열었고 그와 친구가 되었다. 그리고 그때부터 내 마음속에 그에 대한 특별한 감정이 싹트기 시작했다. 우리는 종종 장교클럽에 가서 나로서는 태어나 처음 맛보았던 닭튀김을 시켜서 무척 맛있게 먹곤 했다. 그리고 함께 부대 버스를 타고 밖으로 나가 내가 존에게 대구 시내를 구경시켜주기도 하고 반대로 그가 나를 미군부대 안 영화관에 데리고 가기도 했다. 우리는 서로 읽고 있던 책에 대해서도 즐겨 이야기를 나누며 거의 모든 주말에 함께 시간을 보냈다. 그렇게 미국에서 공부하고 싶다는 꿈을 밝힐 정도로 나는 그에게 한 발 더 다가섰지만 어쩐지 그는 나를 그저 친한 친구로만 대하는 것 같았다. 좀처럼 손 한 번 잡는 일이 없던 그에게 서운한 마음이 들 즈음 어느 날 그가 내게 자기 이야기를 털어놓았다.

미네소타주에서 태어난 그는 중학교 때부터 오네미아라는 수도원에 들어가 공부하면서 신부가 될 준비를 하며 세인트존 대학과 대학원을 졸업했다. 그런데 신부서품을 코앞에 두고서 수도원 생활과 신부가 되는 것에 회의를 느껴 돌연 장교 학교에 응시해서 장교가 되었다고 한다. 결국 한국으로 발령받아 오게 되었지만, 그는 처음에 월남전에 자원했다고 했다. 가족이 있는 사람을 대신해서 독신인 자신이 전쟁에서 죽는 것이 조국에 훨씬 도움이되는 길이라는 생각에서였다. 그렇게 그는 내가 존경할 수밖에 없는 사람이었다. 당시에 나는 1964년부터 시작된 미국과 베트남의 전쟁이 미국에 점점 불리하게 진행되어 가는 것을 가슴 조이며 지켜보는 중이었다. 가끔 한 부대에서 알고 지내던 미군이베트남에서 전사했다는 소식을 들을 때마다 더욱더 이 전쟁이 끔찍하게 느껴졌다. 결과저으로 월남전은 세계 최강의 경제력과 군사력을 갖춘 미국이 패배한 유일한 전쟁으로 기록되었고 공산주의자들에게 베트남 민족독립투쟁의 정당성이 실증되었음을 떠들어댈 빌미를 제공했으니 끝내 존이 월남전에 참전하지 못한 것은참으로 다행스러운 일이었다. 마지막으로 존은 나에게 말했다.

"난 아직 신부서품을 받을지 말지를 결정하지 못했어요. 그래서 결혼에 대해서도 생각해본 적이 없죠. 하지만 당신이 그렇게원한다면 미국에서 공부할 수 있도록 내가 길을 열어줄 수 있을것 같아요."

나는 그의 순수한 마음과 그리스도적인 사랑에 감동했고 신부서품을 받겠다는 그의 뜻을 존경했다. 무엇보다 존이 내가 미국에서 공부하는 것을 돕겠다고 약속하다니 정말 꿈만 같았다. 그때 나는 나 자신이 존을 진심으로 사랑한다고 믿었다. 하지만 돌이켜 생각해보면 살아오면서 내가 내 자식이나 손자가 아닌 누군가를 진정으로 사랑했던 적이 있었나 하는 의문이 든다. 나는 부모를 잃고서 겪은 수많은 아픔과 상처 때문에 살면서 어느 누구도 믿을 수가 없었다. 항상 긍정적으로 생각하고 모든 일에 최선을 다하려고 노력했지만 상처받는 것이 두려워 고슴도치처럼 내자신을 방어하면서 살아남는 데만 집중했다. 물론 지금은 문 교수의 마음을 잘 알고 그의 깊은 우정에 감사하며 살고 있지만 그 당시에는 친동생 같던 문 교수에게조차 끝내 마음을 활짝 열지 못했던 것 같다. 나는 너무 어릴 때 가족과 헤어져서 심지어 피를 나눈 내 형제들에게도 크게 애착을 느끼지 못한다. 이제 내 나이 73세가 되어 지난날을 뒤돌아볼 때 그 언젠가 내 삶이 다 하는 날까지 나는 누군가를 진정으로 사랑할 수는 없을 것 같다는 생각이 든다. 오직 내 자식들과 그 가족 그리고 내 주님만 진심으로 사랑할 수 있을 것 같다. 나는 사랑이란 게 무엇인지를 아주 모를 수도 있다.

4

차별에 대하여

● 1970년 이른 봄, 사랑하는 나의 상사이자 미군부대 헌병대장 존이 제대하고 왜관을 떠나 자기 고향으로 돌아갔다. 그는 떠나기 전 내 유학에 필요한 모든 일을 끝마쳤다. 먼저 미네소타주 천주교 계열 세인트 베네딕트 여자대학에 있는 그의 친구 켄 신부를 통해 입학에 필요한 모든 서류를 완벽히 제출할 수 있게 도와주었고 장학금은 물론, 같이 살 미국인 가정집까지 마련해주었다. 그때 미국에서는 5년 전인 1965년 10월 4일에 린든 존슨 대통령이 개정 이민법에 서명하는 역사적인 순간이 펼쳐졌다. 2년 후 1968년 7월 1일부터 이 개정 이민법이 발효해서 다시 유색인종에게 미국에 이민 오는 문이 개방되었고 한인들의 미국 이주에도 새로운 장이 열렸다. 1965년 서명 당시 했던 린든 존슨 대통령의 연설에는 이런 문구가 있었다.

"이 법안은 미국이라는 나라가 정의를 구현하는 데 있어 가장 큰 구조적 결점을 보완하는 것입니다. 그리고 오랫동안 견뎌온 이 나라의 잘못된 행위를 바로잡는 것입니다."

그리고 그 자리에는 로버트와 에드워드 케네디 형제가 참석했다. 2년 전 암살된 그들의 형 고(故) 케네디 대통령 때 발의되었던 이 개정안이 통과되어서 특별히 참석한 것이었다. 그때부터 국가별 쿼터제로 실시해왔던 이민제도가 폐지되고 유색인종에 대한 인종차별법도 사라졌다. 그러한 변화는 1963년 8월 28일 마틴 루터 킹 박사의 그 유명한 명연설인 '나에게는 꿈이 있습니다 (I have a dream)'에서 시작되었다. 그리고 민권법을 통과시키려고 했던 케네디 대통령이 1963년 11월에 암살되자 후임인 린든 존슨 대통령이 고인의 뜻을 받들어 민권법안을 의회에 상정했다. 찬성과 반대 끝에 1964년 통과된 이 법에 의해 공공시설과 장소에서의 흑백 차별, 고용에서의 흑백 차별, 선거에서의 흑백 차별이 일체 금지되었다. 또한 인종차별법은 소수계의 지위를 향상시키는 결과를 가져왔다. 이처럼 1964년과 1965년은 우리 소수민족 이민자들에게 아주 중요했던 시기였다. 그래서 킹 박사와 케네디 대통령을 떠올릴 때면 늘 존경과 감사의 마음을 갖게 된다. 하지만 그 시절 한국에서는 유학을 가려면 최소한 2년 동안 국내에서 대학을 다녔어야 한다는 법이 있었다. 다행히 왜관에 있던 여행사에서 그 문제를 해결해주겠다고 해서 수속이 잘 되기만을 바라며 유학 갈 날만 손꼽아 기다리고 있었다.

그런데 갑자기 한국 사회를 떠들썩하게 만든 대형 사건이 터졌다. 어느 정치인의 내연녀였던 정인숙이란 여자가 한강 도로변에서 자기 오빠가 쏜 총에 맞아 목숨을 잃었던 것이다. 신문방송에서는 연일 그녀의 기사가 대서특필되었다. 생전에 특별한 여권과 비자로 미국을 제집 드나들 듯했다던 그녀는 고인이 되자 온갖 비난을 받으며 세상 사람들의 입에 오르내렸다. 그리고 어이없게도 그 죽음으로 인해 내 미국 유학에도 불똥이 튀었다. 뒷돈을 받고서 그녀의 출입국을 수도 없이 허가해주었던 관료들이 자기 코가 석 자가 되자 한국에서 대학 문턱에도 못 가본 내 유학에 제동을 건 것이다. 그렇게 한국을 떠나 미국에서 공부하겠다던 내 꿈은 물거품이 되어버렸다. 그때 내가 얼굴 한 번 본 적 없는 정인숙이란 여자를 얼마나 원망했던지! 그리고 나는 절망했다. 죽고 싶도록 너무나 힘이 들었다. 얼마나 이 지긋지긋한 한국을 떠나 미국에서 공부하고 싶었는지 모른다. 나는 결국 먼 훗날 혼자 두 아이를 키우면서 미네소타주립대학을 졸업했다.

그때 다시 내 가슴속에 아버지에 대한 원망이 가득 차올랐다. 언제나 내 주위의 문이 닫혀서 절망할 때마다 나는 날 버리고 간 아버지를 원망하고 미워하면서 다시 주먹을 불끈 쥐고 일어났다. 나는 항상 쓰러지면 나를 도와줄 이가 아무도 없다는 것을 나 자신에게 상기시켰다. 특히 이모엄마 집에서 쫓겨난 후에는 더욱 그랬다. 난 다시 일어나기 위해 악착같이 밥을 먹었다. 아주 어릴 때부터 그래왔다. 난 지금까지도 어떤 어려운 상황에서도 밥을 잘 먹는다. 그렇게 밥심으로 살아왔고 버텨왔다. 그때 나는 유학을 간다고 그 좋은 직장인 미군부대 헌병대 일도 덜컥 그만둔 상태였다. 나는 곧바로 존에게 전보를 쳐서 이 모든 사실을 알려주었다. 그리고 미국에 갈 수 없어서 절망이라고 그에게 말했다.

내 전보를 받은 존은 자기가 원했던 대로 천주교 신부서품을 받지 않고 어머니의 간절한 손을 뿌리치고서 1970년 6월 말 한국으로 돌아와 나와 결혼해주었다. 우리는 이모엄마의 도움으로 1970년 7월 2일에 왜관 천주교회에서 조촐한 결혼식을 올렸고 모든 게 정신없이 급하게 진행되었다. 결혼 전날 저녁, 존은 미군부대에서 같이 일했던 한 미군장교가 만나자고 한다면서 나갔다가 밤늦게 몹시 취해서 돌아왔다. 그러고는 병이 나서 밤새도록 토하고 끙끙 앓았다. 다음 날 얼마나 정신이 없었는지 어떻게 결혼식을 올렸는지도 잘 기억나지 않고 지금 남아 있는 결혼사진도 없다. 아마 하얀 면사포를 쓰고 있는 내 얼굴과 존의 얼굴 표정이 꼭 장례식장에 온 사람같이 보여서 없애버린 것 같다.

결혼식을 마치고 며칠이 지난 후에 나는 남편 존에게 결혼식 전날 밤에 왜 그렇게 아팠는지 물었다. 그러자 존이 말하기를 그날 밤에 만난 미군장교가 "왜 돌아와서 원주민과 결혼하려 하느냐"고 질책하면서 아침 결혼식 전에 빨리 본국으로 돌아가라고 끈질기게 설교했다는 것이다. 그 백인장교는 나도 잘 아는 사람이었다. 그는 마주칠 때마다 허연 얼굴로 아주 친절하게 웃으면서 항상 상냥하게 구는 자였다. 그런 그의 백인우월주의와 이중적 성격에 적잖이 놀랐던 기억이 난다. 훗날 미국에서 49년을 살면서 세상에 그 백인장교 같은 사람이 얼마나 많은지를 알게 되었다. 또 그런 백인우월주의자가 대통령일 경우 얼마나 절망스러운지도. 지금 미국은 어두운 밤을 지나고 있다. 그러나 그 당시에는 그 일이 앞으로 내가 미국 백인사회에서 겪을 인종차별이라는 거대한 빙산의 일각일 뿐이라는 걸 까맣게 모르고 있었다.

내가 일했던 왜관의 미군부대 헌병대와 방첩대에는 흑인이나 다른 유색인종이 그리 많지 않았다. 1965년부터 1970년까지 그곳에서 술에 취해 말썽을 부리고 치정으로 살인을 저지르거나 한국인과 합작해 부대 물건을 크게 훔쳤던 이들은 모두 백인병사였다. 게다가 나는 미군부대에서 일하면서도 한국 사회에서 빨갱이 자식으로 겪은 아픔만 알았지 인종차별에 대해서는 단어조차 깊이 생각해본 적이 없었다. 그런데 존의 말을 듣자 어디선가 '원주민'이라는 단어를 봤던 게 떠올랐다. 헌병대에서 일하던 시절 가끔 왜관 미군부대방첩대(CID)로 파견 근무를 나가서 수많은 서류를 영문 타자로 작성할 때가 있었다. 그 사무실에는 국제결혼 관련 업무를 전담하는 한국인 조사관들이 있었고, 그때 내가 다룬 서류들은 모두 그들이 조사한 국제결혼에 관한 내용이었다. 그 안에는 미군이 결혼할 원주민인 한국 여자의 이름과 그녀의 과거

행적, 집안 사정 등 잡다한 사항이 세세하게 들어 있었고, 조사관들이 해당 여자의 고향에 가서 가족과 주변 사람을 인터뷰해 찾아낸 내용들이 결혼서류에 첨부되었다. 나는 그걸 보면서 같은 한국 여자로서 조금 치욕스러운 기분이 들었다. 당시에 한국 사회에서는 국제결혼을 하는 여자에 대한 시선이 곱지 않았다. 헌병대에서 같이 일하며 다정하게 지내던 한국인 직장동료들도 내가 존과 사귄다는 걸 알고부터 갑자기 나를 '미스 김'이 아닌 '양색시'라고 불렀다. 어느 날 헌병대에서 하우스보이라고 불리면서 모든 잡다한 일을 해주는 최 씨가 나에게 말했다.

"미스 김은 헌병대장하고 사니까 이제 양색시가 됐네!"

그 말에 화들짝 놀라 소리쳤다.

"뭐라고요? 아저씨가 어떻게 저한테 그런 말을 하세요? 제가 이모엄마하고 천주교 수도원 옆에 산다는 걸 아시잖아요."

그러나 최 씨는 계속 우겨댔다.

"변명하지 마요. 모르는 사람이 없는걸. 경비대장 미스터 최까지 죄다 알아요."

정말 기가 막힐 노릇이었다. 나는 이모엄마를 모시고 살면서 평일에는 직장에서 열심히 일하다가 주일이면 교회에 나갔고 또 존과도 친구처럼 지내는 평범한 젊은 처자였다. 우리 집에는 더블베드도 없고 분홍빛 시트도 없었다. 존을 만날 때면 그저 극장에 가거나 장교 클럽에서 그가 사주는 맛있는 닭튀김을 먹고 같이 이야기 나누고 또 책을 읽는 게 전부였다. 더구나 그때 존은 아직 진로를 확실히 정하지 못해서 미국으로 돌아가면 천주교 신부가 될 수도 있는 사람이었다.

그렇게 1965년경 내가 미군부대 다니던 시절 한국사회에서는 미군부대가 직장인 것도 시집가는 데 방해가 되었다. 좋은 혼처는 어림도 없고 중매쟁이도 우리처럼 미군부대에 다니는 여자는 아예 피하고 꺼렸다. 사실 미군부대에서 일하는 젊은 여성들은 미군과 결혼하는 것에 대한 동경보다 두려운 감정이 더 컸다. 사람들에게 양키의 양갈보니 양색시니 손가락질을 받는 게 무서웠기 때문이다. 우리는 남의 생각과 이목을 더 예민하게 느끼고 두려워하는 민족인 것 같다. 나 역시 나에게 붙은 양색시라는 호칭에 많이 예민해져 있었다. 더욱이 나는 고아나 다름없는 월북한 빨갱이 자식에, 여군 출신에, 야간 고등학교까지 다녔으니 너대니얼 호손(Nathaniel Hawthorne)의 《주홍 글씨》에 나오는 여주인공보다도 더 많은 꼬리표를 달고 있었다. 그래서 존에게 고마웠고 사람들의 손가락질을 받아도 괜찮았다. 그저 대한민국을 떠나 미국으로 가서 사는 것이 행운이라고 생각했다.

어느 일요일 서울에서 미사를 드리러 천주교회에 갔을 때였다. 영성체를 받는 순서가 돌아왔을 때 남편인 존 다음으로 내 차례가 되었는데 미사를 집전하던 신부가 나에게 영성체 주는 것을 거부했다. 기가 막힐 노릇이었다. 그 신부는 나를 소위 양갈보 취급했던 것이다. 나는 엉터리 신부라고 투덜댔고 존도 화가 나서 그 신부에게 몇 마디 했는데 그가 영어를 못 알아듣는 바람에 아무 소용이 없었다. 그렇게 1970년에는 서울뿐만 아니라 대한민국 어디에서든 미군하고 거리에서 손을 잡고 다니면 모두들 양키하고 사는 양갈보라고 하면서 보는 시선들이 따가웠다. 돌팔매질을 안 당한 것만도 다행으로 생각해야 했다. 그래서 국제결혼을 한 나 같은 여자들은 심리적으로 무척 위축되고 상처도 많이 받았다. 우리가 낳은 아이들은 '튀기'라거나 '혼혈아'라고 불렸다. 미국에 와보니 미네소타에도 그런 생각을 가진 교포들이 많았다. 그래도 괜찮았다. 항상 한국이 싫어서 미국에 정말 오고 싶었기 때문이다.

나는 공산당 빨갱이였던 아버지가 가족을 데리고 월북한 것에 늘 수치심을 안고 자라면서 아버지의 사상 때문에 버림받았다는 비참한 마음으로 살아왔다. 어떻게 나를 그렇게 예뻐했던 아버지, 한 가족을 책임져야 했던 남자가 그런 선택을 했을까? 아버지에게는 빨갱이 사상이 나와 내 가족의 안전이나 행복보다 더 중요했단 말인가? 어떻게 아버지이고 남편이면서 그렇게 무모했을까? 그렇게 심장이 쿵쾅쿵쾅 요동칠 정도로 가슴 깊숙한 곳에서부터 아버지를 미워했다. 그때 한창 활동했던 고은정이라는 성우가 있었는데 방송을 틀기만 하면 높고 쩌렁쩌렁한 소리로 반공이나 북한에 대해 떠드는 그 목소리에서도 너무 벗어나고 싶을 만큼 모든 것을 잊고 싶었다. 그러다가 드디어 여군 시절부터 꿈꿔 왔던 미국에 갈 기회가 온 것이다. 나는 마치 지옥에서 탈출하는 것처럼 마음이 들떠 있었다.

왜관에서 결혼한 첫 달에 나는 큰애를 임신했다. 그러나 내 임신 소식을 듣고 존은 기뻐하기보다 겁을 내면서 아이를 키울 자신이 없다며 낙태를 하라고 했다. 천주교 신부가 되겠다고 공부한 사람 입에서 그런 말이 나오다니 너무 화가 나고 기가 막혔다. 그때 같이 살던 이모엄마도 그 이야기를 들으시더니 무척 의아해 하면서 화를 내셨다.

"세상에! 어떻게 신부님 될 공부는 했다니? 네 남편한테 말해라. 아이 못 낳아 한 맺힌 내 앞에서 절대로 그럴 수는 없다고. 또 첫아이가 잘못되면 영영 애기를 못 낳을 수도 있다는 것도 말해. 그래도 겁이 난다면 일단 애를 낳고 여기다 두고 가라 해라. 내가 키워줄게. 아이는 나한테 주고 둘이서 미국으로 가. 어떻게 이런 일이!"

그렇게 이모엄마가 구원병이 되어 우여곡절 끝에 내 큰아들은 무사할 수 있었다. 그리고 존이 먼저 다시 미국으로 돌아간 후 나만 서울에 남아서 이민수속을 밟았다. 떠나기 전날 존은 미국에 올 때 필요할 거라면서 내 손에 25달러를 쥐여 주었다. 그 돈이 미국에 가져갈 내 전 재산이었다.

1970년 11월 추수감사절에 나는 남편이 준 25달러를 고이 가슴에 품고 희망에 부풀어 미국 미네소타주 미네아폴리스 공항에 도착했다. 공항에는 존이 마중 나와 있었다. 엄청나게 춥고 눈이 많이 내리는 날이었다. 공항에서 존을 따라 우리 아파트까지 가는 길은 너무나 황량했다. 11월 말이었는데 북쪽 지방답게 벌써 도로마다 눈이 하얗게 쌓였고 낮은 둔덕조차 없이 평평한 길 위에 바람 따라 휘휘 눈발이 날렸다. 우리 결혼을 무척이나 반대했던 신랑 집에서는 코빼기도 안 보였다. 눈이 하얗게 휘날리는 이 평평한 벌판의 도시, 산등성이라고는 찾아볼 수 없는 이곳에서 찢어지게 가난한 미국 생활이 시작되었다. 눈이 있는 샤갈의 그림처럼 성냥갑 같은 아파트들이 끝없는 벌판길 옆에 널려 있었다.

존은 큰길가의 조그만 건물로 들어서며 그곳이 우리가 살 아파트라고 했다. 낯설게 보이는 아주 낡은 그 아파트로 들어가니 작은 의자 하나 없는 텅 빈 공간이 나왔다. 창문에는 이불 시트가 커튼 대신 펄럭이고, 좁은 침실 한가운데 지저분한 매트리스 하나가 을씨년스럽게 놓여 있었다. 나는 조금 당황스러웠지만 곧 마음을 바꾸고 그토록 바라던 미국 땅에 희망과 꿈을 만들어갈 보금자리가 생긴 것을 기쁘게 생각했다. 며칠 뒤 누가 내다버린 것 같은 다 떨어진 기다란 의자를 가지고 누군가 찾아왔다. 그는 남편의 형이었는데 여자 때문에 천주교 신부직을 내놓고 막 교구를 떠나온 참이었다. 그날부터 나는 남편, 시숙과 같이 낡고 비좁은 아파트에서 함께 살게 되었다.

1970년 미네소타의 겨울은 참으로 혹독하게 추웠다. 그리고 나는 첫아들을 임신 중이었다. 그렇게 가난하게 시작된 내 미국 생활은 그야말로 고생길이 훤했다. 나는 산달이 다 되어 제법 불룩한 배를 안고서 없는 살림에도 두 남자에게 밥을 차려주고 집 안 청소도 하면서 머나먼 이국에서 혼자 아기 낳을 준비를 했다. 만약 존이 내가 아닌 백인 여자와 결혼했다면 그렇게 형편없이 낡은 아파트로 데리고 들어왔을까? 그는 신혼여행 같은 건 생각도 못 하는 듯했다. 또 결혼식 때 끼워준 은반지마저 자기 것은 잃어버리고 없었다. 처음 이곳에 왔을 때는 산이 그리워 견딜 수가 없었다. 그리고 내가 두고 온 조국의 산들이 몹시도 그리웠다. 혹독한 겨울이 지나고 여름에 시집이 있는 시골을 향해 차를 타고 가노라면 한없이 펼쳐진 평지에 가도 가도 끝없는 옥수수밭뿐이었다. 가끔 존의 친척이 운영하는 농장에 들러 옥수수밭 사이를 혼자 거닐다 보면 하늘 아래 나하고 오직 옥수수밭만 있는 것 같았다. 그때 옥수수밭에서 사각사각 바람소리가 나는 것을 들었다. 그리고 그 바람소리 속에서 시리도록 외로운 내 마음을 보았다.

그때 미국은 1965년 킹 박사와 흑인인권운동 덕분에 유색인종을 받아들이기 시작한 지 고작 5년밖에 지나지 않았기 때문에 여전히 인종차별이 심했던 시절이었다. 남편의 가족들도 예외는 아니었는데 특히 독일계 미국인인 시어머니가 가장 심했다. 그녀는 두 아들이 모두 신부가 되는 게 소원이었던 독실한 천주교 신자였다. 하지만 큰아들은 여자 때문에 신부직을 떠났고, 오랫동안 신학을 공부한 둘째 아들 존마저 마지막에 신부서품 받기를 포기하고 어느 미개한 나라의 여자를 데려왔으니 그녀 눈에 내가 곱게 보일 리 없었다. 심지어 그녀는 존이 나와 결혼하려고 한국으로 떠나기 전 그의 친구를 붙들고 신부서품을 받기 싫으면 제발 백인 여자라도 시켜게 해달라고 애원했다고 했다. 거기다 보기 싫은 큰아들까지 함께 사는 바람에 나는 미국에 도착한 뒤에도 한참이 지나서야 시어머니를 만날 수 있었다. 중학교 때부터 천주교 신부 수업을 받으면서 대학원까지 졸업한 내 남편은 가정을 보살피며 한 가장으로 살아가는 데는 너무 무능해서 일도 안 하고 날마다 빈둥거리기만 했다. 엎친 데 덮친다고 그 추운 겨울에 유일한 교통수단인 남편의 고물 자동차까지 고장이 났다. 그 자동차는 이듬해 봄 내가 큰아이를 낳은 뒤에도 고치지 못하고 아파트 마당에 잔뜩 먼지를 뒤집어쓴 채 서 있었다. 마치 영원히 주차장 한 귀퉁이에 서 있을 것처럼.

1971년 4월 11일 밤이었다. 식사 준비를 해서 셋이 저녁밥을 먹고 있는데 갑자기 심한 통증과 함께 양수가 터져 급히 병원에 가게 되었다. 당연히 고장 난 차는 꿈쩍도 하지 않았고 결국 존이 경찰을 불렀다. 문제는 그다음이었다. 내가 고통에 몸부림치며 고함을 지르니 경찰이 구급차를 부른 것이다. 미국에서는 아기를 낳을 때 보험이 꼭 필요했지만 당시에 나는 보험이란 단어가 무슨 뜻인지조차 몰랐다. 결국 그 구급차 비용과 병원비, 그리고 의사 방문한 것까지 합쳐서 엄청난 금액을 나중에 일을 해서 갚아야 했다. 요란한 사이렌을 울리며 구급차를 타고 병원에 도착해서 영원히 끝날 것 같지 않던 긴 고통의 시간을 견뎌내고 마침내 출산을 했다. 아들이었다. 간호사가 갓 태어난 아기를 품에 안겨줄 때 나는 이모엄마가 일러준 대로 먼저 손가락과 발가락 수를 셌다. 그리고 모두 다섯 개씩 꼬물꼬물 움직이는 것을 보고 난 뒤에야 마음을 놓았다.

보험이 없어서 간신히 출산만 하고 하루 만에 퇴원했던 그 병원은 세인트폴(Saint Paul) 도시에 있는 세인트조지프병원(Saint Joseph Hospital)이었다. 수술 전 담당 의사가 알려준 것처럼 내 아들은 체중이 꽤 많이 나가는 아기였다. 수녀 간호사들은 퇴원할 때쯤이면 아기가 걸어 나가겠다며 웃었고, 병원에도 조그만 동양 여자가 엄청나게 큰 아기를 낳았다고 소문이 날 정도였다. 아이가 크다 보니 나는 출산 과정에서 많은 피를 흘렸다. 그런데 간호사가 미국식으로 곧바로 미지근한 물에 목욕을 시켜서 너무 추워 오돌오돌 떨었던 기억이 난다. 그리고 나서 바로 퇴원을 했으니 당연히 산후조리 같은 건 받지 못했다. 한국이었다면 한껏 불을 땐 따뜻한 아랫목에 누워 매일 미역국을 먹으며 보살핌을 받았겠지만, 당시에 집에는 제대로 먹을 것도 없었다.

그렇게 나의 귀한 큰아들이 태어났다. 아들이 없는 이모엄마는 저 멀리 지구 반대편에서 당신이 내 아들을 지켜주었다고 개선장군처럼 의기양양해 하며 무척이나 기뻐하셨다. 내 아들의 눈동자는 처음에는 회색빛이었지만 차츰 녹갈색으로 변해갔다. 내가 낳은 아기의 눈동자가 아름다운 녹갈색이라니 너무나 신기했다. 나는 하루에도 몇 번씩 아들의 눈을 가만히 들여다보았다. 그러는 동안에는 모든 시름이 그 아름다운 눈동자 속으로 스르르 빨려 들어가는 듯 마냥 행복했다. 그러나 나는 산후조리를 제대로 못한 데다 스트레스가 심해서 밤마다 악몽을 꾸었다. 어느 날 더 이상 두 남자에게 도저히 밥을 해줄 수가 없어서 남편에게 시골에 있는 시어머니에게 가 있겠다고 했다. 하지만 산후조리는 내게 너무나 사치스러운 것이었다. 시댁에서 지낸 한 달 동안 시어머니는 나를 한시도 가만히 두지 않고 여러 가지 서양 요리를 가르치고 쿠키와 케이크를 굽게 했다. 거의 하루 종일 서 있어야 할 정도였다. 그래도 그 덕분에 서양 음식을 많이 배웠고 시어머니가 사준 《베티 크로커(Betty Crocker)》 요리책도 두고두고 요긴하게 썼다. 시어머니는 내게는 별로 친절하지 않았지만 자신의 첫 손자인 내 아들을 무척이나 귀여워했다. 하루는 시댁에서 이모엄마가 일러준 대로 아기에게 젖을 물리자 시어머니는 깜짝 놀라 소리쳤다.

"다른 사람이 있는 데서 함부로 가슴을 내놓다니 그건 야만인들이나 하는 짓이에요!"

그러더니 아무도 보지 못하는 부엌 한구석에 의자를 놓아두고 그곳에서만 수유를 하게 했다. 그나마도 며칠 지나지 않아 시어머니가 억지로 아이에게 우유를 먹이게 하는 바람에 나는 불어난 젖을 어쩌지 못해 항상 끙끙 앓았다. 그때 미네소타주에는 한국인은커녕 동양인조차 별로 없었다. 대학가에 있던 단 하나뿐인 한국 식료품점은 터무니없이 비싼데다 한국 식당도 조그맣고 열악했다. 나는 그렇게 떠나온 조국을 그리워하며 낯선 하루하루를 힘겹게 버텨냈다.

　우리의 첫 아이는 아주 건강하게 무럭무럭 자라났다. 하루가 다르게 커가는 아들을 볼 때면 외로움과 근심걱정이 사라지는 것만 같았다. 이 지구상에서 오직 혼자였던 나에게 내 배 속에서 나온 단 하나의 핏줄은 너무나 소중했다. 매 순간 들여다보아도 계속 보고 싶고 내 아이의 모든 것이 한없이 예쁘게만 보였다. 존이 직장을 구하지 못해 여전히 생활이 어려웠지만 시어머니가 이유식을 손수 만들어 오셔서 많은 도움이 되었다. 그녀는 항상 "내 손자를 굶길 순 없지."라고 말하며 냉장고 가득 이유식을 채워 넣었다. 그러나 출산 비용이 모두 부채가 되어 생활은 갈수록 더욱 궁핍해져만 갔다. 나는 존을 이해할 수 없었다. 왜관 미군부대에 있을 때 그는 사령관으로부터 리더십을 인정받아 예편하지 않고 군에 남으면 대위로 진급시켜주겠다는 제안까지 받았다. 나는 그 좋은 제안을 마다하고 미국으로 돌아오려 한 데는 그에게 미래에 대한 나름의 계획이 있기 때문일 거라 믿었다. 그러나 막상 미국에 와보니 존은 만년 학생으로 취직할 생각도 않고 파트타임을 전전하며 학교만 오갈 뿐이었다.

결국 직접 살길을 찾아야겠다는 생각에 한국에서 배워온 기펀치 오퍼레이터(key punch operator) 기술로 내가 먼저 일을 시작하게 되었다. 이제 막 돌이 지난 아이는 아파트 근처 성당 관리인에게 맡겼다. 고정수입이 생기자 이모엄마에게 보낼 생활비를 감당하기도 훨씬 수월했다. 그리고 한국에 혼자 계신 이모엄마를 미국으로 모시려고 시민권 공부도 열심히 했다. 나는 매일 아침 일찍 아이를 유모차에 태워서 성당 관리인 집에 맡긴 다음 버스를 타고 시내에 있는 제너럴 밀즈(General Mills)라는 큰 회사로 출근했다. 어느 날 퇴근길에 아이를 데리러 갔더니 관리인의 아내가 웃으며 말했다.

"당신 아들은 아주 똑똑해요. 아직 아기인데도 엄마 올 시간을 정확히 알고 항상 딱 맞춰 문 앞에서 기다린다니까요."

아이를 유모차에 태워 집으로 가는 길은 하루 중 가장 행복한 시간이었다. 아이도 내 얼굴을 보면 안심이 되는지 꼭 유모차 안에서 기저귀에 오줌똥을 싸곤 했다. 나는 그 냄새까지도 사랑스러운 아들의 얼굴을 들여다보면서 집에 도착하면 서둘러 목욕부터 시켰다. 지금 생각해도 나를 웃음 짓게 만드는 소중한 기억이다. 이른 봄에 일을 시작해서 그해 가을쯤 모아놓은 돈으로 자동차를 샀고 월급을 더 많이 주는 큰 트럭 회사로 직장을 옮겼다. 거기서 저녁 근무를 하게 되면서 학교에서 돌아온 존에게 아이를 맡기고 출근했다. 아이를 남에게 맡길 필요가 없으니 비용도 절감되고 아이 정서에도 더 좋았다. 그때부터 거의 10년 가까이 저녁 근무를 했고 나중에는 오랫동안 바텐더로 일했다.

어느 날 직장 동료들이 바텐더가 되면 지금 받는 임금의 배를 받을 수 있다면서 당장 일을 집어치우고 바텐더 학교에 가겠다고 떠들어댔다. 나는 그 말을 듣고 곧바로 직장 근처에 있던 바텐더 학교를 찾아갔다. 그리고 학교장에게 수료 후에 바텐더로 취직했을 때 반드시 시간당 4달러를 받게 해줄 것과 그러지 못할 경우 학비의 반을 돌려주겠다는 각서를 받고 수업에 등록했다. 학교가 일터와 가깝다 보니 수업 듣는 일은 어렵지 않았다. 몇 달이 지나자 바텐더에 대해 많은 지식이 쌓였고 칵테일 만드는 솜씨가 일품이라고 칭찬도 받게 되었다. 그러나 수료 날짜가 지나도록 바텐더로 취직하기는 쉽지 않았다. 다급해진 교장이 나를 자기 장인이 하는 음식점에 소개시켜주었는데, 임금은 시간당 4달러도 안 되는 고작 3달러 50센트였다. 그래서 나는 학교에 찾아가 결국 수업료의 반을 받아냈다.

그리고 얼마쯤 지났을까. 곧 내 수입은 동료들이 말했던 대로 팁까지 합쳐 배로 늘어났다. 게다가 3년간 그토록 바랐던 미국 시민권까지 손에 쥐게 되었다. 그렇게 해서 이모엄마는 첫 손자의 두 살 생일을 앞둔 어느 겨울날 내 초청을 받아 미국으로 오게 되었다. 그때까지도 존은 여기저기 학교를 옮겨가며 시간만 흘려보내고 있었다. 그는 이모엄마가 오기 전 가을에 미네소타주립대학에 들어갔다. 그래서 학생 아파트로 이사를 해야 했는데 날짜가 맞지 않아 우리 짐을 모두 남의 집 창고에 넣어두었다가 제날짜에 다시 학생 아파트로 옮겨야 했다. 그런데 그해 겨울 그가 갑자기 학교를 그만두겠다고 하는 바람에 또 어쩔 수 없이 추운 날씨에 다시 학생 아파트에서 나오게 되었다. 그렇게 다섯 달 동안 이사를 세 번이나 하면서 나는 점점 사는 것이 지치고 하루하루가 고단하게 느껴졌다. 그러나 열심히 뒷바라지하다 보면 언젠가는 존이 대학교수가 될 거라는 희망이 있었기에 마음을 다잡을 수 있었다.

바텐더라는 직업은 원래 남자들의 일이다. 종일 서서 일해야 하고, 수그린 채로 바 안에 있는 냉장고에 맥주를 가득 넣어야 하는 데다 칵테일 만드는 데 쓰는 양주들이 다 떨어지면 새 병으로 다시 채워 넣어야 했다. 게다가 쓰고 난 술잔과 무거운 맥주잔들을 끊임없이 씻어서 건조해야 했기 때문에 여자들이 하기에는 그야말로 중노동이었다. 나는 너무 힘이 들어서 또 임신을 했지만 유산하고 말았다. 존은 계속 학교를 바꾸다가 이번에는 위스콘신 주에 있는 대학원에 입학했다. 학교가 멀다 보니 서로 얼굴 보기도 힘든 상황에서 존은 여러 여자 친구들과 어울렸다. 하루는 새벽 2시에 위스콘신주 대학 기숙사에서 전화를 해서는 한 일본 여자 유학생이 향수병으로 슬피 우는 걸 위로해주느라 집에 올 수가 없다고 말하기도 했다. 또 한번은 존과 날마다 같이 등교하는 미국인 친구가 아침에 존이 오지 않았다면서 집으로 찾아온 적이 있었다. 알고 보니 그 미국인 친구를 픽업하기 전에 한 대만 여학생을 픽업하는데 그 여학생이 늦잠을 자서 준비하는 걸 기다리느라 늦었다는 것이다.

나는 너무나 어이가 없고 도무지 존을 이해할 수가 없었다. 자기 아내는 새벽 2시가 넘도록 바텐더 일을 하느라 얼굴 볼 새도 없는데 어떻게 다른 여학생들을 그렇게 지극정성으로 돌봐줄 수가 있을까? 게다가 존이 고집을 피워서 사게 된, 뜰만 넓고 비좁은 우리 집에는 지붕에 두 군데나 큰 구멍이 나서 비가 올 때마다 양동이를 받쳐야 했다. 창문도 멀쩡한 유리가 하나도 없어서 박스 따위로 얼기설기 막아야 했고 다른 집처럼 지하실이 없으니 집안의 모든 벽에 시커멓게 곰팡이가 펴 있었다. 가끔 밥솥에서 지렁이가 나와 깜짝 놀라기도 했다. 어느 날 이모엄마가 조심스럽게 내게 불평을 하며 "애야, 네 남편은 왜 밤에 혼자 술을 그렇게 많이 마시니?"라고 말했다. 그러나 나는 "애 아빠가 그럴 리가 없죠.

힘든 공부를 하는데."라는 말로 그 일을 대수롭지 않게 넘겼다.

바텐더 일은 오후 5시부터 시작해서 새벽 2시가 넘어야 끝났다. 보통 새벽 1시 정도면 슬슬 손님을 내보냈지만 다음 날을 위해 준비할 것이 많았다. 먼저 냉장고에 맥주병들을 채웠고 빈 술병의 개수를 모두 세서 나열했다. 그리고 술잔들을 모두 씻어서 건조한 다음 그날 벌어들인 현금을 세서 금고에 넣어둔 뒤에야 퇴근할 수 있었다. 어쩌다 전날 근무한 바텐더가 밤에 술을 너무 많이 마셔서 다음 날 못 나오게 되면 아침에 잠깐 나가 대신 일을 하고 다시 오후에 출근하기도 했다. 그러다 보니 집에 오면 완전히 파김치가 되어버렸다. 내가 바텐더로 일했던 1970년부터 1980년에는 미국인들이 술을 엄청나게 마셨고 낮에도 맨해튼이나 마티니같이 센 술을 심심치 않게 주문했다. 퇴근 시간에는 말할 것도 없이 술집마다 사람으로 미어졌고 새벽 1시까지도 손님이 끊이지 않았다. 바텐더 시절부터 생긴 습관이 있다면 절대 과음하지 않는 것이다. 술은 실수를 만들기 때문에 영어가 모국어가 아닌 나 같은 사람은 특히나 조심해야 했다. 하루하루 술 취한 사람들을 상대하는 일은 쉽지 않았다. 가끔은 인종차별에도 시달렸다. 내가 너무 취한 손님에게 술 파는 것을 거부하면 그들은 혀꼬부라진 소리로 "바보 같은 게, 네 나라 중국으로 꺼져버려!"라고 야유를 퍼부었다. 여자 손님들도 마찬가지였다. 유산을 하고 나서는 몸이 너무 힘들어 밤에 일하는 것을 그만두고 중산층 회원들이 가는 골프클럽에서 일을 시작했다. 팁이 없어 수입은 줄었지만 예전보다 일하기는 조금 나았다.

그곳에서 일하던 시절에 기억나는 일화가 있다. 같이 일하던 바텐더 중에 중년의 백인 사내가 있었는데 어쩐 일인지 내게 인사하거나 함께 일할 때 자꾸 나를 '국(Gook)'이라고 불렀다. 아무리 생각해도 의아해서 어느 날 아침 존에게 도대체 '국'이 뭐냐고 물었더니 갑자기 존이 몹시 화가 나서 자리에서 벌떡 일어섰다. 그러더니 나를 데리고 일터로 가 그 백인 바텐더에게 소리쳤다.

"이 무식한 놈아, 감히 내 아내한테 '국'이라고 부르다니 당장 사과해!"

그랬더니 그 백인 바텐더가 쩔쩔매면서 나에게 거듭 사과하는 것이었다. 알고 보니 '국'이란 말은 흑인에게 '니거(Nigger)'나 '니그로(Nigro)'라고 부르는 것처럼 동양인을 비하하는 표현이었다. 그 후로도 나와 내 아들은 미국에 살면서 종종 '칭(Chink)'이나 '국'이란 말을 들었다.

하루는 휴무일이어서 집에 있는데 어떤 금발의 여인이 찾아와 다짜고짜 화를 내며 말했다.

"당신 아들이 무슨 짓을 한 줄 알아요? 내 아들 코를 쳐서 코피를 냈어요! 이럴 수가 있나요?"

나는 먼저 사과를 한 뒤에 아들에게 이유를 물어볼 테니 나중에 학교에서 만나자고 하고 일단 그 여자를 돌려보냈다. 그리고 학교에서 돌아온 아들에게 자초지종을 물었다.

"엄마, 죄송해요. 하지만 걔가 매일 나만 보면 '칭'이래요. 그래도 난 한국인이니까 그냥 참았어요. 그런데 오늘은 내가 앉으려고 하는데 걔가 갑자기 의자를 빼서 시멘트 바닥에 머리를 박고 넘어졌어요. 그래서 화가 나서 걔 얼굴을 쳤고요."

나는 아들을 안심시키고 다시 학교에 찾아가서 수녀 선생님께 모든 이야기를 했다. 물론 그 일은 선생님이 상대방 아이와 그 엄마를 불러 훈계하는 것으로 마무리되었다.

이제 내 시어머니 얘기를 해야겠다. 독일계 미국인인 내 시어머니였던 로즈는 고등학교를 졸업하고 바로 결혼해서 평생을 가정주부로 집안일만 하며 살아왔다. 앞서 언급했듯이 그녀는 인종차별이 심한 여자였다. 특히 흑인에게 심한 반감을 품고 있었다. 그녀는 내게는 무뚝뚝했지만 존의 남동생 마이크의 백인 아내인 아이린에게는 무척이나 살갑게 대해주었다. 두 사람은 시어머니와 며느리로서가 아니라 서로 이름을 부르며 다정하게 지냈다. 내가 우리 집 이야기를 들려주었을 때 시어머니는 내게 말했다.

"아니, 자식을 버리다니 어쩜 그렇게 무책임한 부모가 있다니?"

나는 그 말에 그저 할 말을 잃었다. 그러나 가장 화나고 서운했던 일은 따로 있다. 이모엄마가 미네소타에 도착한 지 얼마 되지 않아 시어머니가 우리 가족을 초대했을 때였다. 들뜬 마음으로 1시간 반 정도 떨어진 시골에 있는 시집에 도착했는데 웬일인지 시어머니의 남동생 부부가 약속도 없이 와 있었다. 식사 시간이 되자 시어머니는 여느 미국 집들처럼 여덟 개의 의자가 있는 커다란 식탁에 시아버지와 내 남편, 그리고 자기 동생 부부와 아이들을 앉게 했다. 그러고는 부엌 벽에 붙어 있는 조그만 호마이카 테이블에 나와 이모엄마의 자리를 세팅했다. 그렇게 창백한 형광등 불빛 아래서 조용히 식사를 마치고 이모엄마는 집으로 돌아가자며 자리에서 일어섰다. 다른 사람들은 아직도 식탁에 둘러앉아 얘기 중인데 시어머니와 시아버지에게 인사를 하고 그 집을 나왔다. 집으로 돌아오는 차 안에서 이모엄마가 말했다.

"얘야, 내가 네 남편에게 할 말이 있는데 통역 좀 해줄 수 있겠지? 당신들 미국사람은 사돈을 그렇게 대하느냐고 물어봐라! 어떻게 처음 본 사돈한테 부엌 구석에서 식사 대접을 하니? 정말 황당한 경험을 했구나! 네 남편에게도 전해라, 입으로 밥이 잘 들어가더냐고. 나는 앞으로 그 집에 다시는 발을 들여놓지 않겠다."

그리고 이모엄마는 정말 내 시집에 다시는 가지 않았다.

몇 년 전 이모엄마가 돌아가신 후에 시어머니가 노환으로 돌아가셨다. 그때 내 큰아들이 "엄마, 친할머니가 쓰시던 그 식탁을 팔려고 내놓았는데 내가 가져다드릴 테니 엄마가 도끼로 찍어 없애버리실래요?" 하고 웃으면서 묻기에 이렇게 대답했다.

"아니! 내가 왜 내 에너지를 그런 쓸데없는 데 허비하니? 그래도 내 마음 알아줘서 고맙다, 아들아!"

5

더 넓은 세상을 향해서

● 미국에 이민 와서 정착한 이후로 나는 쉬지 않고 앞만 보며 달려왔다. 그렇게 10여 년을 보내고 나니 몸도 마음도 지쳐가기 시작했다. 제일 처참했던 건 남편에 대한 꿈을 접어야 하는 것이었다. 철없는 남편과 사는 건 아들 셋을 키우는 것이나 마찬가지였다. 남편은 박사학위를 받기 위해 여러 학교에 원서를 냈지만 대학 성적이 부실하다는 이유로 번번이 퇴짜를 맞았다. 그러다 어렵사리 위스콘신주에 있는 작은 대학원의 2년 과정 사회학과 프로그램에 들어갔는데 거기서도 열심히 공부하는 것 같지 않았다. 그는 이모엄마 말대로 술을 즐겨 마시고 여자 친구들과 어울리는 것도 좋아했다. 내가 보기에는 그런 걸 공부보다 더 즐기는 것 같았다. 이제는 정말 남편을 교수로 만들겠다는 꿈을 접어야 할 때가 온 것 같았다. 언젠가 그의 어머니가 자기 아들의 신부서품을 포기했듯이. 그러나 나의 제일 큰 고민은 꿈

이 없는 채로 살아가는 것이었다. 그리고 바텐더로 8년이 넘게 일하다 보니 이제는 그 생활에 아주 지쳐버렸다. 마지막으로 내가 오랫동안 바텐더로 일했던 곳은 집에서 가까운 커다란 호텔의 고급 식당 안에 있는 비였다. 그곳에는 술을 파는 바가 두 개 있고 주방에 있는 것까지 합쳐서 모두 세 개의 바가 있었다. 나는 그곳에서 열심히 일하면서 식구들을 먹여 살렸다.

어느 날 피아노 바에서 일을 하는데 일찍부터 술을 마시던 한 손님이 잔뜩 취해 시비를 걸기 시작했다. 그가 말끝마다 욕을 하는 바람에 내 신경은 칼날을 세운 것처럼 날카로워져 있었다. 나는 그에게 마지막으로 경고했다.

"당신 입에서 또 한 번 더러운 욕이 나오면 내 손에 있는 이 술병을 던져버릴 거예요."

그리고 그의 입에서 다시 상스러운 욕이 튀어나오자마자 정말로 그 주정뱅이에게 술병을 던져버렸다. 다행히 술병은 그의 머리를 스치며 비껴갔지만, 취중에 너무나 놀란 그가 불같이 화를 내며 경찰에 연락하는 것을 막을 수는 없었다. 그러자 순경이 오고 매니저가 수습을 하고 온통 난장판이 되었다. 모든 일이 마무리된 뒤에 나는 그만둘 각오를 하고 조용히 매니저를 따라 그의 사무실에 들어갔다. 그런데 그가 도리어 나를 달래면서 뜻밖의 말을 건넸다.

"마리아, 우리 호텔에는 당신같이 정직한 사람이 필요해요. 그

동안 세 군데 바에서 번갈아 가며 일을 시켰던 건 당신이 벌어들인 수입이 항상 정확했기 때문이에요. 우린 그걸 기준으로 모든 계획을 세워왔죠. 당신은 빈 병들을 정확히 새 병으로 채우고, 맥주 수량을 포함해서 모든 재고 목록이 아주 확실해요. 그러니 제발 앞으로는 이런 일이 없었으면 해요. 우리 매니저들은 당신이 필요해요. 그래서 보수도 더 드리기로 했어요."

나는 매니저의 말을 이해할 수 있었다. 바에는 날마다 손님이 바글바글해서 한꺼번에 칵테일을 열다섯 잔씩 만들어 내줄 때도 많았는데 그때마다 몇몇 웨이트리스들이 자꾸 술값을 덜 가져와서는 내 호주머니에 슬쩍 돈을 찔러 넣곤 했던 것이다. 그렇게 나를 질리게 만드는 웨이트리스 중에는 미네소타주립대학 의과대에 다니는 학생도 있었는데 하루는 하도 어이가 없어서 그녀에게 이렇게 말해주었다.

"나는 아무리 아파서 병원에 가도 진료실에 앉아 있는 의사가 너라면 바로 되돌아 나올 거야. 이런 데서 일할 때조차 정직하지 않은데 어떻게 너 같은 애한테 사람 생명을 맡기겠니?"

늘 밤늦도록 술 마시는 사람들을 상대하다 보니 바텐더 중에는 일하는 틈틈이 슬쩍슬쩍 술을 마시는 사람도 많았다. 나는 우리 바에서 종종 멕시코 양주를 비우는 범인이 테킬라를 좋아하는 여자 바텐더라는 사실을 알고 있었다. 또 그 호텔의 제일 큰 바에서 오랫동안 일한 늙은 너구리 같은 남자 바텐더는 사람들에게

'부키(bookie)'로 불리면서 스포츠표로 도박을 한다는 소문도 있었다. 나는 그때 손님에게 술병을 던져버릴 정도로 정말 모든 것에 지쳐 있었다. 집에서는 남편에게 지쳐서 하루하루 희망도 없고 이제 술주정뱅이들을 상대하는 것에도 신물이 났다.

　어느 날은 너무나 어처구니없는 여자 문제로 남편과 다퉜다. 차라리 남편이 여자들과 바람을 피우고 다닌다는 소문을 듣는 게 더 나을 것 같았다. 당시에 우리 생활은 꼭 밑 빠진 독에 물을 붓는 격이었다. 남편은 우리 집 지붕이 새는 것이나 깨진 유리창은 보수할 생각도 안 하면서 뒷마당에 있는 나무를 화덕에 넣기 좋게 땔감으로 잘라 여자 친구들 집에 갖다 주고 술을 얻어 마셨다. 존은 이모엄마 말대로 술을 좋아했다. 그의 말로는 수도원 시절부터 대학교, 대학원 때까지 모든 학생이 공부할 때마다 취해서 기절할 정도로 술을 마셨다고 한다. 나는 그 말을 듣고 진정한 주의 사도인 진짜 신부님이 되려면 수많은 각고를 견뎌내고 성령의 도움을 받지 않고는 불가능하다고 생각했다. 남편은 중학교 때부터 어머니 성화로 수도원에서 학교에 다녔고 그곳에서 대학과 대학원까지 졸업했다. 수도원에는 심지어 중학교 때도 방마다 여자 생각을 떨쳐내기 위한 채찍이 비치되어 있었다고 한다. 그런 훈런 속에서 살아와서인지 내 남편은 누구보다 정의로운 사람이었다. 그것이 내가 지금까지도 남편에 대해 인정하는 한 가지다. 생각해보면 그는 아내를 잘못 만났는지도 모른다. 그가 미네소타에 사는 능력 있는 백인 여자를 만났다면 어땠을까 생각해본다. 어쩌면 그는 나를 사랑해서가 아니라 도와주고 싶어서 결혼했을지도 모른다.

이혼하기 한 해 전 여름에 나는 건물 리모델링 사업을 하는 내 친구 남편과 그 시아버지에게 우리 집 뒤뜰을 조금 뒤로 파서 지하층을 지어 집을 늘리는 설계를 부탁했다. 견적을 받아보니 은행에서 융자를 받으면 내가 매월 일한 돈으로 충분히 값을 수 있는 금액이었다. 그러나 내가 리모델링을 간절히 원했던 반면에 존은 공사를 반대했다. 그때는 미국에서도 결혼한 여자가 융자를 받으려면 반드시 남편의 서명이 필요했던 시절이었는데 그가 끝까지 서명을 안 해주는 바람에 결국은 리모델링을 못 하고 말았다. 우리 집은 뒤뜰은 아주 넓었지만, 지하층도 없고 실내가 몹시 협소했다. 그래서 두 아이가 있는 네 식구가 살기에는 너무 비좁았다. 오죽하면 우리 집에 놀러 왔던 어느 한국 할머니가 한참 집을 둘러보고 난 뒤에 "미국에 와서 이렇게 작은 집은 처음 보네유."라고 하실 정도였다.

그해 겨울이었다. 미네소타주의 겨울 추위는 세계적으로도 아주 유명한데 엎친 데 덮친 격으로 집에 있던 빨래 건조기가 고장이 났다. 존에게 빨래 건조기가 너무 오래됐으니 새것으로 하나 사자고 했지만, 그는 트럭이 있는 내 친구의 남편에게 부탁해서 기계를 무료로 수리해주는 기술학교에 가져가 그 낡아빠진 물건을 고치자고 했다. 그 빨래 건조기는 우리가 이 집을 샀던 1975년에 세탁기와 스토브, 식기 세척기까지 포함해서 모두 100달러에 넣어줄 정도로 아주 오래되고 낡은 것이었다. 제2차 세계대전이 끝난 직후에 지어진 이 집은 30년 상환으로 2만 5,000달러를 주고 매입한 것이었는데, 이모엄마가 처음 보자마자 "누군지 밴댕이 소갈머리처럼 답답하고 속이 좁아터진 놈이 지었나 보다."라며 혀를 내두르실 정도였다. 그렇게 싼 집을 사는 데 서명하고서도 존은 일주일을 토하며 앓아누웠다. 그때 우리는 혹독한 추위에 코인 세탁소까지 빨래를 가져가 세탁하면서 겨우내 싸웠다. 아이가 둘인 데다 매일 옷을 갈아입히다시피 하니 늘 산더미같이 모인 빨래를 들고 오가야 했다. 내가 번 돈으로 산다는데도 반대를 하니 기가 막힐 노릇이었다. 지금 생각해보니 나도 참 답답한 여자다. 그냥 혼자 가서 사면 될 것을 왜 그랬을까? 그렇게 우리는 사사건건 부딪쳤다.

존이 여러 여자와 알고 지낸 건 사실이지만 내 성격상 그를 의심해본 적은 없다. 그래서 그게 이혼의 이유는 아니라고 생각한다. 그저 어느 날 존과 크게 다투고 결심했다. 차라리 이혼하는 게 서로 평화롭게 살 것 같다고. 날마다 싸움질만 하면서 사는 것보다 헤어지고 각자 더 나은 미래를 보면서 사는 편이 내 자식들의 행복을 위해서도 더 나은 길이라고 생각했다.

그 무렵 존은 지긋지긋한 공부를 끝내고 곧바로 주정부 감옥소에 카운슬러로 취직한 상태였다. 결혼한 지 딱 10년 만이었다. 그리고 우리는 이혼했다. 그런데 이혼하면서 존이 참으로 쾌씸하게 굴었다. 내가 밤에 일을 하니까 자기가 아이들 양육권을 가져가겠다고 법원에 신청한 것이다. 내가 누구 때문에 그 긴 세월 동안 밤에 일했는데! 나는 곧바로 직장을 그만두고 낮에 일하는 보험회사 타자수로 취직했다. 그러자 법원에서 양육권자로 내 손을 들어주었다.

지금도 무척 후회되는 한 가지는 이혼 소송할 때 변호사가 지난 10년 동안 남편 공부 뒷바라지를 했으니 남편의 은퇴 연금을 나눠 가질 수 있게 해주겠다고 제안했던 걸 거절했던 것이다. 그 변호사는 벌컥 화를 내면서 너무 바보 같다며 내 변호를 그만두겠다고 했다. 그렇게 변호사 없이 이혼수속을 끝냈다. 나는 그렇게 돈에 대해서는 조금 바보 같은 구석이 있는 것 같다. 그리고 가끔은 어리석을 정도로 남의 말을 잘 믿고 세상사에 순진한 면이 있어서 지금도 똑똑한 내 친구에게 '헛똑똑이'라는 말을 듣는다. 어찌 됐든 그때 나는 존이 나를 미국에 데려와 준 게 정말 고마워서 전혀 그런 생각을 못 했다. 그런데 요즘 생각해보니 내 두 아들을 위해서라도 그때 연금을 조금 나눌 걸 하는 아쉬움이 남는다. 지금 그의 연금은 대부분 새 부인의 자식들에게 돌아가는 것 같다. 그가 죽고 나면 그의 연금은 모두 새 부인이 받게 될 것이다.

나는 존과 이혼한 후 제일 먼저 은행에서 융자를 받아 조그만 집부터 수리했다. 지붕 두 군데 크게 새는 곳부터 시작해서 깨진 유리창과 현관문 유리도 모두 갈아 끼웠다. 특히 건강에 해로운 집안 곳곳의 시커먼 곰팡이들을 모두 벗겨내고 벽마다 페인트칠을 말끔하게 했다. 그리고 나니 작은 집이 아주 깔끔해졌다. 그렇게 깨끗해진 오막살이에서 나는 두 아들을 키워냈다. 그리고 2001년, 스물다섯 살이던 내 작은아들이 우리가 살던 그 집을 정말 내 마음이 시원하도록 새로 지어 올렸다. 당시에 두 아이의 아빠였던 내 아들은 우리가 물려준 그 집을 자기 가정의 행복한 보금자리로 만들었다. 작은아들은 먼저 우리가 살던 조그만 집을 옮긴 다음 그 터에 지하실을 파서 침실이 네 개에다 차 세 대가 들어갈 차고가 있는 큰 집을 지었다. 그렇게 1975년부터 1990년까지, 내가 15년 동안 밤마다 바텐더로 일해서 갚아나간 그 집은 내 작은아들의 집이 되었다. 그리고 지금도 작은아들은 그 집에서 아내와 내 손자 둘, 손녀딸과 함께 살고 있다. 오래전 아들들과 그 집에서 살 때 나는 꿈에서 어린 내 두 아들의 손을 꼭 잡고 그 집이 불에 훨훨 타는 걸 바라본 적이 있다. 그게 좋은 꿈이었나 보다. 그 집이 내 작은아들에게 오랫동안 행운의 집이기를 지금도 나는 주님께 간절히 기도드린다.

이혼을 하면서 나에게 가장 깊은 상처를 준 건 이곳의 한국 천주교였다. 물론 천주교라는 종교 자체가 이혼에 보수적이기도 하지만, 존이 신부가 되려고 공부했고 신부서품을 받을 뻔했던 사실이 다 알려져 있던 터라 성당에서는 나를 무턱대고 비난했다. 그리고 이혼 전에도 나를 보는 성당 사람들의 시선이나 국제결혼한 사람에 대한 편견 때문에 상처를 받곤 했다.

이혼하기 몇 해 전 한국 성당에서의 일이다. 어느 날 신부님이 국민학교 1학년이던 내 큰아들을 복사로 세우고 싶다고 하셨다. 그때 나는 성당에서 견진도 받았고 큰아이도 천주교 계열 국민학교에 입학한 데다 무엇보다 아이 아빠가 신부서품 받기 전까지 신학을 공부한 독실한 천주교 집안 사람이기에 신부님 말씀을 감사하게 받아들였다. 그런데 문제가 생겼다. 같이 복사를 서기로 한 한국 아이의 아빠가 신부님께 내 아들과는 복사를 시킬 수 없다고 불만을 제기한 것이다. 그 이유라는 게 내 과거가 의심스러워서라니 정말 어처구니가 없었다. 그야말로 내 가슴에 커다란 상처를 낸 사건이었다. 아버지 사상 때문에 가족을 몽땅 잃은 나에게 온 세상천지에 내 두 아들만큼 귀한 것은 없었다. 그래서 그날 이후로 우리 집 바로 옆에 있던 미국 천주교를 나가기 시작했다.

나는 나의 이혼에 대해 항상 마음이 아프다. 그런데 이혼 전 우리가 얼마나 싸워댔던지, 몇 년 전 내가 후회 비슷한 말을 하자 내 큰아들이 절대 이혼한 걸 후회하지 말라며 단호하게 말했다.

또 존의 현재 부인도 이혼하기 전부터 알던 여자라고 슬며시 알려주었다. 그렇게 큰아들 덕분에 이혼을 원했던 내 죄책감은 사라져버렸다. 나는 오랫동안 어린 시절의 아팠던 상처로 인해 내 두 아들에게 결손가정을 안겨주었다는 죄책감 속에서 살아왔다. 그래서 한국의 중매제도가 그리 나쁘다고 생각하지 않는다. 그리고 결혼 전 서로 비슷하고 좋은 가정에서 자란 사람인지 알아보는 것도 좋다고 생각한다. 그렇게 보면 나는 빵점짜리 신붓감이다. 내 아버지가 빵점짜리 아버지인 것처럼!

나는 이혼 후 낮에 보험회사에 다니면서 내 나이 서른다섯 살에 학교에 다니기로 결심했다. 그래서 우여곡절 끝에 미네소타주립대학의 한 센터를 찾아갔다. 그때 미네소타주립대학 29개 전문대 안에는 나처럼 자격이 미달인 사람들이 들어갈 수 있는 제너럴 칼리지(General College)라는 학교가 있었다. 그리고 그곳에 나같이 아이를 혼자 키우며 학교에 다니고 싶어 하는 여성을 돕는 센터가 있었다. 가서 보니 나에게는 마치 천국과도 같은 곳이었다. 그러나 나는 너무 실력이 없는 데다 학교에 다니기엔 나이가 너무 많다는 생각이 들어 겁도 나고 자신이 없었다. 그렇게 긴장된 마음으로 캐롤라인이라는 카운슬러를 만나 간신히 입을 열었다.

"제가 소개를 받아서 여기까지 오긴 했는데 아이도 둘이나 있고 곧 마흔이 될 거로 생각하니 자신이 없네요."

그러자 캐롤라인은 크게 웃으며 말했다.

"학교에 다니든 안 다니든 곧 마흔 살이 되겠죠. 그러니까 학교에 다니면서 마흔 살이 되세요."

"그럼 제가 2년제 대학을 다닐 수 있을까요?"

"내가 보기에 마리아는 4년제 대학을 졸업할 거 같은데요."

나는 그 말에 너무나 가슴이 뛰었고 기뻐서 어쩔 줄을 몰랐다. 그로부터 13년 후 1994년에 내가 미네소타주립대학 평의원으로 당선되었을 때 제너럴칼리지에 있는 이 센터는 축제 분위기였다고 한다. 그때 캐롤라인과 베브는 너무나 기뻐하면서 나를 끌어안으며 말했다.

"마리아, 4년제 대학도 졸업하더니 미네소타주립대학 보스까지 되었네요. 이제 우리 보스이기도 해요!"

베브는 처음 센터에 갔던 날 캐롤라인 옆에 있던 또 다른 카운슬러였다. 센터 책임자이기도 했던 그녀는 나에게 활짝 웃어 보이며 말했다.

"잘 왔어요, 마리아! 지금 보험회사에서 일한다고 했죠? 마침 저기 샤롤이 오네요. 샤롤과 인터뷰하고 마리아가 우리 사무실에서 파트타임으로 일하면서 학교에 다니면 좋겠네요."

그 모든 것이 정말 꿈을 꾸는 것만 같았다. 나는 그날 당장 샤롤과 인터뷰를 하고 미국 정부에 아이가 둘인 저소득층 학생을 위한 파이낸셜에이드(Financial Aid)를 신청했다. 그리고 학생들을 재정적으로 보조해주는 워크스터디프로그램(Work Study

Program)을 통해 헬프센터 사무실에서도 일하게 되었다. 나는 이 모든 일을 센터에서 가르쳐주는 대로 과목을 등록하면서 차근차근 진행했다. 정말 나에게는 천사 같은 사람들이고 꿈 같은 일이었다. 1970년 정인숙 사건 때문에 미국 유학이 수포로 돌아갔지만 11년 만에 소원이 이루어져 미국 미네소타주립대학에서 공부할 수 있게 된 것이다. 그러나 아이 둘을 키우고 일까지 하면서 다 늦은 나이에 공부를 한다는 건 쉽지 않았다. 그야말로 하루하루가 전쟁이었다.

나는 여름방학에도 쉬지 않고 공부했다. 그리고 매일 저녁 아이들 아빠 것까지 저녁밥을 지어서 우리 집에 와 아이들을 봐달라고 부탁하고 도서관으로 직행했다. 매주 거의 30시간씩 일하면서 공부하고 아이들 밥해주고 키우는 게 너무 힘이 들어 1년에 한 번씩은 꼭 크게 몸살을 앓았다. 무엇보다 실력이 너무 없다는 게 문제였다. 그래서 수학은 그야말로 산수부터 시작해 대수, 삼각법으로 배워나갔다. 미국이란 나라는 참 여러 얼굴을 가지고 있는 것 같다. 미국 역사를 피로 얼룩지게 한 혹독한 인종차별이 있는가 하면 소수민족에게 엄청난 도움을 주는 마틴루터킹센터(Martin Luther King, Jr. Center) 같은 곳도 있으니 말이다. 이곳에서는 아주 실력 있고 훌륭한 주립대학 교수가 아무것도 모르는 학생들을 위해 산수부터 풀어서 쉽게 가르쳐주었다. 결국 나는 미적분까지 공부하고 나중에는 센터에서 일대일로 수학을 가르쳐주는 튜터까지 했다. 또 사무직에서 한 계단 승진해서 피어카운슬러(Peer Counselor)가 되었다. 모두가 베브와 캐롤라인 그리고 샤롤 덕분이다.

센터의 카운슬러는 흑인, 아시아인, 인디언 그리고 히스패닉계로 구성되어 있어서 각각 사무실도 있었다. 피어카운슬러 일은 같은 대학생으로서 혼자 아이를 키우면서 공부하는 엄마 여대생을 상담하고 여러 가지 어려움을 함께하는 일이었다. 또 내가 하는 일 중에는 엄마 대학생들이 졸업한 뒤에 어떻게 사는지를 조사하는 것도 있었다. 졸업한 엄마 대학생은 생활 수준이나 소득이 높아지고 전반적으로 더 나은 삶을 살아갔다. 그러나 안타깝게도 많은 엄마 여대생들이 중간에 학교를 그만두고 어딘가로 사라졌다. 그 이유는 바로 애인 때문이었다. 육아 때문이라든가 똑똑하지 못해서가 아니라 마약을 하거나 술을 마시는 불량한 남자들이 딱 들러붙어 떠나질 않아서였던 것이다. 미국의 대학교는 끊임없이 공부에 매진해야 하고 소홀해지는 순간 뒤처져서 졸업이 어려워진다. 그래서 아이들을 챙기면서 오직 공부에만 전념하는 것이 중요했다. 나는 매주 금요일 점심에 여럿이 모여서 카운슬링 시간을 갖고 의견을 나눌 때마다 엄마 대학생들에게 구호를 외치며 다짐하게 했다.

"우리 모두는 수녀님을 닮아야 한다! 남자는 우리 현재 인생에는 없다! 졸업할 때까지 남자는 없다!"

지금도 가끔 그때 함께했던 엄마 대학생을 만나면 서로 웃으면서 그 시절을 떠올린다. 정말 힘든 시기였지만 그만큼 좋은 추억도 많다. 아이들이 방학할 때면 우리는 센터에 각 나라 음식을 가져와서 잔치를 벌였다. 그 기억은 우리 아이들에게 지금도 좋은 추억으로 남아 있다. 미국의 대학은 들어가기는 수월할지 몰라도 졸업하기는 정말 힘들었다. 그러다 보니 졸업을 못 하고 중간에 그만두는 학생들이 무척 많았다. 다행히도 내가 대학에 다니는 동안에 존이 아이들과 많이 놀아주었다. 내 예상대로 존은 이혼과 상관없이 내 두 아들에게 좋은 아빠가 되어주었다. 그리고 여자 친구가 있는데도 결혼을 미루다가 아이들이 열여덟 살이 된 후에야 재혼했다.

앞서 언급했지만 1970년 11월 추수감사절에 미국에 이민 온 이후로, 미국 역사에 등장하는 여러 훌륭한 여성 운동가와 민권운동의 선구자들은 내 삶에 큰 영향을 주었다. 그것은 동양에서 온 유색인종 여성인 나에게 큰 선물이기도 했다. 나는 항상 그들에게 감사드리며 내 주 하나님께도 감사와 영광을 드린다. 미국의 맨 처음 여성 운동 컨벤션은 1848년 뉴욕의 세네카 폴스(Seneca Falls)에서 열렸다. 그 후 미국 여성 운동가들이 죽음을 무릅쓰고 싸워서 1920년 8월 18일 미국 수정헌법 제19조 (Nineteenth Amendment 또는 Amendment XIX)로 여성선거 참정권을 따내는 성공적인 결실을 맺었다. 1848년부터 1920년까지 미국 여성운동가들은 흑인 인권과 여성 선거권에 대한 투쟁을 같이했다. 그러다 1865년, 5년간이나 이어지며 약 62만 미국인의 목숨을 앗아갔던 남북전쟁(Civil War)이 끝나자 그때까지 대다수가 노예였던 흑인에게 자유가 주어졌다. 이후 흑인(유색인종)의 권리에 관한 법률들이 제정되면서 1870년 수정헌법 15조에 의해 마침내 흑인(유색인종)의 참정권이 보장되었다. 이에 관해 남부의 여러 주들이 수정헌법(연방법)이었음에도 불구하고 흑인의 참정권을 보장했는데 한편으로는 각 주마다 법률을 제정해서 흑인의 정치적 영향력을 줄이기 위한 여러 장치를 만들기 시작했다. 흔히 쿠 클럭스 클랜(KKK) 등 테러를 일삼던 극단적 백인 우월주의 단체가 잘 알려져 있지만 실제로 가장 효과적이고 대표적이었던 장치는, 사람 머릿수에 맞춰 걷는 세금인 인두세(Poll Tax)와 읽고 쓰는 능력을 평가하는 'Literacy Test'였다. Literacy Test란 투표를 하려면 정치·사회에 관한 기본지식이 있어야 한다는 '타당한' 이유로 만들어진 자격시험이었는데 당시 배움이 없었던 대부분의 흑인은 당연히 이 시험을 통과할 수 없었다.

이처럼 Literacy Test와 인두세는 흑인의 참정권을 방해하기 위해 만든 제도임이 분명했지만 백인들 중에서도 이로 인해 투표권을 제한받는 이들이 생겼다. 그래서 오직 흑인의 투표권만을 제한할 목적으로 주정부들이 만들어낸 또 다른 제도가 조부조항 (Grandfather Clause)이다. 이는 1866년 이전에 투표권이 있던 사람의 후손(백인)에 한해 시험을 면제한다는 법이었다. 결국 조부조항은 1912년 위헌 판결로 중지되었다. 하지만 그 이후로도 미국 각 주정부들은 Literacy Test를 구두시험으로 바꿔서 백인에게는 쉽게, 흑인에게는 어렵게 문제를 내 흑인이 투표에 참여하지 못하도록 집요하게 제한했다. 그리고 텍사스 등 과거 멕시코 지역이었던 주에서는 스패니시들의 투표권을 제한하기 위한 방법으로 여전히 인두세와 Literacy Test를 사용했다. 그러다 흑인 인권운동의 전성기였던 1964년, 마침내 연방정부의 민권법에 의해 이를 금지하게 되었고 1965년 8월 6일 린든 존슨 대통령이 미국 역사상 가장 중요한 민권법 가운데 하나인 흑인(유색인종) 투표권법에 서명했다. 이로써 흑인의 투표율이 급격하게 증가하게 되었다.

1955년 12월 1일 앨라배마주 몽고메리시에서 일하던 40대 초반의 흑인 여성 로자 파크스(Rosa Parks)는 버스를 타고 가다가 비어 있던 앞자리에 앉았다. 그런데 곧이어 버스에 탄 백인 남자가 그녀에게 좌석을 비워줄 것을 요구했다. 당시 앞자리는 백인 전용이었던 것이다. 그러나 로자 파크스는 꼼짝 않고 앉아 있었다. 흑인 운전수가 다가와 자리를 양보해야 한다고 말하는데도 요지부동이었다. 결국 경찰이 출동했지만 그녀는 끝까지 움직이지 않았다. 로자 파크스는 곧 체포되었으며 14달러의 벌금형을 받았다. 그리고 이 사건은 민권운동의 시발점이 되었다. 당시에 26세였던 한 흑인 청년 목사가 그 소식을 듣고 '버스 승차 거부' 운동을 벌였던 것이다. 여기에 일부 백인들이 동참하면서 이 운동은 무려 381일 동안이나 계속되었다. 그 청년 목사가 바로 마틴 루터 킹이다. 1963년 8월 워싱턴 D.C.로 향한 그는 '자유의 행진'과 더불어 링컨 동상 앞에서 '내겐 꿈이 있습니다'라는 연설을 펼쳤고 이런 그의 노력에 힘입어 1964년 미국 의회에서 민권법(Civil Rights Act)을 제정하는 역사가 일어났다. 그리고 1965년 이 새로운 이민법은 유색인종의 국가별 할당제를 없애버렸다. 민권법이 있기 전까지 미국에서는 유럽 백인에게만 자유로운 이민이 허용되었고 한국인을 포함한 이종(유색인종) 민족들에게는 제한이 있어서 극소수만 이민이 가능했던 것이다. 그렇게 흑인들이 쟁취한 민권법 덕분에 국가별 할당제가 사라지고 이민 차별이 크게 완화되면서 한인들도 이민 개혁법의 혜택을 받게 되었다. 그러나 우리의 영웅 마틴 루터 킹 박사는 1968년 한 백인에게 암살당해 허망하게 세상을 떠났다. 훌륭한 민권운동가였던 그의 죽음은 미국 역사의 안타까운 비극으로 남게 되었다.

1970년부터 미국에서는 인종차별운동과 여권신장운동의 결과가 차츰 나타나기 시작했다. 그리고 1960년대부터 1980년대까지 제2의 여권운동의 파도가 일었다. 나는 그 물결을 타고 1981년 서른다섯이란 늦은 나이에 대학에 들어갔다. 그때 내 주위에는 나같이 혼자 돈 없이 아이를 키우면서 공부하는 여성을 보호해주고 학업을 이어갈 수 있게 도와주는 훌륭한 여성운동가들이 많았다. 그들은 피켓을 들고 거리에 나가지 않고도 대학 내에서 카운슬러나 교수로서 소수민족과 약한 여성을 위해 자기 삶을 기꺼이 바쳤다. 바로 캐롤라인과 베브처럼 말이다. 그들은 지금의 나를 있게 한 나의 영웅들이고 나의 천사들이다. 또한 그들은 나처럼 가난하게 아이를 키우는 여성들이 대학에 갈 수 있도록 끊임없이 기회를 주고, 졸업할 때까지 곁에서 경제적인 해결책과 공부할 수 있는 방법을 알려주고 길을 열어주었다. 그들은 나에게 매일 매일 한결같은 관심과 용기를 주었다. 만일 그들이 내 옆에 없었다면 나는 이 어려운 여정을 포기했을지도 모른다. 그리고 내 곁에는 항상 나의 또 다른 조력자인 두 아들, 특히 내 큰아들이 있었다. 지금도 두 사람 모두 내 곁에서 토목 엔지니어링 회사를 함께 경영하고 있다.

내 아들들을 생각하면 늘 미안한 마음이다. 안타깝게도 나는 내 두 아들에게 내가 어려서 받은 육체적·정신적 학대와 뼈저리게 혼자서 외로웠던 어린 시절의 아픔들을 배급 주듯이 조금씩 나눠주었다. 특히 착한 내 큰아들에게는 더 그랬다. 나는 그들에게 집착하면서 공부를 심하게 강요하고 아주 엄하게 대했다. 속으로 '너희들은 몰라. 내가 받은 고통에 비하면 이런 건 아무것도 아니야. 그리고 난 너희들의 친엄마야! 내 배 속에서부터 나와 탯줄로 연결된 내 새끼들이니까.'라고 생각하면서 말이다. 그래도 내 아들들은 잘 버텨주었다. 그 아이들 주위에 항상 아빠인 존을 비롯해서 할머니와 할아버지, 삼촌들과 사촌들이 있어 참 다행이었다. 나는 혼자서 외로운 시간을 보내더라도 명절이면 꼭 내 아들들을 할아버지 댁에 보냈다. 그러다 보니 평소에는 정신없이 바쁘고 주말이나 명절에는 항상 혼자였다. 돌아보면 외롭고 아픈 세월이었다. 나는 내 일생 동안 가슴에 멍이 들도록 외로웠다.

대학생활이 5년째로 접어들던 새해 어느 날, 항상 피곤한 엄마인 나에게 큰아들이 다가와 말했다.

"엄마, 우리 성당이 주말에 세인트 크라우드에 있는 기도원에서 기도회를 여는데 내가 엄마 이름을 등록했어요. 갈 수 있죠?"

"그랬구나. 그럼 한번 가볼까?"

"내일 아침 7시 성당 마당에 모여 버스를 타고 가니까 엄마도 거기서 기다리세요. 난 오늘 밤에 집에 못 들어와요. 친구들이랑 이번 기도회를 위해 철야 기도를 하기로 했거든요."

그때 내 큰아들은 천주교 계열 고등학교 2학년이었다. 나는 약속한 대로 이튿날 아침에 우리 집 바로 옆이던 세인트 오딜리아 성당에 모여 버스를 타고 1시간 반 거리에 있는 기도원에 갔다. 그곳에서 이틀 동안 성경 공부도 하며 은혜로운 시간을 보냈다. 그런데 신기하게도 누군가가 내 책상을 항상 깨끗이 정돈해주고 시간마다 내 큰아들이 보낸 편지를 놓아두는 것이었다. 나는 어떻게 편지가 오는 건지 궁금하면서도 너무나 고마웠고, 그곳에 머무는 동안 피곤함까지 싹 가시는 듯했다.

마지막 날 미사를 보고 공부를 마친 뒤 저녁식사 시간이 되었을 때였다. 안내를 받아 내 자리에 앉았더니 테이블 위에 글씨와 그림으로 정성껏 장식한 종이 매트가 놓여 있었다. 그건 내 큰아들이 쓴 빼곡한 편지글과, 아들 친구들의 서명이 담긴 천사의 그림이었다. 그렇게 벅찬 가슴으로 편지를 읽고 있을 때 갑자기 촛불을 든 사람들이 하나둘 걸어 나오기 시작했다. 나는 저마다 테이블로 향하는 사람들 사이에서 나에게 다가오는 큰아들의 모습을 보고 밀려오는 감동과 놀라움에 왈칵 눈물이 쏟아졌다. 내 큰아들은 이틀 동안 기도원에 머물며 날 위해 식사를 준비하고, 편지를 쓰고, 내 자리를 정돈하고, 또 계속 기도하면서 내가 눈치채지 못하게 날 지켜봤던 것이었다. 나를 펑펑 울게 만든 내 아들의 편지에는 이런 내용이 쓰여 있었다.

'엄마, 이 기도회는 내가 엄마에게 드리는 선물이에요! 하지만 엄마야말로 하나님께서 나에게 주신 진정한 선물이에요. 엄마, 정말로 사랑해요. 기도회에서 마지막까지 좋은 시간 보내시길 바라요. 신의 가호가 항상 엄마와 함께하시기를. 사랑합니다! 당신의 아들이.'

아마 그때 쏟아낸 눈물은 족히 몇 양동이는 되었을 것이다. 얼마나 큰 감동이었는지 지금도 그 순간을 생각하면 눈시울이 젖어온다. 그렇게 내 아들들의 도움과 내 끊임없는 투쟁의 결과로 나는 41세였던 1987년에 미네소타주립대학을 졸업하고 계속 꿈을 향해 나아갈 수 있었다.

졸업 후에는 대학 시절부터 가입해 활동했던 여성 전문가단체에서 이사 직책을 받아 더욱 열심히 일했다. 그 당시 함께했던 이사 중에는 미네소타주 여성 부주지사도 있었다. 나는 또 졸업한 그해에 미네소타 주지사가 임명하는 주정부 아시안 자문위원의 한국 대표로 발탁되어 5년을 활동했다. 그리고 같은 시기에 미국 연방하원의원을 지내던 친구 릭이 그 당시 퍼피치 주지사에게 미네소타주 무역협회 회장으로 임명받았는데 그의 도움으로 선거에 참여해 6년 동안 이사로 활동하기도 했다. 그 당시 한국무역협회에 남덕우 총리께서 회장으로 계실 때였다. 또한 나는 미네소타 주정부에서 중소기업들을 대상으로 입찰을 진행하는 기관의 자문의원으로도 임명되었다. 동시에 내 무역회사를 설립해서 대학교 때처럼 다시 시작하는 자세로 작은 불꽃같이 뛰어다니며 열심히 일했다. 그렇게 새롭게 여러 단체에 가입해서 활동하며 이 사직도 여러 번 맡다 보니 이곳의 많은 분들, 특히 여성들과 열심히 일하고 서로 공감대를 형성하면서 자연스럽게 네트워크가 형성되었다. 그렇게 그게 내 평생의 일이 되었다.

지난 시간을 돌아보면 5년 동안 아이들을 키우면서 일과 동시에 대학 공부를 했던 시절이 무척 힘들었지만 가장 활기차게 내 꿈을 펼치면서 살던 시기였던 것 같다. 영어도 서툴고 시험도 어렵고 논문도 써야 했지만 무거운 책 보따리를 등에 지고 종횡무진 넓은 대학 캠퍼스를 마구 뛰어 달리면서 일도 하고 공부도 하면서 희망찬 미래를 꿈꿨다. 나는 지금도 아이들 아빠에게 감사한 마음이다. 이혼했음에도 내가 공부할 수 있도록 두 아들을 같이 키웠고, 애들이 어릴 때부터 축구도 가르치고 코치도 해가면서 항상 같이 있어 주었다. 존은 좋은 아빠였고 지금도 변함없이 좋은 아빠이자 좋은 할아버지다. 그는 내 집에서 아주 가까운 곳에 살지만 서로 안 보고 산 지 수십 년이나 되었다.

대학 시절 나의 일과를 떠올리자면 먼저 새벽에 일어나 두 아들에게 밥을 먹인 다음 큰아이는 옆에 있는 천주교 계열 국민학교에 보내고 작은아이는 데이케어센터에 데려다주고 나서 급하게 캠퍼스를 향해 달려갔다. 학교에서 하루 종일 업무와 공부를 번갈아 하다가 오후 5시가 되기 전에 데이케어센터에 맡겨놓은 작은아이를 찾아 집에 돌아오면 큰아들은 벌써 집에 와서 공부하고 있다. 그리고 아이들이 노는 동안 부지런히 저녁을 지어서 아이들 아빠까지 불러 같이 먹고 난 뒤에 존한테 아이들을 맡겨두고 나는 대학교 도서관으로 향했다. 그렇게 늦게까지 공부하다가 밤 12시가 되어서야 집에 돌아오는 게 그 시절 나의 일과였다. 그리고 1년에 한 번씩은 꼭 몸살을 앓았다. 그렇게 바빴던 5년이 정신없이 지나고 나니 어느덧 졸업 날이 다가왔다. 대학 졸업식에는 내 아이들과 이모엄마, 여러 친지의 축하를 받고 함께 사진도 찍으며, 꿈을 이뤘다는 사실에 무척이나 기뻤다.

나는 아들들을 키우면서 서양식보다는 거의 매일 저녁 집에서 한국음식을 만들어 먹였고 식탁에 김치와 밥을 꼭 곁들였다. 그래서인지 내 아들들은 지금도 한국음식을 너무나 좋아한다. 게다가 큰아들은 한국요리 솜씨도 아주 일품이어서 불고기는 물론 육개장, 닭볶음탕, 떡볶이, 삼계탕 등 레퍼토리도 다양하고 김치도 아주 맛있게 담근다. 큰아들은 대학을 졸업하고 영어교사로 한국에서 1년을 지내고 온 뒤에 한국음식에 대한 이해가 더 깊어진 것 같다. 큰아들의 음식 솜씨는 친구들 사이에서도 소문이 자자하다. 그 아이가 태어날 때 나는 한국음식은커녕 미역국도 구경을 못했지만 큰아들은 친구들이 아기를 낳을 때마다 임산부들이 꼭 먹어야 한다면서 미역국을 끓여다준다. 그 아이는 친구가 많으니 음식을 만들 기회도 많은 것 같다.

음식이란 우리 삶에서 아주 중요하다. 서로 음식을 나눠 먹을 때 사랑도 나눌 수 있다고 생각한다. 아이들이 어렸을 때 우리는 아주 가난했고 나는 학교 공부하랴 직장 다니랴 아이들 키우랴 무척이나 바빴다. 그래도 밥은 하루도 빼놓지 않고 꼭 해주었다. 소리치거나 야단칠 때, 아무리 바쁠 때에도 저녁은 꼭 같이 먹었다. 나는 밥심이라는 것을 믿는다. 밥은 우리가 살아가는 데 꼭 필요한 몸과 마음의 에너지를 제공해준다. 나는 오늘 저녁, 지금 이 순간에도 한국식 혼밥을 먹는다. 거의 49년 동안 이곳에 살면서도 집에서는 꼭 한국음식을 먹는다.

내가 운영하는 토목 엔지니어링 회사에서 형과 함께 일하는 내 작은아들은 나하고 주로 텍스트로 대화를 나눈다. 그래도 엄마가 만든 김치나 음식을 가지러 오는 일은 절대 놓치지 않는다. 아들 집은 5분 거리에 있는데 내 손자들과 며느리도 내가 만든 한국음식을 아주 좋아한다. 그래서 너무나 기특하다. 내 큰아들은 우리 회사 직원으로 지난 9년 동안 이곳 교통부 본사에 파견되어 일해 왔다. 파견 근무지에서도 인정받은 내 큰아들의 한국음식 솜씨다. 교통부에서 성실한 내 큰아들을 스카우트하려고 일곱 번이나 좋은 제안을 했는데 내 아들이 어머니를 도와야 한다며 매번 뿌리쳤다고 한다. 그래서인지 교통부 사람들은 내 큰아들의 사람 됨됨이를 가장 좋게 평가해준다. 내 작은아들도 형을 본받아 요즈음 교통부에 있는 그의 보스에게 칭찬을 들어서 엄마를 기쁘게 해준다. 2년 전 내 칠순 생일에는 두 아들이 75명이나 되는 손님들을 모시고 파티도 해주었다. 그때 내 큰아들이 김치도 직접 담그고 닭볶음탕, 불고기, 떡볶이 등 다양한 한국음식을 만들어 손님들을 맛있게 대접했다. 불고기를 한꺼번에 굽지 않고 손님이 올 때마다 새로 구워주는 배려도 해가면서 고맙게도 두 아들이 파티를 재미있게 해주었다.

마흔한 살이던 1987년, 나는 미네소타주립대학 졸업장을 들고도 취직할 수 없다는 사실에 절망하지 않고 계속 살아갈 방법을 강구했다. 이런 일은 나뿐만이 아니라 이민자라면 누구나 겪을 수밖에 없는 애환이다. 물론 큰 도시에는 자영업으로 성공한 분들도 많지만 대부분 한국 교포들은 고학력자임에도 불구하고 한국 식료품점, 여행사, 세탁소 등 자영업을 선택하거나 노동협회에도 못 들고 여기저기 건설현장을 옮겨 다니며 페인트 작업을 하는 노동자로 살아간다. 그때 나 역시도 큰 회사에 취직할 수가 없어서 이곳 무역협회에 가서 자문을 구하고, 미네소타주에서 가장 활성화된 분야가 메디컬 공업이라는 사실을 알아냈다. 그렇게 우여곡절 끝에 3M사에서 당시에 대만 하청업체에서 들여오던 수액 세트를 공급받을 만한 제2의 제조업체를 찾는다는 정보를 입수했다. 그리고 이곳의 한국 유학생한테서 녹십자 의공에 대한 정보도 받았다. 나는 녹십자 의공에 곧바로 연락을 취한 다음 내 무역회사를 통해 1년 동안 무보수로 두 회사를 연결하면서 그들에게 필요한 일을 도맡아 하며 계약을 성사시키는 데 심혈을 기울였다.

그 일이 진행되는 동안 나는 저녁마다 식당 웨이트리스로 일하면서 내 자식들과 연명해나갔다. 생명을 다루는 메디컬 분야이다 보니 3M사에서는 엄청난 절차를 밟았다. 그때마다 나는 없는 돈에 같이 한국 녹십자를 방문하기도 하고 그들에게 필요한 일들을 처리해주었다. 그렇게 1년이 다 되었을 때 마침내 3M사가 수액 세트를 만들어 오는 계약을 하고 싶다면서 녹십자 의공에 보험을 요구했다. 하지만 당시에 한국에는 그런 보험이 존재하지 않았고, 있다 해도 너무 비쌌기 때문에 녹십자로서는 가격 경쟁력을 가질 수 없는 요구사항이었다. 한번은 3M사가 녹십자 의공의 법률상담자와 대화를 원했을 때 녹십자 의공에서 내 이름을 댔다고 하기에 어이가 없어 웃었던 기억이 난다. 각고의 노력 끝에 결국 3M사 쪽에서 값이 저렴한 이곳 미국 보험회사에 보험을 들고 그 비용을 계산해서 녹십자가 가격을 조정하는 것으로 1년 만에 간신히 계약이 성사되었다.

그때부터 내 회사는 녹십자에서 생산한 모든 물건의 품질과 보급 기일을 엄격히 관리하고 녹십자에 기술을 공급하는 등 3M

사와 또 다른 의공 회사, 녹십자 사이에서 중간 조정을 하며 20년 동안 일을 했다. 미네소타에 있는 나를 신뢰했던 3M사는 녹십자와 계약한 지 1년 뒤부터 대만 공급처와 거래를 완전히 중단하고 녹십자에서만 수액 세트 전량을 만들었다. 그밖에도 나는 녹십자를 세계에서 손꼽히는 다른 의공 회사와도 연결해주었는데 지금도 그 두 회사는 계속 중요한 물품을 만들어 거래하고 있다. 그렇게 나는 20년 동안 녹십자와 함께 의공 계통 회사를 운영했다.

내가 이곳에 정착했던 1970년대에 미네소타주는 거의 백인들 세상이었다. 지금은 베트남전 난민, 특히 라오스의 몽족이 14만 명이나 살고 있고 소말리아 난민도 거의 10만 명이나 정착해 살고 있어 처음 내가 이곳에 왔을 때보다는 인구 비례가 많이 나아졌다. 그래도 우리는 여전히 훨씬 많은 백인들 가운데서 서로 화합하며 살아야 하고 알게 모르게 인종차별을 겪어야 한다.

대학을 졸업하고 녹십자와 한창 일하던 때였을 것이다. 한번은 집에서 송년회를 하려고 음식을 장만하다가 허름한 차림으로 급하게 집 근처 대형 식료품점에 달려갔다. 연말이라 문을 일찍 닫는 바람에 폐점이 다가오자 모두 물건을 들고 줄을 서서 기다리고 있었다. 그때 넥타이를 맨 정장 차림의 젊은 백인남자가 나를 밀치며 비키라고 크게 소리쳤다. 그래서 나도 "보시다시피 비킬 자리가 없네요."라고 대꾸했더니 그가 곧바로 내 말을 받아치며 한다는 말이, "그래? 비킬 줄 모르는 너 같은 애는 중국에 있는 네 집에나 돌아가!"라는 것이었다. 나는 너무 화가 나서 그 남자를 뒤따라가 앞을 가로막고 말했다.

"이봐요! 당장 국민학교로 돌아가 지리공부를 다시 시작하지 그래요? 나처럼 생긴 사람이 다 중국 사람은 아니니까! 그래요, 우리 모두 돌아갑시다! 그런데 당신은 나보다 할 일이 더 많네요! 집에 가서 빨리 조상들 묘부터 파서 해골이랑 뼈랑 다 가지고 돌아가요! 어딘가, 당신 갈 데가? 독일인가? 스위스인가?"

재미있는 것은 그때 주위에 있던 사람들, 특히 여자들이 오히려 나를 격려해주었다는 사실이다. 몇 년 후 미네소타주립대학 평의원이 되어 단과기술대학에서 졸업 연설을 맡게 되었을 때 연설문 작성을 도와준 사람이 이 일을 연설의 주제로 하자고 제안했다. 사실 떨리는 마음으로 연설을 시작했는데 의외로 많은 사람이 그 내용에 호응해주었다. 나는 이런 미네소타가 좋고 이곳 사람들을 사랑한다. 그렇게 고슴도치처럼 억센 경주 김 씨 여자 기질로 당당하게 나는 이 백인사회에서 살아왔다.

지금 이 글을 쓰면서 CNN을 듣고 있다. 처음 미국에 왔을 때 TV를 틀면 말이 어찌나 빠르고 모르는 단어도 많은지 10% 정도밖에 귀에 들어오지 않았다. 이제는 100% 귀에 들어온다. 지금에 이르기까지 나는 매우 오랜 시간 노력을 기울였다. 지금도 마찬가지다. 우선 매일 아침 미네소타주 지방 소식부터 세계의 경제,

정치, 사회 이슈를 모두 다 다루는 공영 방송 라디오를 들으며 하루를 시작한다. 운전하면서도 계속 라디오를 듣고 혼자서 원숭이처럼 그 말을 크게 흉내 내거나 모르는 단어가 있으면 꼭 사전을 찾아본다. TV도 마찬가지로 시사 프로그램을 많이 보았다. 또 각종 시사, 경제, 정치를 다루는 잡지와 신문, 책을 닥치는 대로 읽다 보니 매일같이 더 많은 것을 알게 되고 얻는 것 같다. 영화도 즐겨 보고 BBC 등 좋은 프로그램을 시청하면 재밌는 데다 유익하기까지 하다. 나는 지금도 습관이 되어 공영 라디오 방송을 매일 듣고 연설해야 할 때는 꼭 일일이 모든 단어를 스마트폰으로 확인하고 음성을 따라 발음해본다.

무엇보다 지금 내 삶에서 제일 중요한 활력소는 주님께 기도하면서 열심히 신앙생활을 하는 것이다. 항상 조그만 일에도 감사하는 마음을 가지면 모든 일에 힘이 되는 것 같다. 지금 간절히 바라고 기도하는 것은 이 책을 끝낼 때쯤이면 아주 오래전, 1956년에 돌아가신 내 아버지를 용서하고 사랑하게 되는 것이다. "아버지, 사랑합니다! 이제 편안히 쉬세요!"라고 인사를 드리고 싶다. 그리고 나에게 목숨보다 더 귀한 자유를 주셨으며 비록 가족은 잃었지만 나 혼자만이라도 이 자유민주주의의 세계에서 귀한 공기를 마시고 살면서 이 책을 쓸 수 있게 해주신 주님께 무한한 감사를 드린다.

6

작별: 이름 모를 거리에서

● 1990년 봄, 세계 곳곳에 흩어져 살고 있던 나 같은 이산가족들에게 깜짝 놀랄 만한 소식이 전해졌다. 북한 정부가 북에 가족을 둔 사람들을 초청해 15일 동안 방문을 허락한 것이다. 내 나이 네 살에 외할머니와 같이 집을 떠났던 것도 6·25전쟁 직전인 1950년 봄이었다. 온통 대지가 푸르고 꽃이 만발하던 싱그러운 그때 나는 외할머니 손을 잡고 대문을 나와서 깡충깡충 뛰어 계단을 내려왔을 것이다. 그렇게 헤어진 지 40년 만에 가족을 다시 만날 기회가 왔다. 그리고 그 기회는 아주 우연히 찾아왔다.

1989년, 일 때문에 한국에 가야 해서 비행기 표를 사러 내가 사는 미네소타주의 한 여행사 사무실에 갔을 때였다. 그곳의 사장님과 커피를 마시며 이런저런 대화를 나누다 보니 이야기가 1950년 6·25전쟁 때 헤어진 나의 슬픈 가족사까지 이어졌다.

그 당시 나는 5년간의 대학 생활을 마치고 회사를 창업해서 직접 운영하고 있었다. 처음에는 유명한 증권회사에 들어가 증권을 팔았는데 조그만 동양여자로서 백인사회에서 증권 팔기가 어찌나 힘이 들던지 그만둬버렸다. 그 뒤로 3M사 같은 대기업에 들어가려고 애를 쓰다가 결국 의료기기를 취급하는 무역회사를 내 손으로 직접 만들게 되었다. 그리고 1988년부터 한국 녹십자에서 수액 세트를 만들어 미국 3M사에 납품하는 일과 제일제당 기술 이전에 관련된 일, 중외제약과 같이 경희대학교 치과대학에 치과기기를 납품하는 일을 하며 20년 동안 무역회사를 운영했다. 그때 맺은 한국 녹십자와의 인연도 20년이나 계속되었다. 그렇게 그때는 미국의 세계적인 의공 회사에 OEM 방식으로 물건을 생산해 공급하고 한국에 좋은 기술을 이전해주느라 한국에 자주 오가던 시기였다.

내가 자주 가던 여행사의 사장님은 참 따뜻하고 좋은 분이셨는데 오래전에 돌아가셨다. 그분은 이북에서 남하하신 분이라 구수한 이북 사투리를 쓰셨다. 비행기 표를 사러 사무실에 들를 때면 커피도 한 잔 내주시고 세상 얘기도 들려주셔서 잠깐 동안 시간을 보내곤 했다. 특히 그분은 내가 이혼하고 늦은 나이에 혼자 어린 아들 둘을 키우면서 이곳 주립대학에 입학해서 직장까지 다니며 5년 만에 미네소타주립대학을 졸업했다고 나를 아주 자랑스럽게 생각해주셨다. 또 내 가족 이야기를 들으시고 깜짝 놀라며 말씀하셨다.

"마리아가 그런 사연이 있는지를 몰랐구나! 그러면 그때 상황하고 아버지, 어머니 이름, 오빠, 동생 이름을 알려주라! 내가 이북에 연락해 알아볼게."

나 역시 그분 말씀을 듣고 깜짝 놀랐다. 그리고 당시 미국에 살고 계셨던 이모엄마에게 바로 전화를 걸어 그 자리에서 답을 알려드렸다. 그런 후 두 달 만에 그분에게서 전화가 왔다.

"지금 내가 무슨 말 할 거인데 서 있지 말고 좀 앉아 있으라우."

나는 나도 모르게 시키는 대로 자리에 앉았다.

"평양에서 방금 소식이 왔는데 마리아 가족 찾았어."

"정말이에요?"

"그럼 정말이고말고! 다른 말도 할 게 있으니 빨리 내 사무실로 오라우."

나는 깜짝 놀라서 바로 여행사로 달려갔다.

"어떻게 그렇게 빨리 알아내셨어요?"

"내가 평양에 좀 높은 사람을 알고 있어. 그리고 이북에서 사람 찾는 건 쉽지. 모두 다 기록되어 있으니까."

나는 기쁜 줄도 모르고 그저 얼떨떨해서 멍하니 앉아 있었다.

"올봄에 평양에서 큰 행사가 있는데 마리아도 그때 가족 만나러 가지 않겠어?"

"무슨 행사인데요? 제가 그렇게 마구 이북에 갈 수 있어요?"

"그럼! 마리아 같은 이산가족이 전 세계에서 모이는 행사인걸. 한국에서는 가야금 치는 황병기 교수, 사물놀이 하는 김덕수 씨, 유명한 국악인들도 많이 초청했고 윤이상 교수도 참석할 거야."

나는 그저 내 가족을 만날 수 있다는 사실에 벌써부터 가슴이 뛰었다. 그러나 미국의 적국인 북한을 방문하려면 당시에 주지사께 발탁되어 활동하고 있던 자문위원회 사무실에 먼저 알려야겠다는 생각이 들었다. 나는 밤새 고민하다가 다음 날 여행사에 전화를 걸었다.

"선생님, 저도 평양에 갈게요."

나는 그분께 감사 인사를 드리면서 어서 가족을 만나러 북한에 가고 싶다고 말했지만 사실 내가 북한에 가기로 결심한 제일 큰 목적은 아버지를 만나 담판을 짓기 위해서였다. 미움과 원망이 가득 찬 이 응어리진 가슴을 확 풀어버릴 때까지 아버지와 대판 싸우고 싶었다. 그리고 아버지에게 이렇게 외치고 싶었다.

"아버지한테 중요한 건 그 잘못된 사상이 아니라 가정을 지킬 의무를 다하는 거였어요. 난 아버지 때문에, 아버지 대신 빨갱이 딸로 한 많은 삶을 살았어요. 아버지를 용서할 수가 없어요!"

나는 그렇게 소리 지르며 아버지의 가슴팍을 마구 쥐어뜯고 싶었다. 이모엄마에게 이 모든 이야기를 해드렸더니 "그래 잘한 일이다. 어서 가서 네 가족과 네 아버지를 보고 오렴." 하고 기쁨의 눈물을 흘리셨다.

1990년 봄, 서울에서 녹십자 일이 끝나자마자 곧바로 중국 비행기를 타고 북경 공항에 도착해서 북한으로 들어갈 일행들을 만났다. 그중에는 내가 사는 미네소타에서 온 낯익은 얼굴도 있었다. 모두 미국 각주에서 북경으로 모인 사람들이었는데 내 또래로 보이는 몇몇을 빼고는 연로하신 분들이 대부분이었다. 우리는 먼저 인솔자를 따라 북경의 어느 조선족 가정집에 가서 한국음식을 먹고, 밤에 숙소로 이동해 잠을 청했다.

다음 날 아침, 우리는 인솔자가 알려준 일정에 따라 다시 북경 공항에 모여서 북한 비행기에 올랐다. 우리가 탄 소련제 비행기는 깜짝 놀랄 만큼 너무나 열악했다. 북한 승무원이 아침으로 삶은 달걀을 나눠주고 나니 비행기가 곧 북한 상공에 돌입했다. 모두가 하늘 아래를 내려다보면서 아무 말이 없었다. 기내에는 무거운 침묵만이 가득하고 가슴이 답답했다. 그래도 생각보다 빨리 비행기가 순안 공항에 도착했다.

꼭 시골역 같은 인상을 풍기는 공항이었다. 비행기에서 내리니 여러 사람이 우리를 기다리고 있었고, 검역대를 지나고 제복 입은 사람들이 우리의 미국 여권을 압수해 갈 때는 약간 겁이 났다. 버스를 타고 평양시로 들어가는 길에 뒤쪽에 앉아계시던 나이가 지긋하신 분들이 슬픈 목소리로 말씀하셨다.

"어떻게 이렇게 모든 게 변했어? 아무것도 알아볼 수가 없네."

"아마 전쟁 때 폭격으로 다 파괴돼서 그럴 거야."

그분들은 서글픈 표정으로 창밖을 바라보았다. 버스는 평양 시내 곳곳에 서 있던 많은 동상들을 지나쳐 한참을 달리더니 우리를 고려호텔에 내려주었다. 나는 고려호텔의 샹들리에가 저만치 웅장하게 서 있는 것을 보면서도 '도대체 우리 가족은 언제 볼 수 있지?' 하고 생각했다.

북한 정부는 우리에게 융숭한 대접을 해주었다. 고려호텔에서는 수많은 맛있는 음식을 맛보았고 한복을 입은 아름다운 여인들이 언제나 닿을 듯 말 듯 한 거리에서 우리를 지켜보고 있었다. 우리는 북한 정부가 준비한 대로 금강산을 구경했고 그 유명한 북한의 매스게임도 관람했으며 김일성 대학을 견학하고 평양에서 이름난 옥류관 냉면도 먹었다.

하루는 북한 정부가 시키는 대로 머리에 띠를 두르고 평양 시가지를 걷고 있는데 어디선가 셀 수 없이 많은 사람이 몰려왔다. 그들은 조국 통일을 부르짖으며 불쌍한 남조선 사람들을 구하자고 우리 손을 잡고 미친 듯이 외쳐댔다. 그때 느꼈던 불편한 감정이 아직도 기억에 남는다. 마침내 작곡가 윤이상 씨와 남한의 황병기 씨가 백두산과 한라산에서 가지고 온 물을 떠놓고 프로그램이 시작되었다. 모든 것이 화려했고, 유명 국악인들의 공연과 황병기 씨의 가야금 연주, 김덕수 씨의 사물놀이가 절정을 이루었다. 하지만 내 머릿속은 '언제쯤이면 내 가족을 볼 수 있나?', '내 아버지는 언제 만나나?' 하는 생각으로 가득 차 있었다.

마침내 그날이 왔다. 북한에서 열한 밤을 자고 나니 오직 사흘만 내 가족을 볼 수 있다고 했다. 나는 가족에게 주려고 미국에서부터 꾸려온 커다란 짐을 가지고 평양역을 향해 안내원을 따라나섰다. 내 안내원은 김일성 대학을 졸업한 엘리트였는데 나에게 아주 상냥하게 대해주었다. 그는 내 가족이 어느 시골에 산다고 알려주면서 나를 데리고 기차에 올랐다. 이북에 발을 들인 순간부터 이곳의 모든 사람이 그랬듯이 그 역시 나를 김 동무라고 불렀다. 우리는 기차에서 자리를 잡고 많은 대화를 나눴다. 그런데 그가 내게 참 안타깝다고 하면서 "김 동무는 우리 북한에 살았으면 아마 나처럼 김일성 대학을 나왔을 것입니다. 우리 위대한 김일성 동지를 만나게 해주겠습니다. 꼭 만나보시겠습니까?" 하고 자꾸 부추기는 것이었다. 나는 "아닙니다, 아닙니다. 저는 그분을 만날 자격이 없는 사람입니다." 하고 극구 사양했다. 그러면서 속으로 '왜 이 사람이 자꾸 김일성을 만나게 해준다고 하지? 내가 미네소타 주지사 자문의원이라서 그런가?' 하고 생각했다. 그러나 내가 김일성을 만나지 않겠다고 해서인지 다행히도 나중에는 다른 안내원으로 바뀌었다.

드디어 기차가 시골역에 도착했다. 기차에서 내리니 저만치에서 갈색 광목으로 만든 아주 낡고 빛바랜 한복을 입은 노인네가 나를 지켜보고 있었다. 그 옆에 있는 사람은 내 오빠 같았다. 그러나 그들도 나도 발을 떼지 못하고 서로 바라보기만 할 뿐이었다. 내 어머니를 자랑스럽게 여기는 이모엄마는 늘 나에게 이렇게 말씀하셨다.

"네 엄마는 키가 훌쩍 컸어. 금테 안경을 끼고 전문학교 학생복인 하얀 저고리에 검정치마를 입고서 방학이면 우리 동네에 왔지. 그 모습이 달덩이처럼 환했어. 그리고 교회에서 학생들을 가르치면서 노래를 부르거나 풍금을 치면 그 시원스럽고 훤칠한 모습에 모두가 감탄했단다."

내가 보기에도 내가 가진 사진 속의 어머니 모습은 이모엄마의 말씀과 꼭 같아 보였다. 그런데 먼발치에서 보는 너무나 깡마르고 머리가 허연 조그만 노인네인 내 어머니에게는 이모엄마에게서 들었던 키가 훤칠한 달덩이 같은 모습은 전혀 찾아볼 수 없었다. 나는 긴가민가하면서 이 초라한 노인네를 바라보았다. 마침내 여러 당원들이 나타나 나를 내 어머니께 데리고 갔다. 어머니는 가까이서 내 눈을 바라보시더니 그제야 복받치듯 울음을 터뜨리셨다. 옆에 있던 오빠도 함께. 그리고 시간이 지난 뒤에 아련한 눈빛으로 말씀하셨다. 내 눈이 아버지를 꼭 빼닮았다고. 시골

당원들은 우리를 어디론가 데리고 갔다. 그곳에는 나의 모든 가족이 기다리고 있었고, 내가 알지 못했던 막내 남동생도 있었다. 그러나 나는 그 누구보다 먼저 내가 만나야 할 사람, 내 아버지를 찾느라 방 안을 두리번거렸다. 그러자 어머니께서 가만히 말씀하셨다.

"네 아버지는 이 세상 사람이 아니야. 세상에 없어…"

"왜? 언제요?"

"아주 오래전이야. 네 막냇동생이 내 배 속에 있을 때였지."

나는 순간 맥이 탁 풀렸다. 그리고 가족들을 끌어안고서 한참을 울었다…

우리 가족은 어머니, 오빠 가족 네 명, 내 동생들 가족이 각각 네 명씩 모두 열세 명이었다. 내 가족들은 모두 함께 한집에서 살았다. 내가 온다는 걸 알고 당에서 이 집으로 옮겨주었다고 어머니가 살짝 말씀해주셨다. 그 집의 구조는 열악했다. 나는 조그만 방에 놓인 딱딱한 침대에서 혼자 자고 우리 식구 열세 명은 바닥에 누워 한방에서 모두 같이 잤다. 그리고 방에 짐과 아이들을 남겨둔 채 우리 식구들은 당원들과 함께 여러 사람을 만나 밥도 먹고 술도 마셨다. 우리 곁에는 북한 정부가 지정한, 위대한 김일성 배지를 단 안내원이 매 순간 따라다녔다. 그 사흘 동안에도 가족끼리만 오롯이 시간을 보내기는 무척 어려웠다. 한밤중이나 틈틈이 단둘이 있게 될 때마다 어머니는 아버지의 죽음과 당신의 지하 기독교인으로서의 삶에 대해 아주 조심스럽게 이야기해주셨다. 어머니는 그 사흘 동안 잠도 못 주무셨다. 한밤중에도 계속 왔다 갔다 하시면서 끊임없이 나를 들여다보시던 그 모습이 지금도 눈에 선하다.

가족들은 먼저 내 소식을 듣던 순간에 각자 무엇을 하고 있었는지에 대해 신이 나서 말하기 시작했다. 마치 미국에서 케네디 대통령이 암살되던 순간에 자기는 무엇을 했는지 이야기하듯이. 그날 밤에는 우리 식구끼리 둥그렇게 둘러앉아 수건돌리기도 했다. 속으로 어쩌면 이런 놀이까지 남북이 똑같을까 생각하면서 어려서 수건돌리기를 하던 게 떠올라 가슴이 뭉클했다. 술래가 되면 여럿이 둥글게 모여 앉은 원둘레를 빙빙 돌다가 한 사람의 등 뒤에 손수건을 떨어뜨려야 한다. 그걸 받은 사람이 재빨리 손수건을 집어서 술래를 따라가 잡아야 하는데 그 전에 술래에게 자리를 빼앗겨버리면 그 사람이 다시 술래가 되는 것이다. 그날 우리는 벌칙으로 노래도 불렀다.

그런데 이상하게도 우리 식구 모두, 심지어 다섯 살인 귀여운 조카아이까지도 아는 노래가 김일성 찬양뿐이었다. 이북에는 그 외에 다른 노래는 존재하지 않는 것 같았다. 오직 어머니만이 아버지가 당신에게 바친 사랑의 시 '진달래'를 낭송하셨다. 어머니는 눈시울을 적시면서 조용히 시를 읊으시고 말씀하셨다.

"진달래꽃이 바로 나란다. 내가 진달래꽃처럼 예쁘다면서 이

시를 나를 위해 쓰셨는데…"

그리고 잠시 생각에 잠기시더니 다시 말씀을 이어가셨다.

"서른다섯에 과부가 됐으니 재혼하라는 말도 많이 들었지. 하지만 아무도 모를 거다, 네 아버지와 나를. 내가 어떻게 다른 사람과 재혼을 하겠니?"

나는 그 말에 어머니를 꼭 끌어안았다. 어머니는 수건돌리기를 하다가 내가 부른 '고드름', '고향의 봄' 같은 동요를 들으시고는 당신이 오래전 나에게 가르쳐줬던 노래라고 하시며 감동에 사무쳐 우셨다. 그리고 밤에 우리 둘이 남게 되자 "네가 예쁘게 서서 두 손을 꼭 잡고 노래를 부르면 네 아버지가 얼마나 좋아하셨는지 모른다."라고 내 귀에 속삭여주셨다. 그러나 집안 식구들 앞에서는 아버지 이야기를 일절 꺼내지 않으셨다.

다음 날 아침, 다 같이 식사를 하려고 아침상 앞에 앉았을 때였다. 내 조그만 상에는 잡곡밥과 반찬 몇 가지가 놓였는데 가족들의 상을 보니 그저 밥만 덩그러니 있었다. 어머니는 내 곁에 오시더니 아주 귀한 보물인 양 당신 치마폭에서 사과 한 알을 꺼내 주셨다. 나는 결국 내 반찬과 그 사과까지 전부 다시 식구들 상 위에 가져다 놓았다. 목이 메서 도저히 밥을 먹을 수 없던 식사 시간이 지나고 나니 어른들은 모두 일을 하러 갈 채비를 했다. 마침내 어머니와 나, 조카들만 남겨지자 어머니는 어린 조카들을 내 보내고 방문을 잠그셨다.

"쟤네들도 믿으면 안 되지! 저렇게 어린 것들도 고발하니까."

그리고 방 한구석에 있는 궤짝에서 낡은 공책 하나를 꺼내오셨다.

"애야, 너는 왜 여기 올 때 성경책을 가지고 오지 않았니? 지금 네가 보는 이 공책은 우리의 성경책이다. 서울서부터 친했던 내 친구들하고 셋이서 우리가 기억하는 구절만 모아 적은 거야. 모두 네가 성경책을 가지고 올 거라고 기대했는데!"

나는 성경말씀이 깨알같이 적혀 있는 그 형편없는 공책을 들여다보며 놀라서 아무 말도 할 수가 없었다. 어머니는 섭섭한 표정으로 잠시 아쉬운 여운을 남기시더니 함께 기도하자고 하셨다. 어머니의 기도 소리에 내 눈에서는 저절로 눈물이 쏟아져 내렸다. 어머니는 끊임없이 감사 기도를 드리고 죽기 전에 나를 만날 수 있게 된 걸 기뻐하며 말씀하셨다.

"널 뒤에 남기고 오면서 모두가 얼마나 걱정을 했는지. 네가 죽었거나 몸 파는 여자가 됐을지도 모른다고 온갖 나쁜 생각을 다 했는데… 이렇게 널 보다니 꿈인가 싶구나."

어머니는 쓸쓸히 웃으시며 이런 말씀도 하셨다.

"내 간절한 소원은 죽기 전에 풍금이나 피아노를 치면서 찬송가를 소리 높여 부르는 거야. 하지만 그건 그저 꿈이지! 하늘나라에 가서 해야지. 미국에 돌아가거든 꼭 교회를 다녀라. 특히 감리

교회를 다녀야 해. 내가 감리교 전도사이기도 했고, 네 친할머니는 서울서 돌아가실 때까지 감리교 권사를 지내신 아주 독실한 신도셨다. 네 할머니 집 앞에는 거지들이 그냥 지나가질 못했어. 그 사람들을 꼭 밥을 먹여 보내셨지."

내가 이모엄마에게 들은 이야기를 하면서 우리 식구들이 천주교로 개종한 것이 아니냐고 물었더니, 당시에 수녀님들이 우리를 숨겨준 데다 두 분이 감옥에 계실 때도 우리 가족을 많이 도와주셔서 잠시 개종했지만 우리의 뿌리는 감리교라고 하셨다. 그리고 심각한 표정으로 말씀하셨다.

"네 오빠와 동생들은 내가 네 아버지 얘기를 하면 아주 질색이지… 예수님 얘기를 하면 더 큰 일이고… 모두 죽을 수도 있어…"

나는 그제야 내 아버지 이야기를 제대로 들을 수 있었다.

어머니와 이야기를 나눌수록 너무나 기가 막혔고 우리 가족을 이 지경을 만들어 놓은 장본인인 내 아버지가 더욱 미웠다. 어머니는 나를 데리고 서둘러 어느 길거리로 가셨다. 그러더니 그곳에 서서 아버지를 부르며 이야기하셨다.

"여보, 당신 딸이 여기 왔어요. 당신이 죽을 때까지 그렇게 보고 싶어 하던 당신 딸이요… 당신은 날 용서하지 않았잖아요. 얘를 부여 언니한테 보냈다고 그렇게 호통을 치시더니… 여보…"

어머니는 여러 번 주위를 둘러보시더니 조용히 말씀하셨다.

"여기가 네 아버지가 묻히신 곳이야. 여럿이서 총을 맞고 거적때기에 말려 한꺼번에 묻히셨지."

나는 할 말을 잃었다. 그리고 평양 거리에 서 있던 수많은 동상들이 떠올랐다. 어째서 그들은 그렇게 추앙받고 내 아버지는 사람들이 마구 밟고 다니는 길거리에 묻혀야 했을까.

아버지는 1956년 머리에 총을 맞고 돌아가셨다. 김일성에게 총살당한 것이다, 남로당 박헌영처럼. 그렇게 나는 도둑고양이처럼 어머니를 따라 이름 모를 거리에 서서 죄인같이 눈물을 훔치는 어머니와 함께 내 아버지의 흔적을 더듬고 있었다.

그때 시신 더미를 뒤져서 주검이라도 찾아올 수 없을 만큼 내 아버지는 조선인민공화국 김일성에게 큰 죄를 지은 것인가. 빌어먹을! 그래서 그 길거리에 다른 시신들과 같이 아무렇게나 묻혀야 했던가.

나는 갑자기 미칠 것만 같았다. 그 어딘가에 누워 있을 내 아버지에게 바락바락 소리치고 욕하고 싶었고 그걸 참느라 머리부터 발끝까지 식은땀이 흘렀다. 당장이라도 뒤돌아서 북한을 떠나고 싶었다.

내가 시골에서 가족과 보낸 시간은 단 사흘뿐이었다. 떠나기 전 나는 입고 있던 옷과 신발을 빼고는 가지고 있던 전부를 내 가족에게 내주고 작별인사를 했다. 언젠가 다시 만날 날을 기약하면서…

북한에서의 마지막 날은 평양에서 보냈다. 예상대로 북한 정부는 우리에게 성대한 송별회를 열어주었다. 그날 리셉션에는 통일된 대한민국 지도 위에 각 지방의 특산품들을 소개하면서 그 음식들을 가져다 먹도록 준비되어 있었다. 우리는 각자 자기 식구들을 만나고 온 후라서인지 모두 풀이 죽어 있었다. 시카고에서 온 나보다 나이가 조금 많던 한 분은 그날 밤 인사불성으로 취해서 말없이 속으로 우는 것 같았다. 그다음 날 북경에서 만났을 때 그분은 "김일성, 이 개자식아!" 하고 소리치고 싶은 충동을 억누르느라 계속 까무러치게 술만 마셨다고 했다.

드디어 15일 동안의 북한 여행을 모두 마치고 다 같이 순안 공항에 도착했다. 이제 미국여권을 돌려받으려고 모두가 앉아서 기다리는 중이었다. 그런데 내 차례가 되자 갑자기 여권을 나눠주던 사람이 내 여권은 줄 수 없다는 것이었다! 나는 너무 당황스럽고 떨려서 "뭐라고요?" 하고 소리쳤다.

"김 동무는 여기서 살아야 되겠시다."

"아니, 왜요?"

"김 동무를 안내해주던 최 동무가 김 동무에게 사랑에 빠졌으

275

니 결혼해서 여기 눌러 앉아야겠시다."

　내가 사색이 되어 아이들과 노모 때문에 돌아가야 한다고 사정했더니 그제야 그가 농담이라면서 내 미국여권을 손에 쥐여 주었다. 정말 사지가 부들부들 떨리도록 지독한 농담이었다. 우리는 미국비자를 받아들고 처음에 타고 왔던 비행기로 북경에 도착했다. 북경에서 만리장성을 관광했는데 나는 사진을 한 장도 찍을 수 없었다. 카메라까지 모두 가족들에게 주고 나왔기 때문이다.

✿

　나의 아버지는 그렇게 어처구니없이 자기 자신과 우리 식구 모두를 구렁텅이로 몰아넣었다. 그리고 결국은 서른여섯 살이라는 젊은 나이에 김일성에게 총살당하고 말았다. 모두 아버지의 기가 막힌 오산 때문에 벌어진 일이다. 내 어머니는 신여성으로 고등교육을 받은 선생님이었는데 남편을 잘못 만나 자유도 없는 북한에서 고생만 하다가 결국 2002년 굶주림으로 돌아가셨다. 1990년 북한에서 어머니가 고단한 목소리로 하셨던 말씀이 기억난다.

　"서울에 살 때 딱 한 번 네 이모와 점을 보러 간 적이 있어. 그때 점쟁이가 말했지. 당신은 사는 동안 고생이 산 넘어 산, 끝도 없을 거라고."

어머니는 그 이야기를 하시며 초점 없는 시선으로 먼 곳을 바라보셨다. 함께 지낸 사흘 동안 밤마다 한잠도 못 주무시고 내 얼굴을 가슴에 새기려는 듯 보고 또 보시던 나의 어머니. 그것이 처음이자 마지막으로 보았던 내 어머니의 모습이다.

7

작은 것들을 위한 목소리

● 1990년에 북한을 방문하고 돌아와서 나는 또 한 번 큰일을 겪었다. 그 이야기를 하자면 북한에 가기 2년 전인 1988년으로 거슬러 올라가야 한다. 그때 나는 이곳에서 나보다 열여덟 살이 더 많은 백인 의사와 결혼했다. 여전히 신데렐라의 꿈을 꾸고 있었던 걸까? 무모하게도 또다시 잘못된 판단을 내린 것이다. 결혼하고 보니 그는 자린고비에 인종차별주의자였고 성도착증이 있는 데다 정기적으로 중증 우울증 약을 먹는 사람이었다. 그에게 성도착증이 있다는 사실을 알게 된 건 결혼한 뒤 어느 날이었다. 외출하려고 차를 몰고 가다가 아무도 없는 한적한 길에 이르자 그가 운전하다 말고 갑자기 자기 아랫도리를 내리더니 옆에 앉아 있던 나에게 이상한 짓을 하라고 했다. 얼마나 놀라고 끔찍했는지! 그가 정숙한 첫 부인과 이혼한 것도 간호사들과 바람을 피워서였다는 걸 나중에야 알게 되었다. 나는 아주 어릴

때 성폭행당한 경험이 있는데 이상하게도 자꾸 그런 사람에게 이끌려서 내 발로 다시 끔찍한 일을 반복하는 재현의 현장으로 들어갔다. 그리고 그럴 때마다 스스로 나 자신을 혐오스러운 존재로 여기게 되었다. 그 일이 있고 난 뒤 나는 그에게 한 번만 더 이런 행동을 하면 모든 사람에게 폭로하겠다고 말했다.

또 그는 친구들이 모두 인정하는 자린고비였다. 내 회사의 사무실을 집으로 옮겨 비용을 줄이라고 말하는가 하면, 매달 은행에서 예금 잔고서가 우편으로 날아오는 날이면 끔찍하게 못살게 굴었다. 그는 형사가 죄인을 심문하듯 잔고서를 하나하나 들여다보면서 내가 어떻게 돈을 낭비하고 있는지에 대해 잔소리를 퍼붓고, 자기 돈을 함부로 쓰지 말라고 엄포를 놓았다. 그래서 되도록 내가 번 돈만을 사용했고, 어쩌다 내 돈으로 화장품을 사더라도 집에 들어가기 전에 포장을 다 뜯어서 쓰던 것처럼 가지고 들어가곤 했다. 그는 자기 재산이 500만 달러라면서 유서에다 내 몫으로 30만 달러를 남겼다고 거들먹거렸다. 그리고 자기가 당장 애리조나로 가는 비행기에 사고가 나서 죽으면 내가 공짜로 30만 달러를 얻을 거라고 비행기를 탈 때마다 지껄였다. 나는 그럴 때마다 그에게 내 이름을 유서에서 빼라고 간곡히 부탁하곤 했다. 그는 대학생들이나 탈 법한 아주 작은 차를 타고 다녔는데 기름이 적게 든다고 자랑하면서 그 차를 나보다도 더 예뻐했다. 인종차별에 대해서는 평소에도 "흑인들은 몽땅 배에 태워 아프리카로 보내야 한다."고 입버릇처럼 말하곤 했다. 그는 마치 내가 그의 시중을 드는 게이샤이기라고 한 것처럼 위층에 벗은 채로 서서 자기 속옷을 세탁실 바구니에 넣으라고 아래층 내 앞에 던지곤 했다. 그를 보며 여실히 느꼈던 건, 의사란 직업은 자동차 수리공과 전혀 다를 바 없는 기술자라는 사실이었다. 그저 그 대상이 자동차이거나 사람이라는 차이가 있을 뿐 인격하고는 아무 상관이 없다. 인격적으로 성숙하지 못한데 많이 배워서 학문을 쌓는다 한들 무슨 소용일까? 어쩌면 지식이 많은 사람이 오히려 자신을 위장하는 데 유리하고 대중에게 참모습을 드러내지 않는지도 모르겠다. 그가 밖에서는 아주 명망 높은 의사였듯이.

무엇보다 심각했던 건 처음에 같이 살던 내 두 아들을 그가 하나씩 갈라놓은 것이었다. 나는 열여덟 살이던 내 큰아들을 예전 집에 살게 하려고 아이 아빠인 존에게는 단 한 푼도 받지 않고 혼자 13년 동안 매달 집값을 냈던 그 집을 내놓고 나왔다. 그 의사는 당시에 열네 살이던 내 작은아들과는 함께 사는 걸 허락했는데 자기가 해야 할 사소한 일까지도 내 아들에게 시켜서 내 마음을 불편하게 했다. 그렇게 자기 아버지를 유독 따랐던 작은아들마저 견디지 못하고 존에게로 갔다. 그는 김치를 좋아한다면서 결혼 전에는 먹는 시늉을 하더니 결혼 후에는 냄새가 역겹다고 냉장고에서 치우라고 했다. 한번은 싸우는 중에 냉장고에서 김치 병을 꺼내 부엌 바닥에 내동댕이치기도 했다. 겨울이 오니 그는 집 온도를 최대한 낮추고 내의를 반드시 껴입게 했다. 그 집에는 화장실이 네 개가 있었는데 심지어 밤에 소변을 본 뒤에 물도 못 내리게 했다. 그래도 그는 돈 많고 명망 있는 의사로 별장 한 채를 더 가지고 있었다. 그리고 골프와 테니스광이었다. 그러나 나는 골프도 테니스도 치지 않고 요가나 걷기, 근육 운동을 좋아하니 그마저도 서로 맞지 않았다.

1990년 봄, 40년 동안이나 생사를 모르던 가족을 만나러 북한에 가게 되자 나는 처음 만날 가족들을 위한 선물을 준비하느라 비행기 푯값을 포함해 한 달 동안 거의 만 달러를 썼다. 모두 내가 번 돈이었다. 그런데 여행 전날 사야 할 목록에서 빠뜨린 게 있어서 그와 공동 명의로 된 은행 계좌에서 500달러를 지불한 뒤 한국으로 떠났다. 북한에 머물렀던 15일 동안 40년 만에 만난 내 가족들과 보낸 시간은 단 사흘뿐이었다. 그렇게 정신없이 일정을 마치고 다시 중국을 거쳐 돌아오는 비행기 안에서 내 인생이 너무나 기구하고 슬프게 느껴져 많은 생각이 교차되었다. 그러나 피곤한 몸과 마음을 이끌고 다시 미네소타로 돌아온 날 밤, 나를 기다리는 건 남편과의 끔찍한 다툼이었다. 그는 나의 여행에는 눈곱만큼도 관심이 없고 내가 허락 없이 자기 돈 500달러를 찾아 쓴 것에만 혈안이 되어 있었다. 나는 그제야 확실히 깨달았다. 내가 얼마나 큰 실수를 했는지를. 그때부터 내 속에는 그 남자의 집에서 떠나야 한다는 생각밖에 없었다. 그리고 그가 골프를 치러

애리조나 별장에 갔을 때 짐을 싸들고 그 집을 떠나서 내 두 아들이 사는 우리 옛집 근처 아파트로 이사를 했다. 내가 그 이야기를 하자 내 두 아들은 웃으며 말했다.

"엄마는 바보야. 우리는 2주 만에 그 의사가 어떤 사람인지 파악하고 그 집에서 떠났는데 엄마는 2년이나 걸렸네."

그렇게 신데렐라가 되는 나의 꿈은 박살이 났다. 그리고 내 아들들은 내가 어떻게든 이혼이란 걸 하지 않으려고 끝까지 노력한 걸 이해하기에는 아직 세상을 몰랐다. 여자로서 말 많은 재미교포 사회에서 두 번이나 이혼한다는 게 얼마나 영혼을 메마르게 하는지를. 결국 남은 것은 신데렐라가 찾은 왕자님이 아니라 어릴 때 받았던 상처와 똑같은 아픔의 반복이었다. 그 뒤로도 나는 누군가를 만날 때마다 내가 직접 그를 부양해야 했고 어떤 식으로든 내게 도움이 되는 남자는 만나지 못했다. 나는 항상 혼자였고 열심히 일해서 나의 생계를 유지해야 했다. 물론 이제는 그 모든 게 나의 소중한 자산이 되었다.

나는 어느 정도 명망 있는 변호사에게 의뢰해서 500달러에 간단하게 이혼소송을 마쳤다. 바라는 건 아무것도 없었고 그저 그 집에서 당장 떠나고 싶은 마음뿐이었다. 다행히도 상대 변호사는 내가 그에게 원하는 게 없다는 사실을 긍정적으로 받아들였다. 그로부터 4년 후인 1994년에 내가 평의원 선거에서 승리했다는 소식이 신문에 대서특필되자 뜻밖에도 그때의 상대 변호사에게

서 축하 전화가 걸려왔다. 그는 이혼 소송을 할 때 내가 좋은 여자라는 것을 이미 알아봤다고 말했다. 그 말이 얼마나 고마웠는지. 사실 당시 나를 대변했던 내 변호사의 눈빛에는 어딘지 냉소가 깃들어 있었는데 그보다 훨씬 기분 좋고 따뜻한 상대 변호사의 목소리를 들으니 눈물이 났다. 어쩌면 어려서부터 내 마음에 장착된 눈치 레이더가 나의 두 번째 이혼을 비웃으며 비판적으로 바라봤던 내 변호사의 생각을 감지했는지도 모른다. 어쨌든 나는 그 일로 미네소타의 한인 사회에서 가십거리로 사람들 입에 오르내리는 두 번 이혼한 여자가 되었다.

그런 내 앞에 또 다른 어려운 결정 하나가 기다리고 있었다. 북한에서 온 내 가족들의 편지에 답장하지 않고 모든 연락을 끊어버리는 것이다. 편지에서 내 가족들은 심지어 어머니까지도 나에게 경제적인 지원을 끊임없이 원했다. 그러나 북한이 미국의 적국이다 보니 지원할 방법이 없어 도울 수가 없기에 결국 나는 그곳의 내 가족과도 관계를 끊어버렸다. 무엇보다 나는 북한 정부와 연결되고 싶지 않았고 이곳에서의 내 삶을 지켜야 했다.

1993년 겨울이었다. 평소에 알고 지내던 딜리언 박사가 어느 날 갑자기 점심식사를 하자고 했다. 필리핀계 미국인인 그는 내가 한 해 전인 1992년까지 미네소타 주지사 아시안 자문위원회 회장으로 일했던 시절에 나의 사무장이었다. 점심을 먹으면서 그는 심각한 표정으로 나에게 부탁을 했다. 곧 미네소타주립대학의 평의원 선거가 있는데 날더러 후보에 빨리 이름을 넣으라는 것이었다. 제일 중요한 첫 관문인 평의원 선정위원회 의원으로 딜리언 박사와 그의 친구인 흑인 사업가가 발탁되었으니 그때가 우리 소수민족이 평의원 선거에서 당선될 절호의 기회라고 했다. 그러면서 벌써 42명이 서류를 제출했다고 어서 내 서류를 등록해야 한다며 재촉했다. 그러나 나는 단 한 명을 뽑는데 43명이 경쟁한다는 것에 자신이 없기도 했고, 당시에 미네소타주립대학 하셀모 총장의 아시안계 자문위원으로 있던 터라 그 제안을 정중히 거절했다. 사실 운영해오던 작은 의공 회사의 공장 증축을 위해 자금을 모으느라 바쁜 시기이기도 했다.

그런데 딜리언 박사의 이야기를 계속 듣다 보니 마음이 움직였다. 미네소타주립대학 평의원은 동대학을 다니는 소수민족 학생들에게 도움을 줄 수 있는 대단히 중요한 자리였다. 그리고 미네소타주 내에서 대단한 영향력을 가지고 있어서 이곳 저명인사들도 탐내는 자리라고 했다. 일단 이력서를 확인하고 심사숙고한 후 탈락자를 결정하는 첫 관문인 평의원 선정위원회에 자신이 배치되었으니 지금 기회를 놓쳐서는 안 된다고 거듭 말했다. 그 당시 미네소타주립대학의 평의원 12명 중에서 소수민족은 흑인 평의원 한 명뿐이었다. 딜리언 박사는 지금 이 기회를 놓치면 영영 그 자리에 못 들어갈 거라고 했다. 그리고 내가 사는 지역에 다수의 민주당 주민들이 산다면서 그 역시 내가 이기기에 유리한 조건이라며 나를 설득했다. 결국 나는 그의 말에 따르기로 하고 선거를 준비하게 되었다.

그로부터 7년 전인 1987년 내가 마흔한 살로 졸업했던 미네소타주립대학은 1851년에 설립되었다. 2019년에서 2020년에는 학생 수 51,327명, 세계 대학 학술 순위(Annual Ranking of World Universities)에서 48.6위를 차지했고, 미국에서는 여섯 번째로 큰 대학이다. 그리고 미네소타주립대학은 미네소타주 내에서 가장 크고 영향력 있는 연구 대학으로 시민 문화의 중심지이기도 하다. 1965년에 미국 제38대 부통령이자 흑인 민권운동 투사로 유명하며 미네소타주 상원의원을 역임하다 사망한 휴버트 험프리(Hubert Humphrey) 부통령과 월터 몬데일(Walter Mondale) 부통령이 미네소타주립대학 출신이다. 그밖에도 노벨 문학상을 받은 솔 벨로(Saul Bellow)를 비롯해 노벨상을 받은 25명의 동문과 저명한 인사들이 전 세계에서 활동하고 있다. 나는 그 1994년 봄에 평의원으로 당선되어 너무나도 영광스럽게 미네소타주립대학 역사상 첫 동양인으로서 평의원을 역임했다. 그리고 이 쟁쟁한 동문들과 같이 미네소타주립대학 정원 기념비에 내 이름을 새기게 되었다. 미네소타주립대학 168년 역사에서 평의원을 지낸 숫자는 200명 정도에 불과하다.

미네소타주는 아름다운 자연 속에 있는 청정 주이다. 캐나다와의 국경을 나누는 미시시피 강줄기는 미국에서 두 번째로 긴 강으로 미네소타주 북부의 아이타스카 호수(Lake Itasca)로부터 시작된다. 울창한 숲과 1만여 개의 호수가 곳곳마다 절경을 이루고 특히 오대호 가운데 가장 깊은 수퍼리어 호수(Lake Superior)가 북쪽 도시 덜루스(Duluth)를 둘러싸고 있다.

미네소타주는 1600년경부터 프랑스의 모피 교역인과 유럽인이 이곳 원주민인 다코타족, 수족 등 여러 인디언을 밀어내고 자리를 잡았다. 그리고 1858년 5월 11일에 미네소타 주의회에서 32번째 주로 미합중국에 가입했다. 미국 중서부에서 제일 큰 미네소타주는 미국에서 유럽의 스칸디나비아계 주민이 가장 많고 경제적·문화적으로도 중서부에서 가장 빛나는 주이다. 내가 이민 왔던 1970년 말에는 미네소타주의 주민 대부분이 백인이었다. 그러나 이곳은 흑인의 역사에도 중요한 의미가 있다. 마틴 루터 킹 박사와 함께 민권운동을 했던 로이 윌킨스(Roy Wilkins) 씨도 미네소타주립대학을 졸업한 뒤 미네소타에서 신문기자로 일하면서 민권운동가 활동을 시작했다. 미네소타주에서는 지금까지도 많은 흑인 리더들이 활동하고 있다. 반면에 미네소타주의 사람들은 '미네소타 나이스'라는 풍자적인 별명이 생길 정도로 이중적인 성격과 문화를 가지고 있다. 특히 상류사회 사람들은 아주 온화하고 상냥한 얼굴로 흑인이나 다른 소수민족들을 대하지만 그 속은 알 수 없다. 인종차별이 노골적인 미국 남부와 다르게 조용히 드러나지 않게 인종차별을 한다는 뜻이다.

2017년 미네소타 주정부에서 실시한 미네소타주의 불균형 연구(2017 Minnesota Joint Disparity Study) 결과에 따르면 미네소타주의 빈부 격차는 심각한 수준이라고 한다. 특히 소수민족들의 교육 프로그램이 열악한 탓에 부끄럽게도 미국 내 교육분야 순위가 꼴찌에서 네 번째이다. 당연히 빈곤층의 대부분을 차지하는 건 흑인과 소수민족이다. 다행히도 현재 미네소타주의 인구비례를 살펴보면 백인이 80%이고 소수민족과 이민자가 20%를 차지해서 내가 이곳에 정착했던 1970년과는 크게 달라진 것을 알 수 있다. 하지만 여전히 감옥인구는 흑인과 소수민족의 비율이 백인보다 상당히 높은 수준이다. 또 미네소타주는 미국에서 대규모 곡창지대로 유명하지만 농장 주인의 95% 정도가 모두 백인 남성이다. 그래서 미네소타주에는 농촌으로 갈수록 총기를 소유한 백인 우월주의자들 또는 보수적인 주민들이 많다. 이들은 인종차별적인 이민 정책을 실행하고 노골적으로 백인 우월주의자를 옹호하는 현 대통령을 지지하고 선호한다. 반면에 진보적인 기독교인이나, 인종차별에 반대해 난민과 이민자·여성의 위치를 향상시키려고 노력하는 주민들은 세인트폴과 미네아폴리스, 이 쌍둥이 대도시를 중심으로 거주하고 있다. 그들이 있기에 나 같은 이민자뿐만 아니라 많은 난민이 이곳에 터를 잡을 수 있었다. 베트남전의 희생자인 라오스의 몽족 난민과 베트남 난민 그리고 소말리아 난민을 모두 합해서 30만 명이 넘는 사람들이 이곳에 거주하고 있다. 그들 가운데 1.5세대들을 중심으로 많은 사람이 미네소타 주의회, 학교, 연방의회와 정부에서 활동하고 있고, 교육을 받은 젊은이들은 교사, 의사, 엔지니어 등 전문적인 분야에서 왕성하게 일하고 있다. 1993년 겨울, 소수민족이고 여자인 나는 아시아인으로서 미네소타주립대학 총장에게 자문하는 자문위원회 위원을 지냈다. 그때 내 주된 관심사는 미네소타주립대학의 공민권, 인종평등, 여성의 역량과 인권강화 분야였다.

결국 딜리언 박사의 권유를 받아들이고 이력서를 제출하면서 42명의 경쟁자 명단을 들여다보니 대부분이 백인 남자이고 모두 출중한 사람들이었다. 내게는 아시아인들의 지지뿐만 아니라 주류사회 백인들의 도움도 절실한 상황이었다. 그래서 친분이 있던 스티브라는 전 미네소타주 상원의원에게 찾아가 의견을 물었다. 그는 약간 취기가 오른 얼굴에 비웃음을 띠고서 동양여자에다 여군과 바텐더 출신인 나는 절대로 들어갈 수 없는 자리라며 넘보지 말라고 했다. 나는 그에게 "너도 별수 없지 않니? 농사꾼 주제에. 너도 옥수수밭 구덩이에서 나왔지 않아?"라고 쏘아주고 그 집에서 나와 버렸다. 당시에 스티브의 동생은 미네소타주 상원의원 원내 총무로 아주 막강한 힘을 가지고 있었다.

나는 다시 켄이라는 다른 친구를 찾아갔다. 켄의 부인은 내가 존경하고 따랐던 고(故) 웰스톤 미네소타 연방상원의원의 수석 보좌관이었다. 그리고 그 부부는 정말 순수하게 우리 소수민족을 아껴주는 품성이 좋은 사람들이었다. 나는 켄에게 스티브와 다퉜던 이야기를 하면서 나에게 그 일을 할 자격이 있는지 물어보았다. 그랬더니 그는 껄껄 호탕하게 웃으며 흔쾌히 나를 돕겠다고 했다. 마침 켄은 센폴 시청의 국장직을 그만두고 개인 변호사업을 하고 있었다.

미네소타주립대학 평의원 선거란 미네소타 주의회의 상하의원 총 201명이 각 지역을 대표하는 평의원 12명을 2년에 한 번씩 선거를 통해 선출하는 것이다. 임기는 6년이고 선거 후에는 주지사가 인준을 한다. 1994년 그해에 43명이 대결하는 선거에는 한 여자 평의원이 연방상원의원 선거에 도전하기 위해 평의원 자리를 내려놓는 바람에 단 한 명만 선출하게 되었다. 그래서 임기도 6년이 아니라 그 평의원의 남은 임기인 4년을 채워야 했다. 그렇게 선출된 평의원들은 주정부에서 섭정권을 받아 대학교의 모든 정책을 세우는 데 일조하고, 미네소타주립대학의 현재와 미래의 비전을 세웠다. 평의원의 또 다른 중요한 임무는 총장을 선출하고 해임하는 일이었다. 또한 대학의 모든 예산과 재정 계획에 대해 총장과 학장들에게 보고받고 인준했다. 미네소타주립대학의 연간 예산은 현재 35억 달러 정도이지만 그때는 30억 달러가 채 안 됐다. 그리고 졸업의 계절에는 각 대학 졸업식에 참석해서 학생들에게 졸업장을 수여했다.

나의 평의원 선거 조력자인 켄은 매일 아침 8시에 미네소타 주청사에 나와 상하의원 201명을 모두 나에게 소개시켜 주었다. 그러면 나 혼자 그들의 사무실에 들어가서 미네소타주를 위한 정책에 대해 경청하며 그 정책들을 지지하고 또한 그들의 한 표를 부탁했다. 그때 많은 의원들이 한국에서 온 입양아인 자기 자녀의 사진을 보여주면서 자랑하던 게 아직도 기억에 남는다.

딜리언 박사와 뒤에서 지지해주는 동양계 미국인 친구들의 도움으로 나는 무사히 첫 관문을 통과해 11명 안에 들었다. 그렇게 계속해서 여러 사람의 지지와 후원을 받으며 청문회와 선거를 거듭한 끝에 나는 처음의 43명 가운데 단 두 사람 안에 들면서 마지막 대결을 벌이게 되었다. 그 상대는 미네소타주에서 민주당으로 아주 유명인사였던 백인 남자였다. 웬만하면 이쯤에서 한 사람이 물러설 만도 한데 나도 물러설 수가 없었고, 그 남자 역시 나같이 하찮은 동양 여자에게는 절대 질 수 없다는 기세였다. 나는 떨렸지만 자신을 갖고 마지막 대결에 임했다. 그때 나를 전적으로 지지해주었던 여자 상원의원인 샌디 파파스 의원은 지금도 그 자리에서 막강한 힘을 발휘하고 있다. 공교롭게도 상대방 백인 남자를 지지했던 상원의원은 스티브의 동생이자 민주당에서 꽤 영향력을 자랑하던 상원의원 원내총무였다. 마침내 상하원의원 모두가 국회의사당 커다란 회의장에 모여서 구두로 선거를 시작하게 되었다.

결과는 어떻게 되었을까? 나는 169표를 얻었고 나의 경쟁자는 25표를 얻었다. 내 작은아들이 옆에서 "엄마, 지금 의원들이 50번 넘게 연달아 Kim만 부르고 있어요." 하면서 좋아했다. 그렇게 나의 한국 성 'Kim'이 그들의 입에서 크게 불리고 마이크를 통해 국회의사당 구석구석에 울려 퍼졌다. 즉석 개표가 끝난 직후 그 자리에서 의장이 선거 결과를 발표하자 201명의 의원들이 모두 일어나서 회당 이층 발코니에 서 있던 나와 내 두 아들을 향해 기립 박수를 보냈다. 나는 내 양쪽에 있던 아들들과 같이 일어서서 고개를 숙여 답례했다. 나는 네 살에 빨갱이 자식으로 고아가 되어 여군에 복무하며 조국에서는 야간고등학교만을 마쳤다. 그리고 미네소타에 와서도 바텐더로, 키펀치 오퍼레이터로 일하면서 가족의 생계를 꾸리다가 서른다섯 살이란 늦은 나이에 미네소타주립대학에 입학했다. 그랬던 내가 졸업 7년 만에 이런 영광을 얻었다는 사실이 마치 기적처럼 느껴졌다. 나는 마음속으로 되뇌었다. 하나님, 감사합니다.

선거가 끝나고 의사당 회의장 밖으로 나서니 15명의 기자들이 몰려와 나에게 마이크를 들이댔다. 나는 그들 앞에서 놀랍고 당황스러운 기분이었다. 그리고 방금 당선된 이 자리가 얼마나 중요한지, 또 미네소타주의 주민들이 얼마나 미네소타주립대학을 사랑하는지를 실감할 수 있었다. 잠시 후 저쪽에서 한 백인 여자가 나타나 평의원 사무실 사무장이라고 자신을 소개했다. 왠지 내가 당선된 것을 그리 달갑게 여기지 않는 듯했다.

그다음 날 아침이 되자 각종 신문마다 나의 당선 소식이 대문짝만하게 실렸다. 센폴 시에 위치한 한 신문사에서 낸 기사의 제목은 '바텐더에서 상아탑으로'였다. 그들은 14년 전 나의 이력을 센세이셔널리즘으로 이용했다. 〈미네소타 데일리〉라는 대학신문에서는 아예 만화 논평으로 커다란 닭 한 마리를 등장시켰다. 나를 당선시킨 미네소타 주의회를 상징하는 미련스럽고 겁 많은 큰 닭이, 나와 똑같이 생긴 동양 여자 모습이 그려진 종이를 흔들면서 "Diversity, Diversity!(다양성, 다양성!)" 하고 외쳐대는 만화였다. 이곳에서 닭은 뼈가 없이 흐늘흐늘거리며 자기 의지가 없는 사람을 가리킨다. 의회에서 소수민족을 위해 무능한 동양 여자인 나를 상징적이고 이름뿐인 의원으로 뽑았다는 것이다. 나는 그때 한 달 동안 청문회에 참석하면서 국회의사당 구석구석을 발이 부르트도록 뛰어다녔던 나 자신을 떠올리며 조금 비참한 기분을 느꼈다. 그래도 네 살 때 빨갱이 자식이라고 죽임을 당할 뻔했을 때보다는 참을 만하다고, 괜찮다고 생각했다. 그리고 그들이 생각하는 것처럼 내가 소수민족이고 여자라서 뽑혔다면 나처럼 약한 자들을 위해 하나님이 나를 보내셨으니 그들을 위해 일하리라고 결심했다.

평의원으로서 대학을 방문한 첫날, 나는 의사당에서 내게 차갑게 대했던 여자 사무장과 비서 8명이 있는 평의원 사무실로 출근해 첫 브리핑을 받았다. 총장과의 만남은 우리가 매달 이틀 동안 총장을 위시해서 미네소타주립대학 20개 대학 학장들과 100명 넘게 참석하는 평의원 회의실에서 임명장을 받으면서 시작되었다. 그 자리에는 내 두 아들과 한국 목사님 부부, 나를 지지하고 도와준 친구인 미네소타주 샌디 파파스 상원의원도 참석했다.

그리고 얼마 후 평의원들의 사무장이 바뀌었다. 그 냉정했던 백인 여자 대신에 새로 채용한 사무장 스티븐이 온 것이다. 나는 그를 생각하면서 항상 주님께 감사드린다. 주님께서는 나의 일생동안 언제나 나에게 적절하고 꼭 필요한 사람들을 보내주셨다. 스티븐이 바로 그런 사람이었다. 나는 그와의 첫 만남에서 앞으로 내가 검토해야 할 산더미같이 쌓인 서류들을 두고 말했다. 이 많은 서류 중에서 내가 가장 중요하게 생각하는 것들이자 나의 최대 관심사는 미네소타주립대학의 소수민족 학생들에 대한 공민권, 인종평등, 여성의 역량과 인권강화 분야에 관한 것들이라고. 스티븐은 내 말을 잘 이해했고, 그 외의 분야에서는 같이 많은 토론을 하면서 4년 동안 나를 성심성의껏 돕고 보살피며 좋은 관계를 이어갔다. 나는 이북에 있는 동생들을 생각나게 만드는 스티븐에게 가족 같은 편안함을 느꼈다. 스티븐은 평의원 사무장이 되기 전 10년 넘게 워싱턴 정가에서 팀 페니라는 실력 있는 미네소타주 민주당 연방하원의원의 수석 보좌관으로 일했던 실력자였다. 이후에는 미네소타 주지사 수석 보좌관으로 일했으며 그다음에 미네소타에서 제일 큰 도시인 미네아폴리스에서 시장과 버금가는 일을 했다. 몇 년 전에는 나와 함께 한국을 방문하기도 했다.

나는 미네소타주립대학 평의원으로 매월 이틀씩 나의 동료인 11명의 평의원들과 온종일 회의에 참석했고, 둘째 날 회의를 마친 뒤에는 한 달에 한 번씩 총장 저택에서 미네소타의 정치가, 기업가들과 여러 기관의 기관장들, 대학교 학장들과 돌아가면서 만나는 만찬회에도 참석했다. 그럴 때는 내 큰아들이 나의 동반자가 되어 같이 참석해주었다. 평의원에 당선되고 만찬회에 갔던 첫날에는 모두가 축하해주면서 웃고 떠들고 아주 친절했다. 하지만 '미네소타 나이스'를 아는 나는 그 웃음과 친절 속에 무엇이 있는지는 모르는 일이라고 생각했다.

내가 평의원을 하면서 인상 깊었던 것은 총장을 위시해서 모두가 평의원들을 대단히 존경스럽게 대하고 아주 예의 있게 우리 이름 앞에 꼭 평의원 타이틀을 넣어 부른다는 것이다. 심지어 대학에서 보낸 편지에도 이름 앞에 고위공직자들에게나 주어지는 'Honorable'을 넣어 평의원에 대한 경의를 표했다. 지금도 마찬

가지다. 그래서 우리 동네 우체부는 내가 무슨 판사인 줄 알았다고 한다. 한때는 그런 걸 불편하게 느낀 적도 있었다. 하지만 그것이 바로 나 개인보다 평의원이라는 내 지위와 내 일에 존경을 표하면서 168년의 역사와 그 전통에 대한 예의를 지키는 미국식 표현이라는 것을 알고 감탄이 절로 나왔다. 지금도 매년 한 번씩 현역 총장은 평의원을 역임했던 우리를 초대해 만찬회를 연다. 매번 총장을 비롯한 학장들, 미네소타주립대학 학문의 수장인 그들이 우리에게 아주 융숭하게 예의를 지켜 대하는 것에 감사하면서 미국이 대단한 나라라는 것을 새삼 느끼곤 한다.

1996년 봄, 내가 평의원을 역임하고 있을 때였다. 미네소타주립대학에서 김영삼 대통령에게 명예박사를 수여하려고 그 준비차 총장과 동창회장 그리고 부총장 등 몇 명이 내 조국 한국에 나오게 되었다. 그 모든 일정을 준비한 것은 미네소타주에 사는 이 교수였다. 그때 나는 한국에서 이 교수의 농간으로 피눈물을 흘리는 경험을 했다. 그는 장소를 이동할 때도 총장과 비서는 세단에 태워서 정중히 앞으로 모시고 나는 뒤따라오는 봉고차에 태웠다. 여러 가지 에피소드 중에서도 제일 수치스럽게 기억되는 건 청와대에서 우리를 찾아준 박관용 씨가 조찬을 베풀었을 때 나를 구석 자리에 배치한 것과, 미네소타주립대학총장과 그의 부인, 비서, 부총장, 동창회장 등 다른 일행들에게는 대통령이 준 시계를 모두 나누어주고 나만 쏙 빼놓았던 일이다. 보다 못한 미국인 부총장이 총장을 질타했다. 그는 우리가 이곳에 온 것도 김 평의원이 속한 평의원들이 여행경비 예산을 인준해서 가능했던 것인데 어떻게 이런 대우를 할 수 있느냐며 항의했다. 그 당시에 나는 총장에 맞서서 소수민족 학생들 장학금 문제로 다투고 있었기에 총장과 사이가 좋지 않았다. 그래도 미네소타에서 온 한국 교수가 주동해서 나를 짐짝 취급하는 것이 몹시 서러웠다. 그 전날에도 이 교수는 미네소타대학 한국 동문회에서 내가 하기로 되어 있던 연설을 빼려고 한 적이 있었다. 그러나 부총장의 시위와 나의 항의로 결국 그들 앞에서 예정대로 연설을 진행했다. 더욱 가관이었던 것은 한국의 한 교수 부인이 나를 위아래로 쳐다보며 어떻게 그런 자리를 꿰찼느냐고 물어본 것이었다. 나는 그때 미국인 부총장 앞에서 서럽게 눈물을 흘렸다. 그 여행에서 돌아왔을 때 주립대학 방송국에서 첫 동양 여자인 평의원으로서 대학의 리더들과 함께 처음으로 중국과 한국을 방문한 역사적인 사건에 대해 축하하며 인터뷰를 요청해왔지만 바쁘다는 핑계로 거절했다. 그리고 그다음 달 김영삼 대통령에게 명예박사 학위를 수여할 때는 평의원 회장과 함께 갔다.

미네소타주립대학에는 종신(Tenure) 교수가 3,000명이 넘는다. 그리고 그들의 힘은 막강하다. 그다음으로 영향력 있는 것이 미네소타주립대학 재단이다. 그들은 이곳의 쟁쟁한 기업들의 리더이자 미네소타주의 돈과 파워를 쥐고 있는 상류사회의 사람들이다. 다음은 미네소타주립대학 동창회가 있다. 미네소타주립대학 동창회와 대학 재단에서는 어마어마한 자금을 매년 대학으로 끌어들인다. 그러면서 그들은 우리 평의원들을 '미네소타 나이스' 식으로 조정하려고 든다. 그런데 악녀 같은 대학 동창회 사무장이었던 엠이란 여자는 아주 노골적으로 나를 무시하고 비웃었다. 더구나 내가 감히 그들의 말을 듣지 않고 소수민족 학생들의 장학금 때문에 총장과 맞서서 대결하고 있으니 나를 눈엣가시처럼 여겼다. 그들은 평의원이란 다만 역사적인 시스템 때문에 존재하는 것이라 생각했다. 그래서 정책적으로는 총장 말을 잘 듣고 고무도장이나 쾅쾅 찍으면 된다는 것을 항상 우리에게 상기시켰다.

나를 보는 그들의 시선은 그야말로 '바텐더에서 상아탑으로' 였다. 엠이란 여자는 특히 그랬다. 나는 그저 소수민족이란 이름으로 굴러들어온 돌이었다. 그들은 그런 내가 자리를 지키기 위해 내게 주어진 상황에 감지덕지하고 기꺼이 그들의 모든 의견에 동의해서 고무도장을 쾅쾅 눌러줄 거라고 생각했다. 그러나 나는 처음에 그들이 내게 정말 친절하고 예의 바르게 굴 때부터 이미 그런 속내를 알고 있었다. 그런데 문제는 이곳의 한국계 교수들조차 그들을 따라서 나를 그렇게 취급하는 것이었다. 한국에서 온 이곳의 교수들은 평소에 나에 대해 국제결혼을 한 양색시 출신이라고 대수롭지 않게 생각했다. 그런데 갑자기 내가 평의원에 당선되니 깜짝 놀란 것이다. 특히 한국 교포 사회에는 서울대, 고려대, 연세대, 이화여대 등 많은 동문회가 있었다. 그런데 내가 여군 출신에 바텐더를 했다고 하니 더욱 난감했을 것이다. 한국에서 대학을 나오지 못한 나는 물론 어느 동문회에도 낄 자격이 없는 사람이었다. 더구나 그들은 이 여자가 자기들에게 고분고분하게 굴지 않고 조금 거세다고 생각했을 것이다. 그래서 이곳에서 별 볼 일 없는 변호사 하나는 서울대를 나와 미네소타주립대학 법대를 나왔다고 거만하게 굴면서 자기가 주최하는 미네소타주립대학 한인 행사에 나를 꼭 빠뜨리고 초청하지 않았다. 반면에 비록 지방에 있는 충남대학 법대를 나왔어도 미네소타에서 제일 크고 직원이 500명이 넘는 법률 사무실에서 파트너로 승승장구하는 한 젊은 변호사는 '미네소타 나이스'라는 풍토에서 피나는 노력으로 성공을 거뒀다. 그는 두 아들의 아버지로서 겸손한 품성을 가진 정말 모범적인 사람이다.

이곳에 살면서 제일 안타까운 건 한국 사람들이 비겁하게 주류사회에 무명으로 투서를 해서 열심히 사는 사람들을 매장하고 동족끼리 서로 싸우는 것이다. 오죽하면 자기 교회 목사를 제일 많이 내쫓는 게 한인 교회라고 이곳 미네소타주 교구의 지도자들이 나에게 말해줄 정도다. 한마디로 한인들은 정말 뭉칠 줄을 모른다. 라오스 산골에서 자기 부족끼리 몇천 년을 지키고 살았던 몽족 난민들은 이곳에서도 서로 똘똘 뭉쳐 정치계나 교육계에서 많은 리더를 배출했다. 나 역시 평의원직에 있을 때 여성들로부터 국회에 진출하라는 제안을 받았는데 몇몇 못난 한국 남자들이 너무나 치사하게 투서들을 보내 그만두었다.

미네소타주립대학 평의원 직책은 월급은 한 푼도 받지 못하면서 너무나 일이 많았다. 그래서 나처럼 조그만 회사를 운영하며 오직 내 힘으로 생계를 유지하는 혼자 사는 여자로서는 벅찬 직책이었다. 하지만 나는 굴하지 않고 열심히 일했다. 학생들과 많은 교류를 나눴고 그들 역시 나를 믿고 따라주었다. 특히 미네소타주립대학 총학생회장이었던 메트는 나를 멘토로서 존경하며 지금까지도 교류를 이어가고 있다.

얼마 전 그는 내 책에 도움이 될까 해서 나의 평의원 시절 업적을 8시간에 걸쳐 정리해서 보내주었다. 그 안에는 평의원으로 당선되었던 그 이듬해부터 임기가 끝날 때까지 내 업적이 상세히 기록되어 있었다. 그는 만일 그때 내가 그 자리에 없었다면 1,500명이나 되는 소수민족 학생들이 장학금이 끊겨서 큰 고통을 받았을 것이라고 하면서 그 시절 학생들은 지금까지도 그때 일을 기억하면서 내게 고맙게 생각한다고 덧붙였다. 나는 메트에게 말했다. 당시에 대학에서는 1,500명의 목소리를 너무 하찮게 들었고 그래서 그들의 목소리가 되어준 것뿐이라고. 내가 그렇게 했던 건

나도 그들과 똑같이 힘없고 돈이 없었던 여자로서 아이 둘을 키우며 대학을 다녔던 시절을 버텨냈기 때문이라고 말이다. 나 역시 서른다섯 살에 미네소타주립대학에 입학했을 때 하셸모 총장이 없애려 했던 똑같은 장학금으로 내 아이들을 키우면서 대학을 졸업했다. 그리고 이제 미네소타주립대학 평의원으로서의 막강한 내 목소리가 있기에 그 1,500명의 목소리가 되어줄 때라고 생각했다. 힘이 없는 그들의 목소리를 평의원들에게 들려주고 싶었다. 메트는 그때 나와 같이 일했던 여대생들은 모두 공부를 더 해서 지금 다른 주의 리더로 활발히 활동하며 성공적인 삶을 살고 있다고 전해주었다. 얼마나 기쁘고 즐거운 소식인지! 그들이 너무나 자랑스러워서 눈물이 나도록 고마웠다. 이제 나는 굴곡 많았던 나의 평의원 시절로 잠시 돌아가 보려 한다. 다음은 나와 같이 일했던 그 시절 총학생회장 메트가 쓴 긴 글의 일부이다.

소수민족 학생들의 장학금
Scholarships for Minority StudentS

A year after Hyon Kim was elected to the University of Minnesota Board of Regents, she would have her first major conflict with President Hasselmo over access to higher education.

김현 평의원이 미네소타주립대학 평의원으로 당선된 지 1년 만에 하셸모 총장과 겪었던 첫 주요 분쟁은 고등교육의 접근성에 관한 것이었다.

1,500 students had their scholarship for the next year eliminated. The decision was made without student input and students had been denied access to the information that led to this cut.

내년부터 1,500명의 소수민족 학생들의 장학금 제도가 사라진다. 그 결정은 학생들의 의견을 수렴하지 않고 이루어졌으며 또한 어떻게 이런 결정이 내려졌는지 원인조차 파악할 수 없었다.

Their slogan was "right to an accessible education for students." Students were soon joined by civil rights and women's rights groups in opposing this cut to student scholarship.

소수민족 학생들은 '소수민족 학생의 교육 참여 권리'를 슬로건으로 내걸고, 소수민족의 평등권(공민권)과 여성의 권리를 위해 활동하는 단체들과 동참했다.

As they prepared to challenge the University president's decision, students soon learned that they have a friend and champion in Regent Hyon Kim.

학생들은 총장의 결정에 이의를 제기하면서 김현 평의원이 그들과 함께할 친구이자 투사라는 사실을 알게 되었다.

One of the most vocal student leaders was Darcy Louis, an American Indian student from Watertown, South Dakota.

그들 가운데 한 명인 다아시 루이스(Darcy Louis)는 사우스다코타(South Dakota)에서 온 미국 원주민(American Indian) 학생이었다.

Many Native Americans in South Dakota were exiled from Minnesota 150 years ago, when the state was new and European settlers were taking tribal land for their own.

사우스다코타에 살고 있던 미국 원주민은 150년 전 유럽에서 온 새로운 식민지 정착민들에게 자기 부족의 땅을 빼앗기고 미네소타에서 추방되었다.

While the word "Minnesota" is a native word, meaning "sky blue waters" native people have long been un welcomed in the state.

'미네소타'는 원주민 언어로 '파란 하늘 같은 물(sky blue waters)'이라는 뜻인데 오래전부터 그 원주민들은 파란 하늘 같은 물이 있는 그들의 땅 미네소타주에서 환영받지 못하는 신세가 되었다.

And a leader of the American Indian Student Cultural Center. Louis was protesting at the President's office and learned that theBoard of Regents was having an open forum on June 14th.

'미국원주민학생 문화센터'의 리더인 루이스는 총장실에 찾아가 항의했고, 6월 14일에 평의원들이 이에 관한 포럼을 열기로 했다는 사실을 알게 되었다.

Louis was one of a half dozen students who spoke to the Regents on that day. Regent Hyon Kim began to ask questions and advocate for these students. The social justice organizers now had a champion in the University leadership.

6월 14일, 루이스를 비롯한 소수민족 학생들과 평의원들 간의 대담이 진행되었다. 김현 평의원은 학생들에게 많은 질문을 했고 그들을 지지했다. 그녀는 대학의 지도층 가운데서 소수민족 학생과 사회정의단체를 위한 투사가 되었다.

Within two days, Hasselmo offered to restore $400,000 for the $1.6 million that was cut from the OMSSA grant. This small victory was a response to Regent Kim's leadership.

결국 하셸모 총장은 OMSSA 장학금 160만 달러의 일부인 40만 달러만을 되돌려주기로 결정했다. 이 작은 승리는 김 평의원의 리더십의 결과였다.

On October 10th, the advisory committee made its final recommendation – restore the entire $1.6 million in OMSSA grants to students. While the students were proud of their work, the President had not agreed to restore the funding and the final decision was left to the Board of Regents.

10월 10일, 학생자문위원회에서 OMSSA의 소수민족 학생을 위한 총 장학금 160만 달러를 모두 회복시켜달라고 건의했지만 총장은 이에 동의하지 않았다. 이제 최종 결정은 대학 평의원들에게 넘겨졌다.

On October 12th, the Board of Regents met, and with Regent Hyon Kim as the champion for students, the Board voted to restore the entire $1.6 million to students.

10월 12일, 학생들의 투사인 김 평의원의 노력에 힘입어 평의원 투표 결과 160만 달러 전액을 소수민족 학생들에게 되돌려주기로 결정되었다.

In the school newspaper, The Minnesota Daily, Darcy Lewis, a Native American student who went from protester to committee chair stated, "This is awesome. I'm just sharing right now, I can hardly talk."

대학 신문 〈미네소타 데일리(Minnesota Daily)〉에 따르면 이 운동을 주도했던 미국 원주민 학생이자 학생자문위원회장인 다시 루이스는 말했다. "너무나 엄청난 일입니다. 이 감격을 말로 표현할 길이 없네요. 지금 당신들과 이 기쁨을 나누고 싶습니다!"

With the leadership of Hyon Kim, the President's proposal to eliminate student scholarships was defeated.

김현 평의원의 리더십으로 소수민족 학생들의 장학금을 없애려는 총장의 계획은 무산되었다.

나는 그들의 장학금을 되찾기 위해 소수민족 학생들과 같이 힘썼다. 그들은 대부분 자기 가족 중에서 처음으로 대학에 입학한 학생들이었고 모두 가난했다. 나 역시 두 아이를 데리고 가난한 학생으로 학교에 다녀봤기 때문에 그들의 절실함을 온전히 느낄 수 있었다. 총장은 다음 연도에 장학금을 끊겠다고 했지만 이 일이 진행된 것은 학생들이 없는 방학이었기 때문에 사실상 바로 2주 뒤면 새 학기가 시작될 참이었다. 나는 이 건에 대한 평의원 투표 전날 부총장을 찾아가 1,500명의 소수민족 학생들을 살리자고 설득하면서 돈을 만들어 올 때까지 그의 사무실에서 버티겠다고 했다. 그랬더니 그는 깜짝 놀라면서 집에 가 있으면 다음 날 아침 7시에 소식을 알려주겠다고 했다. 이 일을 계기로 나는 부총장과 대학 미식축구경기도 함께 보러 가는 좋은 관계를 이어갔다.

소수민족 학생들의 진학을 위한 싸움
Battle over Access to the University

The University has trained the establishment leaders of government and business, and it has been the center of organization for civil rights, racial equality, and women's empowerment. Historically, the University chose to be an accessible institution of immigrants, low-income people and the disadvantaged.
미네소타주립대학은 정부와 기업을 위한 지도자를 양성하고 시민의 권리, 인종평등 및 여성역량강화를 위한 조직의 중심에 있다. 또한 역사적으로 이민자나 저소득층 및 소외 계층을 위한 문이 열려 있는 곳이다.

Enter the Korean immigrant. With her election to the Board on April 21, 1994, Hyon Kim became a champion of access on the inside of the Board of Regents. Her leadership would change this quiet and conservative board into an active board. With her example, the Board became confident in challenging the direction of the University President.

한국의 이민자인 김현은 1994년 4월 21일 평의원으로 당선된 후 평의원 내부에서 리더십을 발휘하여 이민자와 저소득층, 소외계층이 접근하기 쉬운 대학을 만들기 위해 활약했다. 그녀의 리더십은 소극적이고 보수적인 평의원들에게 활기를 불어넣었다. 그리고 그들로 하여금 대학에서 총장이 이끄는 방향에 이의를 제기하는 데 확신을 갖게 했다.

For the champions of access at the University, their biggest victory happened four months after the OMSSA vote; Hasselmo announced his retirement as University president. He was providing a year's notice to allow time for a search for a new president.

4개월 전 소수민족 학생들을 위한 OMSSA 장학금 유지를 결정하는 평의원들의 투표가 진행된 이후에 하셀모 총장은 사임을 발표했다. 다만 새 총장을 뽑기까지 1년 더 대학에 머물기로 했다.

Many thought that Hasselmo's retirement announcement signified the end of his quest for a more elite student body.

많은 사람들이 하셀모 총장의 사임 발표를 두고 새로운 엘리트 학생을 유치하기 위한 그의 탐색전이 끝났다고 생각했다.

This was not so! Hasselmo was still committed to make a more exclusive University. A month after this retirement announcement, on March 26, Hasselmo decided to close the largest door for access to people of color to the

University – the General College.

그러나 그건 착각이었다. 하셀모 총장은 여전히 백인 엘리트 학생을 유치하기 위한 독점 대학을 만드는 데 미련을 버리지 못했다. 사임 발표 한 달후인 3월 26일 하셀모 총장은 소수민족 학생들이 미네소타주립대학에 들어올 수 있는 커다란 문인 제너럴칼리지를 닫아버리기로 결정했다.

The General College is an access point to the University for students who may not meet the competitive admission standards of the other colleges.

제너럴칼리지는 미네소타주립대학 내 다른 경쟁적인 대학들의 입학 기준에 미치지 못하는 학생이 들어올 수 있는 대학이었다.

The college offers a variety of support services that address the needs of students with diverse backgrounds and characteristics, including urban students, first-generation college students, student parents, students with disabilities, students of color, older students, and non-native speakers of English. Enrollment is approximately 1,800 students, with 850 new students joining the returning students each fall.

제너럴칼리지는 도시 학생, 1세대 대학생, 자녀가 있는 학생, 장애가 있는 학생, 유색인종 학생, 나이가 많은 학생, 비원어민 학생 등 다양한 특성과 배경을 가진 학생들에게 여러 종류의 서비스를 지원해서 필요사항을 해결해주었다. 매년 약 1,800명이 재학 중이며 가을마다 850명의 신입생이 입학한다.

Tuesday, April 9th a massive student rally in support of General College.

4월 9일 화요일, 제너럴칼리지를 지원하기 위한 대규모의 학생집회가 있었다.

On Thursday, April 11th. Students were unsure of how the Board of Regents would vote on this proposal, but students trusted Regent Hyon Kim. At times,

Regent Kim was the only Regent that they trusted.

4월 11일 목요일, 학생들은 평의원들의 투표 방식에 확신이 서지 않았지만 김현 평의원을 믿었다. 때때로 학생들이 신뢰할 수 있는 평의원은 오직 김현 평의원뿐이었다.

On Friday, April 12th, the Board of Regents voted eleven to one to support General College and to defeat Hasselmo's proposal. The students and their supporters held a large rally in support of General College. Regent Hyon Kim attended with her fellow Regents. The loudest applause was for Regent Hyon Kim, but she shared the credit generously with the other Regents.

4월 12일 금요일, 평의원들은 11대 1로 하셀모 총장의 제안을 물리치고 제너럴칼리지를 지지했다. 학생들과 그 지지자들은 제너럴칼리지를 옹호하기 위해 대규모 집회를 개최했다. 김현 평의원도 동료 평의원들과 같이 참석했다. 김현 평의원은 가장 큰 박수를 받았지만 그 명예를 다른 평의원들과 아낌없이 나누었다.

나는 하셀모 총장이 제너럴칼리지를 없애려고 하는 것을 이해할 수 없었다. 사실 하셀모 총장도 스웨덴의 조그만 시골에서 자라 미국에 온 이민자였다. 그 역시 이민생활이 어려웠을 것이고 미네소타주립대학 총장이 될 때도 평의원들의 표가 7대5로 나뉘어 어려움을 겪었다. 그런 그는 누구보다 우리 같은 소수민족과 이민자들의 어려움을 잘 알 것이다. 게다가 제너럴칼리지의 문을 닫는 것이 대학 재정에 얼마나 도움이 될지도 의문이다. 제너럴칼리지가 없어져도 그곳의 종신 교수들은 해고할 수 없기 때문에 어찌 됐든 그들을 대학 안의 다른 곳으로 보내야만 한다. 또한 거의 30억 달러에 달하는 연간 예산을 가지고 대학을 운영하면서 연간 예산이 고작 400만 달러에 불과한 제너럴칼리지의 문을 닫을 이유가 무엇인가? 소수민족 학생이나 소외 계층에게는 기회를 박탈하는 엄청난 짓이지만 대학 예산에는 큰 차이가 없었다.

The next University President was Mark Yudof of the University of Texas.
다음 총장은 텍사스 주립대학에서 온 마크 유도프였다.

Approved by the Board of Regents on Friday, December 13th, 1996. Yudof was the first person of the Jewish faith to be University president, and he was a stabling force able to bring together diverse communities. Regent Hyon Kim was one of the 12 Regents to unanimously approve Yudof.
1996년 12월 13일 금요일, 김현 평의원의 한 표를 포함한 평의원들의 만장일치로 유도프 총장이 선출되었다. 유도프 총장은 미네소타주립대학의 첫 번째 유대인 총장으로 다양한 커뮤니티를 하나로 모을 수 있는 안정적인 사람이었다.

In 1997, Regent Hyon Kim choose not to seek re-election to the Board of Regents. While students knew that she was a powerful Regent, her championing of students against Hasselmo's proposals had made political enemies for her. Students also understood that women are rarely reelected to the Board of Regents. There is great gender bias against women's leadership in Minnesota and while men are regularly reelected, women Regents struggle.
1997년에 김현 평의원은 평의원 선거에 참여하거나 재선하려 하지 않았다. 학생들은 영향력 있는 평의원이었던 그녀가 학생들을 옹호하기 위해 하셀모 총장의 계획과 제안들에 반대했기 때문에 정치적으로 많은 정적을 만들었다는 사실을 알고 있었다. 그리고 여성은 대부분 평의원에 재선되지 않는다는 것도 모두가 아는 사실이다. 미네소타주는 여성의 리더십에 대해 강한 성편견이 있어서 남자 평의원이 정기적으로 재선되는 동안 여성 평의원들은 투쟁해야만 한다.

이제 내가 1997년까지 역임했던 평의원 시절 이야기는 접어 둬야겠다. 지금은 이렇게 즐겁게 이야기하지만 참으로 힘들었던 시절이기도 했다. 미네소타주립대학은 그 동문들이 전 세계로 뻗어 나가 광대한 교류를 이루고, 미네소타주에서도 막강한 부와 파워가 모인 곳이었다. 그들에게 나는 그저 조그만 동양 여자로 자기들의 영역에 들어올 수 없는 사람이었다. 그런 내가 평의원이란 직책을 얻어서 그들과 교류하게 된 것이다. 처음에 그들은 내가 감지덕지하며 조용하게 그들 말을 따르면 나를 그 대단한 클럽에 넣어줄 셈이었다. 불행하게도 나는 그렇게 하질 못했다. 평의원으로 들어온 목적을 생각하면서 열심히 일하다 보니 그들이 지지하는 총장과 반목하는 사이가 되었고, 그러자 그들은 자기들의 엄청난 부와 파워를 드러내면서 노골적으로 나를 헐뜯고 매장시키려고 했다. 결국 나는 나 같은 약한 자들 편에서 특히 소수민족 학생들을 위해 일하다가 그 거대한 권력의 힘에 눌리고 배척당하게 되었다. 물론 내가 대학에서 하는 일은 꼭 필요한 일이라며 나를 격려하는 지지자들도 있었지만 나도 그들도 그 거대한 권력을 상대하기에는 너무나 힘이 부족했다.

당시에 제일 큰 문제였던 건 생계를 유지해야 하는 내 조그만 회사의 상황이 악화된 것이었다. 대학 일에 너무 치중하다 보니 내 사업에 소홀했던 것이다. 메디컬 공장을 만들려고 투자자도 모으고 여러 군데서 융자도 받았는데 자본이 부족하고 일거리가 많지 않으니 곧 회사 문을 닫을 위기에 처했다. 그래서 평의원 재선은 꿈꿀 수도 없었다. 하지만 하셀모 총장 측근들, 특히 미네소타 동문회 사무장 엠은 나를 매장시킬 목적으로 이제 미네아폴리스의 〈스타트리뷴(Star Tribune)〉 신문의 사설란까지 이용해서 내 이름 'KIM'이란 제목으로 나를 겨냥하고 나를 이용해 평의원들을 비하했다. 정말로 분했지만 힘이 없기에 그들과 대결할 수는 없었다. '미네소타 나이스' 식의 인종차별이 가져온 내 인생의 최악의 순간이었다. 그렇게 그들은 나를 뭉개버렸다. 내가 운영하는 회사는 더욱 말이 아니었다.

하루는 나의 투자자인 억만장자 벤이 회의를 소집했다. 그러더니 나하고는 한 마디 상의도 없이 부사장이었던 백인 남자를 사장으로 앉히고 나를 이사장으로 세워 회사 일에서 손을 떼라는 식으로 통보했다. 우리 회사같이 소수민족이 운영하면서 정부나 대기업에서 일감을 받아오는 회사에서 그런 행위는 불법이었다. 그들의 의견에 반대하고 무척 애를 썼음에도 불구하고 결과적으로는 회사 문을 닫게 되었다. 이제 나는 무일푼에 모든 것을 다 잃고 너무나 지쳐 있었다. 그렇게 2000년대부터 나는 미칠 듯한 외로움 속에서 버겁게 하루하루를 살아냈다. 끔찍하게 길고 춥고 쓸쓸한 겨울이 있는 미네소타주가 싫고, 백인사회도 싫었다. 가증스러운 두 얼굴을 가지고 신사적으로 인종차별 하는 그들에 신물이 났다. 미네소타 동문회 사무장인 엠이란 마귀할멈이 혹시라도 꿈에 나올까 몸서리쳐졌다. 그리고 나는 방황하기 시작했다. 노래방에 가서 노래도 부르고, 조그만 횟집에 투자했다가 그 돈도 모두 잃고 모든 것이 엉망이었다. 나는 깊은 절망에 빠져 몹시도 외로웠다. 그리고 이북에 있는 내 어머니와 가족들이 사무치도록 그리웠다.

그렇게 얼마나 지났을까. 정말 기나긴 방황이었다. 하지만 결국 나는 다시 혼자 일어나기 시작했다. 차츰 기운을 차려보니 내 옆에는 착한 두 아들이 있었고, 특히 든든한 내 큰아들이 나를 부축하고 있었다. 나는 또 두 아들과 그들의 가족들이 얼마나 사랑스럽고 내 삶에서 중요한 존재인지를 뼈저리게 깨달았다. 그렇게 토목 엔지니어링 회사를 만들고 운영해온 지가 벌써 10년이 되었다. 물론 내 두 아들도 함께 일한다. 또 나 같은 이민자 출신의 엔지니어들이 착실하게 일을 열심히 해주고 있다. 큰 회사는 아니지만 교통부를 비롯한 정부기관들과 대기업의 신임을 얻으면서 우리 회사는 서서히 성장해나가고 있다. 미국은 참 좋은 나라이기도 하다. 열심히 일하면 인정해주고 소수민족에다 여자인 나에게도 기회를 준다. 나는 종종 그들에게 불평을 늘어놓을 때도 있지만 마음 한편으로는 늘 고마움을 느낀다. 이번 크리스마스에도 그 마음을 담아 우리 교통부와 정부기관 직원들을 위해 한국 사탕과 과자들을 선물하려 한다. 벌써 예쁜 봉투를 80개나 사두었다.

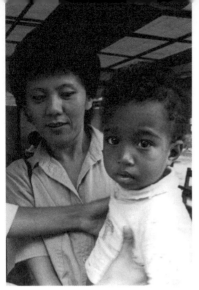

부평 고아원에서
(혼혈인들의 미국 정착을 도움)

마크 유도프 총장과 부인을 위한
환영만찬회

어느 연설장에서

일본 대사관에서
몬델 부통령 부부
그리고 동창들과

미네소타 주지사
자문위원 회의

미네소타주
무역협회장 리놀란과
이사로서의 발표

서울대학교 총장실에서

일본 대사관에서

힐러리 대통령 영부인과
미네소타 대학 졸업식에서

미네소타 주립대학 평의원에 당선된 후
샌디 파파스 상원의원, 평의원 의장 그리고 두 아들과 함께

대한민국 미네소타 주립대학 동문들과 서울에서
벤추라 미네소타 주지사와 부르스 코리 박사와의 대담

메니소타 주립대학 총장
그리고 평의원들과 함께

University of Minnesota Board of Regents
1993-1999

University of Minnesota Board of Regents
1995-1997

Regent developments

Hyon T. Kim, center, flanked by sons Chris Thomas and Paul Thomas, smiled from their seats in the chamber's gallery after the state House of Representatives approved Kim's appointment as the newest member of the University of Minnesota Board of Regents.

평의원 당선 후 미네소타주 국회의사당에서 두 아들과

평의원들의 이름이 새겨진
대학 정원에서

글로벌 미네소타
명예회장 때
시카고 영사관에서

김영삼 대통령과
청와대 만찬회에서

회복

나는 미국에서 49년을 사는 동안 많은 한국 드라마와 TV 프로그램을 보았다. 어떻게 보면 한국 드라마는 언어와 풍습이 다른 이곳에서 수많은 어려움을 겪으며 살아온 나에게 언제나 큰 위로를 주는 오아시스와도 같았다. 나를 참 많이도 울고 웃게 만들면서 내 삶에 중요한 부분으로 자리를 잡은 셈이다. 특히 한국의 드라마에는 정(情)과 한(恨)이라는 한국만의 정서가 아주 잘 드러나 있다. 또 지지고 볶고 살면서도 서로 아껴주고 늘 함께하며 한 지붕 아래 사는 가족의 모습을 잘 담아내고 있다. 나는 특히 그런 정서를 물씬 풍기는 옛날 드라마들을 좋아한다.

그중에서도 내가 매회 수많은 눈물을 흘리며 봤던 작품은 1999년 김수현 작가가 쓴 〈청춘의 덫〉이란 25편의 드라마였다. 나는 매일 애를 태우며 그 드라마를 열심히 보았다. 무엇보다 극중에서 심은하 씨가 연기한 주인공의 가족관계가 너무나 따뜻했다. 그녀는 나처럼 어릴 때 부모를 잃고 자신을 버린 남자의 딸아이를 키워야 했지만 이모와 이모부 그리고 사촌에게서 따뜻한 보살핌을 받았다. 특히 타계한 여운계 씨가 열연했던 외할머니를 보면서 무척이나 많은 눈물을 흘렸다. 깊고 따뜻한 사랑으로 불쌍한 손녀딸을 키우고 보살피는 그 모습에서 6·25전쟁 때 돌아가신 내 외할머니를 보았기 때문이다. 아마 살아계셨다면 분명 나의 외할머니도 나를 따뜻한 사랑으로 감싸고 보호해주셨을 거라고 믿는다.

나는 요즈음 하루하루 작은 것에도 감사하면서 행복한 마음으로 나의 강아지 순이와 같이 살고 있다. 내가 조그맣게 운영하는 작은 토목 엔지니어링 회사에는 내 두 아들과, 나 같이 고향을 두고 이곳에 정착한 이민자들, 모두 실력가인 토목 엔지니어 전문가들, 토목 검사관들이 있다. 나는 매일같이 그들과 더불어 여러 사람들을 만나면서 즐거운 마음으로 일한다. 그리고 내 자랑스러운 아들들을 생각하면 마치 세계를 얻은 것처럼 기쁘다. 하나님, 감사합니다. 이제는 내 자식들과 열심히 회사를 키우고 봉사하면서 주님이 부르실 때까지 열심히 살아가겠습니다.

오늘은 내 큰아들이 내 친구 조안과 함께 보라고 날 위해 연극 티켓을 샀다. 큰아들은 내 생일이나 명절 때면 나와 함께 연극을 보고 가끔은 음악회도 간다. 그리고 꼭 근사한 식당에서 밥을 사준다. 흐르는 일상 속에서 나는 가끔 미국 친구들과 교회 친구들을 초대해 한국음식을 대접하기도 하고, 내 손자·손녀들에게 잡채와 불고기를 만들어주기도 한다. 그러면 다들 좋아하면서 너무나 맛있게 먹는다. 한국음식은 손이 많이 간다. 그래도 엄마와 할미의 마음을 표현하는 데는 최고인 것 같다. 가끔은 돼지고기를 듬뿍 넣은 김치찌개와 갈빗살을 넉넉히 넣은 떡만둣국을 끓여서 김치통과 같이 작은아들네로 보낸다. 그런 날은 몇 시간을 들여 마늘을 깨끗이 손질해야 하고 그야말로 인내의 시간을 보내야 한다. 그래서 한국음식을 만들 때마다 한국 여성들의 인내심에 대해 생각하게 된다. 우리의 옛 어머니와 할머니들의 삶을 생각하면 식구들 먹이느라 한평생 부엌에서 얼마나 많은 시간을 보냈을까 싶다.

오늘도 나는 TV를 켜고 CNN을 보면서 마늘을 손질하고 음식을 만든다. 이번 금요일에는 1년 동안 미 국무성에서 장학금을 받아 이곳 대학에서 공부하는 아주 귀엽고 똑똑한 탈북 여학생이 겨울방학을 맞아 나와 며칠을 지내기로 했다. 그래서 미리 음식을 준비해뒀다가 그녀가 오면 내 가족과 친구들을 초대해 같이 맛있게 먹으려고 한다. 다음번에는 같은 학교에서 공부하고 있는 한국 유학생들과도 함께 즐거운 시간을 보내려고 한다.

나는 2014년부터 탈북민에 관심을 두기 시작했다. 그들은 세계에서 가장 악랄한 인권의 사각지대 북한에서 탈출한 우리 민족이자 대한민국 국민이며 우리 형제들이다. 내가 아는 한 여성은 탈북민이란 이름으로 15년 동안이나 중국에 숨어 살면서 사람대접도 못 받고 떠돌고 있다. 나는 그들을 생각하며 탈북민을 돕는 비영리 단체를 만들었다. 그리고 2015년, 미네소타주립대학 험프리 행정대학원 강당에서 성공리에 첫 번째 심포지엄을 개최했다. 이 심포지엄에는 TV 프로그램인 〈이제 만나러 갑니다〉를 처음 제작하셨던 이상훈 감독님과 장 작가, 그리고 젊은 탈북자인 주찬양 양과 다른 여러분들이 초청되어 이곳의 탈북자 인권운동가, 연방하원의원, 미네소타주 상원의원과 함께했다. 다음 해인 2016년에는 같은 장소에서 탈북민 지도자 김성민 씨와 여러분들을 초청해 두 번째 심포지엄을 열었다. 이제는 로터리클럽의 지원과 다른 여러분들의 도움에 힘입어 미네소타주에서 탈북 여학생을 위한 단기간 영어연수를 준비하고 있다.

나는 이 일을 우리 단체의 사무장인 린 목사와 이곳의 여성들과 함께 꾸려가고 있다. 미국에서는 생각보다 많은 사람들이 이웃을 위해 봉사하고 세계 각처에서 힘들게 사는 이들을 돕는다. 그들은 또 이곳에 정착한 난민들도 자기 가족처럼 도와주고 있다. 나는 그들이 우리 탈북 난민에게 관심을 가진다는 것에 너무나 감사하다. 비록 조그만 단체이지만 봉사자들과 함께 탈북민들을 어떻게 도울 수 있을지 열심히 의논하고 이곳의 미국인들에게 그들의 실정을 알려줄 방법을 고심하고 있다.

어느덧 일흔이 넘은 나이가 되었지만 할 일이 너무나 많다. 그래서 행복하다. 또 이렇게 글을 쓰다 보니 주변에 써야 할 소재도 너무나 많고 나의 삶 속에도 아직 못다 한 말들이 많다. 그 또한 행복하다. 할 일이 많다는 건 하나님이 주신 큰 축복이기 때문이다.

이제 긴 글의 마지막까지 왔다. 나는 이 글이 어느 성공한 여자의 인생 스토리는 절대 아니라고 생각한다. 이 책은 전쟁 중에 빨갱이로 고아가 된 한 어린 여자아이가 어떻게 여기까지 살아남았는지를 기록한 것이다. 이제 모든 걸 다 내려놓으니 마음이 한결 편안해진다. 사는 동안 제일 무거웠던 짐은 내 아버지에 대한 원망과 미움이었다. 그러나 이 책을 쓰면서 그를 용서하고 나니 가슴 깊은 곳으로부터 사랑과 연민의 감정이 물밀 듯이 밀려온다. 누군가를 미워한다는 것은 가슴속에 항상 커다란 바위가 있어서 나의 온 영혼을 무겁게 누르는 것과 같았다. 그래도 이 오랜 세월을 버티고 살아온 내 자신이 기특하다. 이제 나는 진정한 행복을 느낀다. 말년의 복이란 이런 것일까.

하나님, 감사합니다.

그녀의 이름은 마리아

펴낸날 **초판 1쇄** 2020년 7월 15일

지은이 **김현**
펴낸이 **정현미**
펴낸곳 **원너스미디어**
출판등록 2015년 10월 6일 제406-251002015000190호
(07788) 서울 강서구 마곡중앙로 161-8 두산더랜드파크 B동 1104호
전화 02)6365-2001 팩스 02)6499-2040
onenessmedia@naver.com

ISBN 979-11-87509-49-3 (03810)

이 도서의 국립중앙도서관 출판시도서목록(CIP)은 서지정보유통지원
시스템 홈페이지(http://seoji.nl.go.kr)와 국가자료공동목록시스템
(http://www.nl.go.kr/kolisnet)에서 이용하실 수 있습니다.
(CIP제어번호 : CIP2020027430)

• 책값은 뒤표지에 표시되어 있습니다.
• 잘못된 책은 구입하신 서점에서 교환해 드립니다.

책임편집 **서지영, 김태정**